福尔摩斯探案全集之
SHERLOCK HOLMES

巴斯克维尔庄园的猎犬
恐怖谷

[英国]阿瑟·柯南·道尔 著
赵梅君 译

华夏出版社
HUAXIA PUBLISHING HOUSE

图书在版编目（CIP）数据

巴斯克维尔庄园的猎犬·恐怖谷／（英）柯南道尔（Conan Doyle, A.）著；赵梅君译．—2版．—北京：华夏出版社，2012.9
（福尔摩斯探案全集）
ISBN 978-7-5080-7082-7

Ⅰ.①巴…　Ⅱ.①柯…②赵…　Ⅲ.①侦探小说-小说集-英国-现代
Ⅳ.①I561.45

中国版本图书馆 CIP 数据核字（2012）第 148290 号

福尔摩斯探案全集之巴斯克维尔庄园的猎犬·恐怖谷

选题策划	刘景立　北京宏昊文化发展有限公司	
责任编辑	赵　楠　刘晓冰　李春燕	
出版发行	华夏出版社	
经　　销	新华书店	
印　　刷	北京睿特印刷厂大兴一分厂	
装　　订	北京睿特印刷厂大兴一分厂	
版　　次	2012年9月北京第2版　2012年9月北京第1次印刷	
开　　本	670×970　1/16 开	
印　　张	16	
字　　数	262 千字	
定　　价	20.00 元	

华夏出版社　网址：www.hxph.com.cn　地址：北京市东直门外香河园北里4号　邮编：100028
若发现本版图书如有印装质量问题，请与我社营销中心联系调换。电话：(010) 64663331（转）

目 录

巴斯克维尔庄园的猎犬

歇洛克·福尔摩斯先生 …………………………………… (3)
巴斯克维尔庄园灾祸 …………………………………… (9)
疑　案 …………………………………………………… (17)
亨利·巴斯克维尔爵士 ………………………………… (25)
三条断了的线索 ………………………………………… (34)
巴斯克维尔庄园 ………………………………………… (43)
奇怪的斯台普顿 ………………………………………… (50)
华生的第一份报告 ……………………………………… (59)
华生的第二份报告 ……………………………………… (64)
华生日记摘抄 …………………………………………… (78)
岩岗上的神秘人 ………………………………………… (85)
沼泽地的惨剧 …………………………………………… (94)
设　网 …………………………………………………… (103)
巴斯克维尔的猎犬 ……………………………………… (112)
回　顾 …………………………………………………… (121)

恐怖谷

伯尔斯通庄园的惨案 ……………………………………… (131)
    警 告 ……………………………………………………… (131)
    福尔摩斯的论述 ………………………………………… (139)
    伯尔斯通的悲剧 ………………………………………… (146)
    黑 暗 ……………………………………………………… (152)
    剧中人 …………………………………………………… (160)
    一线光明 ………………………………………………… (168)
    谜 底 ……………………………………………………… (177)

死酷党人 …………………………………………………… (189)
    一个怪人 ………………………………………………… (189)
    身 主 ……………………………………………………… (196)
    维尔米萨三百四十一分会 ……………………………… (208)
    恐怖谷 …………………………………………………… (220)
    最黑暗的时刻 …………………………………………… (227)
    危 机 ……………………………………………………… (236)
    诱捕妙计 ………………………………………………… (243)
    尾 声 ……………………………………………………… (251)

巴斯克维尔庄园的猎犬
BASIKEWEIERZHUANGYUANDELIEQUAN

巴斯克维尔庄园的猎犬

歇洛克·福尔摩斯先生

歇洛克·福尔摩斯先生坐在桌旁吃早餐，这说明他又是彻夜未眠，因为除了这种情况以外，他通常都是起得很晚的。我站在壁炉前的小地毯上，随手拿起了昨晚来访的客人遗忘的手杖。这手杖精致而沉重，顶端有个疙瘩，这种材料叫槟榔子木，产于槟榔屿。紧挨顶端的下面是一圈大约有一英寸宽的银箍，上刻"送给皇家外科医学院学士杰姆士·摩梯莫，C.C.H. 的朋友们赠，一八八四年"。在我看来，这只是一根私人医生常用的样式老旧的庄严且实用的手杖。

"哎，华生，你对它有什么看法？"福尔摩斯背对我坐着，我还以为他并没有发觉我的举动。"我想你后脑勺上一定长眼睛了。"我嘟囔着。"你不知道我眼前有一把锃亮的镀银咖啡壶啊。"他说，"华生，说一说，你怎么看咱们这位客人的手杖呢？很遗憾咱们没有遇到他，根本就不知道他来拜访咱们的目的是什么，所以这根手杖就变得更重要了。既然你已经仔细观察过它了，那么就请你形容一下这个人吧。""我想，"我用从这位伙伴那儿学来的推理方法说，"从他的朋友们送给他这件充满敬意的纪念品来看，摩梯莫医生是一位成绩卓著、很受尊敬的医学界人士。""好！"福尔摩斯说，"好极了！""而且很可能是一位在乡村行医的医生，出诊时多半是步行。""为什么？""这根手杖原来很漂亮，可是，它下端的厚铁包头已经严重磨损，显然他曾拄着它走了很多路，而且一位在城里行医的医生根本就不会再用它。""完全正确！"福尔摩斯说。

"还有，那上面刻着'C.C.H. 的朋友们'，我想，这可能是他曾经替某个猎人会的会员们做过治疗，为了表达谢意，他们才送了他这件小礼物。""华生，你进步很大，"福尔摩斯一面说着，一面向后推了下椅子，点燃了一支烟，"我必须说明的是，你热心地为我那些微小的成就所做的一切记载中，似乎习惯于将自己看得很低。也许你本身并不是发光体，可你却是光的传导者。有些人本身不是天才，可他却有着足够的激发天才的力量。我承认，亲爱的朋友，我从心里感激你。"以前他从没讲过这么多话，我得承认，这些鼓

励的话给我带来了极大的快乐。过去他对我对他表示出的钦佩之情和企图把他的推理方法介绍给公众所做的努力,常常是态度冷漠,这使我的自尊心受到了很大的伤害。而现在我居然也能用他的方法比较准确地分析问题,并得到了他的赞许,这令我十分骄傲。他把手杖拿了过去,审视了几分钟,然后充满兴趣地放下纸烟,踱到窗前又用放大镜仔细察看起来。"很简单,但很有趣,"他说着就重新坐在他最喜欢的那条长椅上,"这手杖上确实有一两处能为我们的推论提供证据。"

"我还有漏掉的东西吗?"我有些自负,"我相信我并没有忽略重大的地方。""亲爱的华生,恐怕你所说的大部分都是错误的结论呢!坦白地说吧,我说你激发了我的才思,意思是:在我指出你的谬误的同时,常常把我引向了真理。但这一次你并没有完全错。可以肯定地说,那个人是一位经常在乡村行医的医生,并且他确是常常步行的。"

"那么说,我猜对了。""仅此而已。""但是,那已经是全部事实了。""不,不,亲爱的华生,这决不是全部。我倒认为与其说是某猎人会,倒不如说是一家医院送给这位医生的礼物;'C.C.'应该是放在'医院'一词('医院'的英文是 Hospital,字头也是 H)之前的。所以,自然令人想起了 Chaing Cross 这两个单词来。""也许你说的对。"

"这很可能。如果这个假设成立的话,我们就可以依据这个新的根据,对这位未知的来客进行描绘了。""好吧!如果 C.C.H. 指的就是 Charing Cross Hospital(查林十字医院),那么我们下面的结论是什么呢?""难道仅能找出这几点证据吗?既然学会了我的方法,就将它付诸实施吧。""我只能得出那个人在下乡之前曾在城里行过医这样的结论。"

"我想咱们可以大胆地再进一步去想,是什么情况促使这些人送给这位医生礼物呢?在什么时候,他的朋友们会共同向他表示谢意呢?显然是在摩梯莫开医院独立行医的时候,这时他收过一次赠礼;我们可以下结论,这礼物是他从一家城市医院转到去乡村行医的时候收的。"

"这是很有可能的。"

"现在,你可以看得出来,他不会是主任医师,因为一名医生要是有这样的地位,在伦敦医学界就已有了一定的名望,而这样的医生是不会仅仅在乡村行医的。那么,他究竟在医院担任什么工作呢?如果他仅仅在医院里工作而又不是主任医师,那么他就只可能是个住院外科或内科医生,其地位稍稍

巴斯克维尔庄园的猎犬

高于医学院最高年级的学生;而从手杖上的日期可以看出他是在五年前离开的。因此你所想象的那位严肃、年龄较大的医生就不存在了。亲爱的华生,这应是一位不到三十岁的年轻人。他亲切、和蔼可亲、安于现状、粗心大意,他还有一只心爱的狗,我们可以想象它比狸犬大,比獒犬小。"我发出了不相信的笑声。歇洛克·福尔摩斯向后靠在长椅上,朝着天花板吐出一串串徐徐上升的烟圈。"至于后一部分,我无法验证其准确度,"我说,"但是要想找出几个和他有关的事项来,应该不会很困难的。"我从放满医学书籍的书架上拿下一本医药手册来,翻到人名栏。在好几个姓摩梯莫的人里找到了我们猜测中的人。我放开喉咙读出了下面的文字。

> 杰姆士·摩梯莫,一八八二年毕业于皇家外科医学院,德文郡达特沼地格林芬人。一八八二至一八八四年在查林十字医院任住院外科医生。其论文《疾病能否隔代遗传》获"杰克逊比较病理学奖"。瑞典病理学协会通讯会员。曾著有《几种隔代遗传的畸形症》(载于一八八二年的《柳叶刀》),《我们在前进吗?》(载于一八八三年三月号《心理学报》)。先后担任格林芬、索斯利和高冢村等教区医务官。

"似乎并没有什么猎人会呀,华生!"福尔摩斯微笑着嘲弄道,"正如你所推断的,他只是个乡村医生;我认为我的推论是准确无误的了。至于那些形容词,如果我没有记错的话,我是说过'和蔼可亲、安于现状和粗心大意'这些话的。据我观察,只有与人为善的人才会收到纪念品;只有淡泊名利的人才会舍弃伦敦的繁华生活而跑到偏僻的乡村去;粗心大意的人才会独自一人在空屋中等上一小时后却不留下自己的名片,反而留下自己的手杖。"

"那狗呢?""这根手杖很重,所以狗不得不紧紧叼着它的中间跟在主人的身后,因此,手杖中间有十分清楚的牙印。从这些牙印看,这只狗的下巴要比狸犬下巴宽,但却比獒犬下巴窄。它可能是……对了,很可能是一只卷毛的长耳猎犬。"他站了起来,一面说着一面不停地在屋里走来走去。他最后那句充满自信的话,使我抬起头惊奇地注视着还站在窗台前向外看的福尔摩斯。

"亲爱的朋友,你为什么说得这么肯定呢?""很简单,我现在已经看到那

只狗正在这房子大门口的台阶上,而且它的主人已经按响了门铃。我请你不要离开,华生。你与他是同行,也许你在场对我有帮助。华生,现在真是命运之中最富戏剧性的时刻了,你听,从楼梯上传来的脚步声正在进入你的生活,但你却不知道它究竟意味着什么。这位杰姆士·摩梯莫医生要向犯罪问题专家歇洛克·福尔摩斯请教什么问题呢?请进!"令我惊奇的是这位来客的相貌与我最初想象的典型的乡村医生相去甚远。他又高又瘦,突出在一双敏锐的灰色双眸之间的是一只像鸟嘴的长长的鼻子,相距很近的双眼在一副金边眼镜的后面炯炯发光。穿的是他这一行人常爱穿的衣服,但脏兮兮的外衣和已磨损的裤子使他看起来有些穷酸。他年纪尚轻,但长长的后背却出现了与年龄不符的弧度,他走路时头向前探着,拥有贵族般的慈祥。一进来,他的眼光就落在福尔摩斯拿着的手杖上了,并欢叫着跑了过去。"我太高兴了!"他说道,"我记不清楚到底是把它忘在这里还是忘在轮船公司了。失去整个世界也比失去这根手杖来得轻松。"

"我想它一定是件有意义的礼物吧。"福尔摩斯说。

"是的,先生。"

"是查林十字医院的朋友送的吗?"

"是在我结婚时那里的两个朋友送的。"

"天哪,真糟糕!"福尔摩斯摇着头说。

摩梯莫医生透过眼镜不太理解地眨了眨眼。

"为什么糟糕?"

"因为您已经推翻了我们的几个小小的推论。您说是在结婚的时候,是吗?"

"是的,先生,我结婚后就离开了医院,同时放弃了成为顾问医生的全部希望。不过,只要能建立起自己的家庭,任何牺牲都是值得的。"

"啊哈!总算我们还有猜对的时候。"福尔摩斯说道,"嗯,杰姆士·摩梯莫博士……"

"您称我先生好了,我是个地位低下的皇家外科医学院的学生。"

"显而易见,您还是个思维缜密的人!"

"一个对科学略通皮毛的人,福尔摩斯先生;一个在无边的未知的知识海洋岸边捡拾贝壳的人。我想我是在对歇洛克·福尔摩斯先生讲话,而不是……"

"噢,这是我的朋友华生医生。""见到您很高兴,先生。我经常听到别人将你们二位的名字一并提起。我对您十分感兴趣,福尔摩斯先生。我真没料想到您会拥有这样一个长形的头颅和如此深陷的眼窝。希望您能允许我沿您的头骨缝摸一摸,在没有得到您这具头骨的实物以前,如果按照您的头骨做成模型,那会是一件任何人类学博物馆都愿意收藏的出色的标本。我并不想惹您厌烦,可我实在羡慕您的头骨。"

歇洛克·福尔摩斯示意这位陌生的客人坐在椅子上。"先生,看得出来,您和我一样,是个专心于本职工作的人。"他说道,"我从您的食指上能看出来您是自己卷烟抽的,请您自便吧。"

那人拿出卷烟纸和烟草,用那如昆虫触须般的长长的微颤的手指以惊人的熟练手法卷成了一支烟。福尔摩斯看上去很平静,但他那不停转来转去的眼珠泄露了他对这位怪异客人的浓厚兴趣。"我认为,先生,"他终于说了,"您昨晚和今天连续两次赏光来访,恐怕不是专门为了研究我的头吧?"

"当然不是的,先生,虽然我期待能有这样的机会。我之所以来找您,福尔摩斯先生,是因为我这个缺乏实际经验的人却突然遇到了一件极为严重而又特殊的问题。由于我确知您是欧洲第二位最高明的专家……""嚄,先生!请问,是谁位居榜首呢?"福尔摩斯有些刻薄地问道。"对于一个运用精确的科学去思维的人来说,贝蒂荣先生办案的手法总是具有更强的吸引力。"

"那么您去找他商讨不是更好吗?""先生,我是说,就运用精确科学来思考的人来说的。可是,就实际经验来说,众所周知,您是首屈一指的。我相信,先生,我并没有在无意之中……""不过稍微有一点罢了,"福尔摩斯说道,"我想,摩梯莫医生,请您马上把需要我帮忙的问题清楚地告诉我吧。"

巴斯克维尔庄园的猎犬

巴斯克维尔庄园灾祸

"我口袋里有一篇手稿。"杰姆士·摩梯莫医生说道。

"您进屋时我已经看出来了。"福尔摩斯说。

"是一张旧手稿。"

"除非是赝品,否则一定是十八世纪初期的。"

"您怎么知道的呢,先生?"

"在您说话的时候,那手稿一直露出一两英寸。如果您读过我写的关于鉴定年代问题的文章,您一定会明白,如果一位专家推断一份文件时期的误差不出十年左右,那他简直是太差劲了。据我判断,这篇手稿是在一七三〇年写成的。"

"确切的年代是一七四二年,"摩梯莫医生从胸前的口袋里把它掏了出来,"这是查尔兹·巴斯克维尔爵士交给我的一份祖传的家书。三个月前他突然惨死,他的死在德文郡引起了很大的惊恐。可以说,我是他的朋友,同时又是他的医生。先生,他是个意志坚强、经验丰富又十分敏锐的人,他和我一样讲求实际。这份文件他看得极为认真,并早已做好了接受这一结局的心理准备,没想到,这一切竟成了现实。"福尔摩斯接过了手稿,把它平铺在膝盖上。

"华生,你注意看,我确定它年代的依据之一就是长S和短S的换用。"我凑到他的肩后看着泛黄的纸上褪了色的字迹。顶端写着"巴斯克维尔庄园",再下面就是潦草的数字"1742"。

"看来好像是一篇对什么事件的记载。"

"对了,是关于一件在巴斯克维尔家流传的传说。"

"不过,我想您恐怕是为了当前一些更有实际意义的事来找我的吧?"

"没错,是当前一件火烧眉毛的事,必须在二十四小时之内做出决定。这份手稿虽短,却与这件事有着密切联系。所以希望您能允许我把它读给您听。"福尔摩斯靠在椅背上,闭上眼睛,两手指尖相顶,露出了悉听尊便的神情。摩梯莫将手稿移到亮处,以高亢而嘶哑的声音朗读着下面的奇特而古老的故事。

巴斯克维尔庄园的猎犬

关于巴斯克维尔的猎犬一事有过很多传说，而我确信曾发生过一些事，所以我把它写了下来。我是修果·巴斯克维尔的嫡传后代，这件事是我父亲讲给我听的，而我父亲又是直接听我祖父说的。儿子们，但愿你们相信，那些有罪的人一定会受到上帝的惩罚的，但只要他们能诚心地祈祷忏悔，不管犯了多么深重的罪，都能得到宽恕。你们知道这件事，不要为了祖先已得的恶果而感到恐惧，只要将来小心不使我们的后代再承受咱们家族所经受的深重痛苦就可以了。

据说在大叛乱时期（我真心地向你们推荐博学的克莱仑顿男爵所写的历史），这所巴斯克维尔大厦本为修果·巴斯克维尔所占用。不可否认，他是个最粗野无礼、目无上帝的人。事实上，如果仅此而已的话，乡邻本是可以原谅他的，因为圣教在这一地区从来就没有兴盛过。但他天性中的狂妄、残忍，是人们所不能容忍的。这位修果先生偶然地爱上了（假如还能用这样纯洁的字眼称呼他那卑鄙的情欲的话）在巴斯克维尔庄园附近种着几亩地的一个庄稼人的女儿。由于畏惧他的恶名和维护少女自身的好名声，这位少女自然是避之唯恐不及了。后来有一次，在米可摩斯节那天，这位修果先生知道少女独自一人在家，就纠集了五六个游手好闲的无赖，公然到她家去把这个姑娘抢了回来。他们把她捉进了庄园，关在楼上的一间小屋子里，修果和那帮狐朋狗友如同通常夜晚一样围坐在一起狂欢痛饮起来。这时，那位可怜的姑娘听到了楼下狂歌乱叫和那些粗鄙不堪的脏话，吓得惊恐万分，不知所措。有人说，修果·巴斯克维尔酒醉时所说的那些话，即使是单纯的重复都会受到上天的惩罚的。最后，她在恐惧至极、万般无奈的情况之下竟干出一桩就连最勇敢和最狡黠的人都感到惊讶的事来。她从窗口出来，顺着爬满南墙的蔓藤从屋檐下面爬了下来，穿过沼泽地，往距庄园大约九英里的家跑去。

过了一会儿，修果独自一人，带着食物和酒——可能还有更糟糕的东西——去找被他掳来的那个姑娘，不曾想那少女已经逃之夭夭了。他如同着魔一般冲下楼来，到饭厅跳上大餐桌，踢飞了眼前的一切东西。他在朋友面前起誓：只要他追上那姑娘，他愿把灵与肉全交给撒旦随便处置。那些纵酒狂饮的波皮无赖吓得惊慌失措。

福尔摩斯探案全集

这时有一个特别凶恶的家伙——也许是因为他是喝得最多的一个人——大叫着说应当把猎狗都放出去追那少女。修果听他一说就跑了出去。高呼马夫牵马备鞍并把犬舍里的狗全都放出来，让那些猎狗闻一闻少女丢下的头巾就把它们一窝蜂地轰了出去。在一片狂吠声中，这些恶犬向着月光普照的沼泽地上狂奔而去。

无赖们目瞪口呆地站着，不知道究竟发生了什么事。过了一会儿他们才弄明白，于是就大吵大嚷起来了。有的喊着要带手枪，有的找自己的马，有的甚至胡乱地带上了一些酒。最后，他们被酒麻醉的头脑终于恢复了一点清醒，十三个人全体上马追了下去。月亮高悬，他们大呼小叫地朝少女返家的路追去。

他们跑了一二英里路的时候，遇到了一个牧人，他们大声质问他看到了那名少女没有。那牧人当时吓得语无伦次，后来，他终于说他确实看到了那个可怜的少女，以及她后面那群紧追着她不放的猎狗。"我还不止看到这些呢，"他说道，"修果·巴斯克维尔也骑着他那黑马从这里过去了，他的后面还跟着一只魔鬼般的大猎狗。上帝啊，千万别让那样的狗跟着我！"那些醉鬼们乱骂了那牧人一顿就又策马追了下去。可是不久他们就被吓得魂不附体了。因为他们听到沼泽地里传来了马蹄声，随后就看到那匹黑马跑了过来，它嘴里冒着白沫，缰绳拖在地上，修果并不在鞍上。蓦然感到的恐怖使醉鬼们凑到了一起，可是他们总还能在沼泽地里向前行进着。如果只是一个人的话，早就落荒而逃了。他们就这样慢慢前进，最后终于赶上了那群猎狗。这些以骁勇出名的猎犬竟挤在一条深沟的尽头处，发出阵阵哀嚎，有些已经不知去向了，有些则颈毛直竖，两眼发直地望着前面一条窄窄的小沟。

醉鬼们勒住了马，可以想象，他们现在已清醒许多了。多数人已不想前行了，可是有三个胆子大的——也许是醉得最厉害的——继续策马走下山沟。不远处是宽阔的平地，中间有两根古时不知何人而立，至今仍然存在的大石柱。那块空地被月光照得很亮，被追的少女躺在空地中央，她已因惊吓和疲劳死去，她的近前横陈着修果的尸身，但令三个醉鬼魂飞天外的却不是这些。他们惊惧地看到一个庞然大物正在撕咬着修果的喉咙，这是一只又大又黑的动物，

巴斯克维尔庄园的猎犬

看上去像一只猎狗,但任何人也不会见过这么大的猎狗。就在他们吓得僵在原地的时候,那家伙转向了他们,那闪亮的眼睛和流着口水的血盆大口使三人吓得大叫起来。听说其中一个当晚就吓得魂归西天了,另外两个也落得终生精神错乱。

儿子们啊,这就是那流传下来的怪物的故事。从那时起,那怪物就一直与我们的家族过不去,长久地惊扰我们。我把这些告诉你们,是因为我总认为胡乱猜测和道听途说的东西要比知根知底的东西恐怖得多。不可否认,咱们家族有许多人都是未得善终的,死得突然、凄惨而又神秘。但愿慈爱的上帝能赐予我们无边的庇护,不要再惩罚我等三代以及后代真诚爱戴他的人们了。我的儿子们,我以上帝名义严令你们,奉劝你们要多加小心,切记不要在夜幕低垂、罪恶肆虐的时候走过沼泽地。

读完了这篇怪异的记载之后,摩梯莫医生将眼镜摘了下来,望着歇洛克·福尔摩斯。福尔摩斯长长地打了个呵欠就把烟头扔进了炉火。

"嗯?"他似乎心不在焉。

"您不感兴趣吗?"

"只有搜集神话的人才会对它感兴趣。"

摩梯莫医生从衣袋里掏出来一张折叠着的报纸。"福尔摩斯先生,我还要告诉您一件最近发生的事。这是今年五月十四日的《德文郡纪事报》,上面刊载了一篇有关几天前查尔兹·巴斯克维尔爵士死亡的简短报道。"

福尔摩斯听到这里,上身不由得微向前倾,神色也专注起来。

摩梯莫医生重新戴上眼镜,又开始读了起来。

最近,查尔兹·巴斯克维尔爵士突然死亡,使本郡陷入了极大的悲痛之中。据说,此人极有可能在下届选举中成为中部德文郡自由党候选人。虽然查尔兹爵士在巴斯克维尔庄园居住时日尚短,但他为人敦厚、乐善好施,并以此赢得了公众的爱戴。在如今物欲横流之社会,查尔兹作为名门后裔,竟为重振因厄运中衰之家而毅然返乡,令人无限敬佩。众所周知,查尔兹爵士早年在南非投机致富,但他比一意孤行、不懂审时度势的人们聪明的是,他及时变卖产业

返回英国。虽然他来到巴斯克维尔庄园不到两年,但他那庞大的重建和修葺计划为人们所津津乐道。如今这个计划却因他的猝亡而停歇。他孤身一人,他曾向公众表示,他在有生之年将致力于造福整个乡区,因此,他的暴卒令人们甚为惋惜。有关他对当地和慈善机构的捐助事迹,本报曾多次刊载。

验尸报告尚不能明确解释查尔兹爵士之死因,至少不能消除由迷信所引起的诸多谣传。没有理由怀疑有任何犯罪成分,或非自然死亡。死者生前鳏居多年,人们认为他的某些行为和精神状态与常人不同。他虽有许多财产,但并无什么个人爱好。白瑞摩夫妇充当巴斯克维尔庄园的总管和管家妇。事发后他们的证词被其他人证实基本属实:查尔兹爵士平时的健康状况令人担忧,尤其是心脏;他常常呼吸困难,面色突变并伴有严重的神经衰弱。他的生前好友杰姆士·摩梯莫是他的私人医生,也提供了同样的证明。

案情十分简单。查尔兹·巴斯克维尔有睡前散步的习惯,他常常沿着庄园的水松夹道漫步。这已被白瑞摩夫妇证实。五月四日,查尔兹爵士曾提过他第二天想去伦敦,并要求白瑞摩为他准备行李。当晚,他像往常一样吸着雪茄出去散步,可是这一去就再也没有回来。在十二点钟的时候,白瑞摩吃惊地发现厅门大敞四开,于是就提着灯笼,出去寻找主人。当时外面很潮湿,爵士的脚印在地面上清晰可见,小路的中段有个栅栏门通向沼泽地。有迹象表明查尔兹曾在门前伫立,然后穿门而过。人们在路的终点发现了他的尸体。让人迷惑不解的是:白瑞摩说,主人的足迹在过了通往沼泽地的栅门后就变了样,好像是只用足尖走路了。当时在沼泽地里距出事地点不远的地方,有一个叫做摩菲的吉卜赛马贩子,据他说他曾听到过呼喊声,但当时他醉得很厉害,所以根本分不清声音来自哪个方向。在尸体上查不出遭受暴力袭击的痕迹,根据医生的证明中所做的解释,尸体的面容变形到几乎难以相信的程度,这是因呼吸困难和心脏衰竭致死时常有的现象。尸体解剖证实了这一解释,法院的验尸官也上交了一份与医生证明相符的判断书,说明死者存在着由来已久的身体上的病症。这一结果实为妥善,因查尔兹爵士之后代仍将在庄园居住,并会继承其善行,因此这一结果极为重要。如果

巴斯克维尔庄园的猎犬

这一发现不能平息关于此事的荒诞传说,恐怕就不会有人再住进巴斯克维尔庄园了。据了解,爵士在这个世上最近的亲属就是他的侄子亨利·巴斯克维尔先生了。据说这位年轻人在美洲。现正进行调查,以便通知他来接受这笔庞大的遗产。

摩梯莫把报纸叠好,放回口袋。

"福尔摩斯先生,这就是关于查尔兹·巴斯克维尔爵士死亡之案的全部消息。"

"我真得感谢您引起我对这件神秘案件的兴趣。"歇洛克·福尔摩斯说,"案发时我也获悉了一些传媒的报导,可惜当时我正在研究梵蒂冈宝石失窃案,没有把这些放在心上,并且在教皇急迫的嘱托下竟忽略了英伦所发生的一些案件。您认为这篇文章已经把全部事实真相都说清楚了吗?"

"是的。"

"那么再告诉我一些内幕吧!"他靠在椅背上,两只手交握在一起,脸上露出了法官般冷静的表情。"至于内幕,"摩梯莫医生说着,表情开始激动起来,"那些事我从未对任何人说过,甚至连验尸官我都隐瞒了。作为一个从事科学工作的人,最忌讳给公众留下一个相信迷信的印象。另外,正如报纸所说,如果再有任何事情使它本已可怕的名声进一步恶化,那么巴斯克维尔庄园就真的再不会有人住进去了。由于这两个原因,我认为,我隐瞒了部分真相是正确的,因为这样做利大于弊。但是对于你,我没有理由不开诚布公,我要将事实和盘托出。"

"沼泽地上的住户们彼此住得都很远,而居住较近的人们的关系就会比较密切。因此我和查尔兹·巴斯克维尔爵士就有很多见面的机会。方圆数十英里之内几乎没有几个受过教育的人,除了赖福特庄园的弗兰克兰先生和生物学家斯台普顿先生。查尔兹爵士是一位喜欢独处的人,是他的病使我们俩走到了一起,而且对科学的共同兴趣更使我俩亲近许多。从南非回来时,他随身带回了很多科学资料,我还常常和他将整个美好的夜晚共同消磨在对布史人和豪腾脱人的比较解剖学研讨上。"

"在最后几个月里,我愈来愈清楚地感到查尔兹爵士的精神已紧张到了极点。对于那个传说,他深信不疑。因此,虽然散步是他的习惯,但晚上他是无论如何不肯到沼泽地去的。福尔摩斯先生,在我看来几乎是不可思议的,

可是，他竟深信他的家已经是大祸临头了。当然，由上辈传下来的传说给他造成了极大的阴影。他一直感到某种危险即将降临到他身上，他多次地问过我，是否在夜间出诊的途中看到过什么奇怪的东西，或者听见过一只猎狗的嗥叫。每当他问到'猎狗'时，那惊慌颤抖的声音就充分显示了他的极端恐惧。记得有一天傍晚，我驾着马车到他家去，那是事发以前约三个星期的时候，碰巧他正在正厅门前。当我从马车上跳下来站在他面前的时候，我忽然看到他带着极端恐怖的神情，两眼死死地盯视着我的背后。我猛然转过身去，看到一个像牛犊般大小的黑东西飞也般跑了过去。看到他极度惊恐的样子，我只好走到那动物出现的地方四下寻找，但它已跑得无影无踪了。这件事无疑给他带来了极大的心理压力。我陪他呆了一晚上，为了解开我的疑惑，他就把那篇记载交给我保存了。当时，我认为那只是一件微不足道的小事，他无须有如此强烈的反应，但现在它极可能在这悲剧中占有重要的地位。

"查尔兹爵士在我的劝告下，决定到伦敦去。我知道，他的心脏已经受了影响，那不可名状的恐惧使他时常处于焦虑之中，这严重地影响了他的健康。我想，几个月的都市生活能松弛他的神经，使他的心理状况有所改观。斯台普顿先生是我们共同的朋友，他与我持相同的意见。可是，万万没有料到，临行前这场灾祸竟突如其来地夺走了他的生命。

"总管白瑞摩发现查尔兹爵士死后，当即派波金斯飞马来找我。我一向就寝很晚，所以不到一小时我就来到了巴斯克维尔庄园。我顺着夹道观察他的脚印，在栅栏门那里，他似乎等过人，我仔细观察从那里开始脚印变化的情况。我还发现地上只有白瑞摩的脚印。最后我又细心地检查了尸体，此前还没有人动过它。查尔兹爵士趴在地上，僵直的双臂向前伸出，手指深深插入泥土中，紧缩成一团，几乎令我认不出来了，身上并无其他伤痕。白瑞摩在证词中说，他在尸体周围并没有看到任何痕迹，这是不真实的。我看到在不远的地方，有一串清晰且崭新的痕迹。"

"是足迹吗？"

"是的。"

"是男人的还是女人的？"

摩梯莫奇怪地望了我们一会儿，以一种低沉得近似于耳语的声音回答道："福尔摩斯先生，是极大的猎狗的爪印！"

疑 案

说实话,听到这话,我全身都发抖了,医生的声调也在发颤,显然他也因自己叙述的事激动着。福尔摩斯诧异地探过身来,两眼放射出光芒,这是他对某事感兴趣时所特有的表情。

"您真看到了吗?"

"绝对没骗您!"

"您什么也没有说吗?"

"说也没用呀!"

"为什么别人就没有看到呢?"

"爪印和尸体有二十码的距离,没人会注意到。如果我不知道有关巴斯克维尔庄园的传说的话,恐怕也不会发现。"

"沼泽地里有很多牧羊犬吗?"

"当然有很多,但是这只并不是牧羊犬。"

"它很大吗?"

"非常大。"

"它没有接近尸体吗?"

"没有。"

"那天晚上天气怎样呢?"

"又潮又冷。"

"没下雨吧?"

"没有。"

"路两侧是什么样的?"

"有两行水松老树篱,约十二英尺高,很密,人穿不过去,中间隔着一条八英尺宽的小路。"

"树篱和小路之间还有什么空地吗?"

"有的,在小路和两排树篱之间各有一条约六英尺宽的绿地。"

"我想那树篱一定有一处被栅栏门切断了吧?"

"是的,就是对着沼泽地开的那个栅门。"

"还有别的开口吗?"

"没有了。"

"那么说,要想到水松夹道里来,除了从宅邸进去外,只能由开向沼泽地的栅门进去了?"

"还有一个出口在另一头的凉亭那儿。"

"查尔兹爵士走到那里没有?"

"没有,发现尸体的地方距离凉亭约有五十码。"

"那,摩梯莫医生,请告诉我——这一点至关重要——你所发现的爪印是在小路上而不是在草地上,对吧?"

"在草地上找不到任何痕迹。"

"是在靠近开向沼泽地的栅栏门那一面的小路上吗?"

"是的,是在栅门那一面的路边上。"

"您的话我很感兴趣。还有一点,栅栏门是关着的吗?"

"关着,而且还用锁锁着呢。"

"门有多高?"

"四英尺左右。"

"那么说,无论谁都能爬过来了?"

"是的。"

"栅栏门上有什么痕迹吗?"

"没有什么特别的痕迹。"

"真奇怪!没有人检查过吗?"

"检查过,是我亲自检查的。"

"什么也没有发现吗?"

"简直让人糊涂:很明显,查尔兹爵士曾在那里站过五分钟到十分钟。"

"您怎么知道的呢?"

"因为他的雪茄落下过两次烟灰。"

"太妙了,华生,摩梯莫医生和咱们简直是同行,连思路都一样。可是脚印呢?"

"在那片沙砾地面上全是他的脚印,我看不出来有别人的脚印。"

歇洛克·福尔摩斯烦躁地敲着膝盖。"我要在那儿该多好!"他说道,"这

巴斯克维尔庄园的猎犬

是一个很有趣的案件,很显然,这是一个犯罪学专家进行研究工作的好机会。我本来可以在那片沙砾地面上看出不少线索;可是,雨水和爱看热闹的农民的木鞋子把那些痕迹都弄没了。啊!摩梯莫医生,摩梯莫医生啊,当时您怎么不叫我去呢!说真的,您该对这件事负责。"

"福尔摩斯先生,我不能请了您,又不公布真相,而且我已向您解释不愿这样做的原因了。同时,同时……"

"您还犹豫什么呢?"

"有的问题,即使最精干的侦探也会感到很棘手的。"

"您是说,这事情发生得很古怪吗?"

"我可没这么说。"

"您是没有明确这样说。但是,显然您是这样想的。"

"福尔摩斯先生,自从这件惨案发生之后,我曾听过一些事情,但它们却很难和自然法则相符合。"

"比如说?""这件事发生之前,据说有些人也在沼泽地里见过这只形状怪异的动物,可以肯定地说,它决不是我们已知的动物。他们描绘此物的共同之处是,它很大,发光,面目狰狞,如魔鬼一般。我曾查问过那些人,其中有一个精明的乡下人,一个马掌铁匠,一个沼泽地里的农户,他们三人讲了一个相同的故事,都是关于这个可怕的幽灵的,和传说的狰狞可怕的猎狗完全相符。您可以想到,全区笼罩着恐惧的气氛,没几个人敢在夜晚走过沼泽地。"

"您是一个有文化、科学素养高的人,难道您也会相信这鬼怪事吗?""我也不知道应该相信什么。"福尔摩斯耸了耸肩。"到现在,我只能在人世间进行调查工作,"他说,"我只与罪恶做了稍许的斗争。但是,要同鬼神接触,那可就不是我所能做到的事了。但是无论如何,您总得承认,脚印是实实在在的吧。"

"这只古怪的猎狗确实是完全地可以撕碎人的喉咙,可它又的确像妖魔。"

"看得出来,您已经开始在神力范围内寻求结论了。可是,摩梯莫医生,请您告诉我,您为什么自己有了这种想法,还来找我呢?您认为调查此事是无用的,可您却又希望我去查。"

"我并没有说过希望您去调查啊。"

"那么,那么您想怎样呢?"

福尔摩斯探案全集

"希望您告诉我,应该怎样对待即将抵达滑铁卢车站的亨利·巴斯克维尔呢?"摩梯莫医生看了看他的表,"他在一个钟头零一刻钟之内就要到了。""他就是巴斯克维尔庄园的继承人吗?"

"对,查尔兹爵士死后,我们调查了这位年轻的绅士,发现他多年来一直在加拿大务农。根据我们的了解,不论从哪个方面进行评价,他都是个很好的人。我现在是作为查尔兹爵士遗嘱的委托人和执行人说话的,而不是作为一个医生。"

"我想没有其他人申请继承了吧?""没有了。在他的亲人中,我们唯能想到的另一个人就是罗杰·巴斯克维尔了。三兄弟中数他最小,查尔兹是老大,老二早逝,这个亨利便是老二的儿子。老三罗杰是有名的恶棍,他继承了家族传统的专横,据说,他酷似家族中的老修果。他在英格兰折腾得无法站稳脚跟了,于是逃到了美洲中部,一八七六年生黄热病死在了那里。亨利已是巴斯克维尔家族唯一的后裔了。我在一小时零五分之后就要到滑铁卢车站去见他了。我收到电报,说他已于今晨抵达南安普敦。福尔摩斯先生,现在您打算让我对他怎么办呢?"

"为什么不让他到他祖祖辈辈居住的家里去呢?""看来应该如此。但考虑到巴斯克维尔家的每个人只要一到那里,就会遭不测,我想,如果查尔兹爵士死之前还来得及能和我说话的话,他一定会告诉我,不要把这古老家族的最后一个后裔和巨大财产的继承者带到这个致命的地方来。但不可否认,亨利的到来决定了整个贫困、荒凉的乡区的繁荣,庄园如无人主持,查尔兹爵士做过和未完成的善事便会中断。我对此事很关心,我的想法也会对此事产生重大影响,所以才将这案件向您提出来,征求您的意见。"福尔摩斯沉思了一会儿。

"简单地说,事情是这样的,"他说,"您是说,有一种魔鬼般的力量,骚扰着达特沼泽地的巴斯克维尔家族,您是这样认为的吗?"

"至少可以说,有些迹象表明是如此的。"

"说的有理,但真如您所说,亨利爵士在伦敦也会像在德文郡一样倒霉,一个魔鬼是不可能像教区礼拜堂似的,只在本地施展权威。"

"福尔摩斯先生,如果您亲身经历过这些事情,就不会这样轻率地下结论了。我理解你是这样认为的:亨利在德文郡会和在伦敦同样的安全无虞。他五十分钟后就要到了,您说该怎么办呢?"

巴斯克维尔庄园的猎犬

"先生,我想您应该坐上一辆出租马车,带走您那只正抓挠我前门的长耳朵猎狗,到滑铁卢接亨利·巴斯克维尔爵士。"

"然后呢?""然后,您先什么也别告诉他,等我对此事做出决定后再说。""您要用多长时间才能做出决定呢?""二十四小时。如果明天上午十点您能到这里来找我的话,摩梯莫医生,如果能这样做的话我真是太感谢您了;而且如果亨利·巴斯克维尔爵士能和您一起来的话,那对我做出未来的计划就更有帮助了。"

"我一定照您说的去做,福尔摩斯先生。"他把这约会用笔写在袖口上,然后就匆忙地走了,还是那种怪异的眼神和懒散的样子。当他走到楼梯口时,福尔摩斯又把他叫住了。

"还有一个问题问您,摩梯莫医生,您说在查尔兹·巴斯克维尔爵士死前,曾有几个人在沼泽地里看见过这个怪物吗?""有三个人看见过。""后来还有别人看见过吗?""这我就不知道了。"

"谢谢您,再见。"

福尔摩斯心满意足地回到座位上,这表明这个工作很适合他的口味。

"要出去吗,华生?""是啊,不过如果需要的话,我就不出去了。""不,我亲爱的朋友,只有在计划付诸实施的时候,我才会求助你呢。好极了,从某些方面来看,这件事实在太独特了。出去的时候,让布莱德雷商店给我送来一磅浓烈的板烟好吗?谢谢你。如果可以的话,黄昏前你能不回来吗?我很想利用这段时间比较一下今早得到的关于这个很有趣的案件的种种印象。"

我知道,对我这位朋友来说,要想让他能高度集中精力,权衡点滴证据,做出不同的假设,把它们对比一下,最后再确定哪几点是重要的,哪些是不真实的,闭门独处、苦思终日是极为重要的。因此,我就泡在俱乐部里消磨时间,直到将近九点钟的时候,我才又回到休息室里。我刚打开门,以为着火了,满屋都是烟,连台灯的灯光都看不清了。走进去以后,当浓烈的板烟气呛得我咳嗽起来,我才算放了心。透过烟雾,我模模糊糊地看到福尔摩斯穿着睡衣的身影蜷卧在安乐椅中,周围放着一卷一卷的纸,嘴里叼着黑陶烟斗。

"着凉了吗,华生?"他说。

"没有,都是这有毒的空气搞的。"

"啊,这空气是够浓的了。"

"浓得简直无法忍受。"

"那么,打开窗子吧!一看就知道,这一天你始终泡在俱乐部里吧?"

"我亲爱的福尔摩斯!"

"我说得对吗?"

"当然了,可是怎么——"

他讥笑着我那莫名其妙的神情。

"华生,因为你一身的轻松愉快,让我很想玩个小把戏来开心。一位绅士打扮得干干净净地在泥泞的雨天出门,可他回来时却跟出门时一样整洁,皮鞋依然锃亮如初,他准是一天都没在户外活动。他还没有亲近的朋友,你想他会到哪里去呢?这不是很明显吗?"

"对,相当明显。"

"世界上有许多明显的事没人能看得出来。你以为我是呆在什么地方的?"

"你这不是没动地方吗?"

"正相反,我到德文郡去了一趟。"

"'灵魂'去了吧?"

"正是,我的身体一天都坐在这只安乐椅里。但是有些遗憾,在我的'灵魂'去德文郡期间,两大壶咖啡没了,还有这么多难以置信的烟草。你走之后,我派人去斯坦福警局取来了绘有沼泽地这一地区的地图,现在我对那个地区的道路已了如指掌,因为我的'灵魂'已在那张地图上逛了一天。"

"我想那一定是一张很详细的地图吧?""很详细。"他把地图放在膝盖上,打开一部分,"这个地区与我们有密切的关系,巴斯克维尔庄园就在中间。"

"是被树林环绕着的吗?""是的。我想虽然这儿并没标明那条水松夹道,但它一定是沿着这条线伸展下去的。你可以看得出来,在它的右侧是沼泽地。这一小堆房子就是格林芬村,咱们的朋友摩梯莫医生就住在这里。你可以看到,方圆五里之内,只有零星散布的少有的几个房屋。事件里提到的赖福特庄园在这里。这个注明了的房子,可能就是那位生物学家的住宅;如果我没有记错的话,他姓斯台普顿。这里是两家沼泽地的农舍,高陶和弗麦尔。王子镇的大监狱就在十四英里以外。这些居住点十分分散,它们分别被荒凉的沼泽地包围着,联系起来十分不便。对于这个曾上演悲剧的舞台,如果靠我们的帮助,也许会演出些好戏呢。"

巴斯克维尔庄园的猎犬

"这可真是个荒野之地。"

"啊,这可真是一个适合魔鬼出没的地方……"

"这么说,你也有些赞同神怪的说法了!"

"撒旦的代理人也许是血肉之躯呢,这都是可能的。咱们面临的问题有两个:第一,是否真的发生过犯罪的事实;第二,是什么性质的罪行和这罪行是怎样展开的?当然,如果摩梯莫医生的猜疑是对的,那么,我们就要和非自然的另类势力打交道了,那样,我们也不用再进行调查工作了。但是,我只能在各种推断都被推翻之后,才能来这条路上研究。如果可以的话,我想把窗户关上。很奇怪,我总觉得在浓重的空气里,人能够集中精力,排除杂念。虽然我还没到非闷在箱子里才能思考的地步,可是我感觉,如果再这样下去的话,一定会出现那样的后果。这件案子,你在脑子里思考过了吗?"

"嗯,白天我考虑了很多。"

"你的看法怎么样呢?"

"太古怪了,很难找到头绪。"

"这案件确实独特异常。有几个重要的地方,像那足迹的变化,对于这个你怎么看?"

"按摩梯莫说的,死者是用足尖走过那一段夹道的。"

"他当时不过是重复了一个蠢人在验尸时说过的话。一个人怎么会沿着夹道用足尖走路呢?"

"那么,该怎样解释呢?""他是在逃命,拼命地奔跑,一直跑到心力衰竭倒在地上死去为止。"

"他是在逃避什么呢?"

"关键就在这里,各种迹象表明,这人在开始跑以前已被看到的一切吓得发了疯。"

"你根据什么这样说呢?""我猜想,他的恐惧是来于沼泽地的。如果假设成立的话,看来最可能的是:只有一个被吓得魂飞魄散的人才会向房子相反的方向跑。如果那个吉卜赛人的证词可以相信的话,他就是边跑边呼救命,他当时已经昏了头,并不知道奔去的方向不会得到救助。更大的疑点是他当时在等什么人,而又为什么不在房子里等?"

"你觉得他是在等人吗?""那人年长体弱,傍晚时分出来散散步,这是可以理解的。可是当晚天气那么冷且地面潮湿;而且摩梯莫医生根据雪茄烟灰

所得出的结论,说明他竟站了五分钟或十分钟的时间,这明显很不寻常,对吗?""他可是每天晚上都出去啊!"

"我认为他不是每天晚上都在通向沼泽地的门前呆着。相反,有证据能表明他是躲避沼泽地的。但是在他要去伦敦的前一个晚上,他去那里等过。事情已经初露端倪了,华生,它变得前后相符了。请把我的小提琴拿过来,等明早和摩梯莫医生与亨利·巴斯克维尔爵士见面时,咱们再进一步考虑这件事吧。"

巴斯克维尔庄园的猎犬

亨利·巴斯克维尔爵士

　　福尔摩斯穿着睡衣在收拾干净的早餐桌前等候着约会对象的到来。摩梯莫医生很守时,刚十点,他就来了,后面跟着年轻的准男爵。准男爵看上去很干练,生着一双黑眼珠,约有三十岁模样,很结实,眉毛浓重,还有一张坚毅好斗的面孔。他穿着苏格兰式服装,红色的面孔,饱经风霜的外表显出他是个大多时间在户外活动的人,可他那沉着的眼神和宁静自信的态度,又显现出十足的绅士风度。

　　"这就是亨利·巴斯克维尔爵士。"摩梯莫医生说。

　　"噢,您好,"亨利爵士说道,"即使我这位朋友没建议今早来找您,我自己也会来的。我知道您是善于研究小问题的。今天早晨,我就遇到一件百思不得其解的事。"

　　"请坐吧,亨利爵士。您的意思是,您到伦敦后已经碰上了一些怪事吗?"

　　"没有什么重要的事,福尔摩斯先生,我想多半是开玩笑。如果可以把它叫做信的话,今早我就收到了这样一封信。"

　　他把信放在桌上,我们都探身去看。信纸很平常,灰色。收信地址是"诺桑勃兰旅馆",字迹很潦草,邮戳是"查林十字街",信是前一天傍晚发的。

　　"有谁知道您会到诺桑勃兰旅馆去呢?"福尔摩斯先生用锐敏的目光望着我们的客人。

　　"没人能知道啊!还是在我见到摩梯莫医生以后,才定下来的。""但是,摩梯莫医生一定是先去过那里了吧?""不,以前我是和一个朋友住在一起的,"医生说,"我们并没有流露要到这家旅馆去。""嗯,看来有人很关心你们的行动呢。"他从信封里拿出了一页叠成四折的半张 13×17 英寸的信纸。他把信纸打开,平铺在桌上。信纸中间有一行用铅印字贴出来的话,是这样写的:

　　若你珍惜你生命的价值或还有理性的话,远离沼泽地。

只有"沼泽地"几字是用墨水写成的。

"现在,"亨利·巴斯克维尔爵士说,"福尔摩斯先生,也许您能够告诉我,这到底是怎么回事,能是谁这么关心我的事呢?"

"摩梯莫医生,您怎么看呢?不管怎样,您都得承认这封信里绝没有什么鬼怪的成分吧?""当然,先生。但寄信的人倒很可能是个认为这是件神怪事的人。""怎么回事啊?"亨利爵士焦急地问道,"我觉得你们两人好像比我自己还知道我的事。"

"亨利爵士,我保证在你离开这里之前,会知道我们所了解的全部情况。"歇洛克·福尔摩斯说道,"现在,还是让我们先谈一下这封信,这信一定是昨天傍晚拼凑成后寄出的。有昨天的《泰晤士报》吗,华生?"

"在墙角放着呢。""麻烦你拿给我可以吗?请帮忙翻开里面专登主要评论的那面。"他迅速地浏览了一遍,"这篇重要的评论谈的是自由贸易,让我来读一读其中的一段吧。

你可能还会相信那些骗人的花言巧语,即保护税会对你从事的买卖或工业有所帮助。但若你是理性的人,并具有长远的眼光的话,你会知道,这项法律注定会造成国家贫穷,限制进口,导致该岛国一般生活水平的下降。"

"华生,你怎么看这件事呢?"福尔摩斯高兴得叫了起来,两手来回搓着,"你不认为这是一种令人感佩的情感吗?"

摩梯莫医生煞有兴趣地望着福尔摩斯,而亨利·巴斯克维尔爵士则两眼茫然地盯住了我。

"税收这一类的事情我可不大懂,"亨利爵士说道,"可是我知道,我们现在对于这封短信来说,已经离题了。"

"亨利爵士,其实正相反,我们恰恰是在正题上。对于我所采用的方法,华生要比您知道得多,但可能连他也不见得十分了解这段话的重要性。"

"确实,我也没看出两者之间有什么关系。""可是,两者之间真的是联系得很紧密,信中的每个字都是从这一小段中抽出来的。例如:'你'、'你的'、'生'、'命'、'理性'、'价值'、'远离'等,您现在还看不出来这些字和那封信的关系吗?""天那!太棒了,您可真聪明!"亨利爵士喊了起来。

"如果对此还有什么疑问的话,'远离'和'价值'这几个字是在同一个地方剪下来的,这个事实可以消除所有怀疑了。"

"嗯,现在……确实!""说实话,福尔摩斯先生,这真是我料想不到的事,"摩梯莫医生惊异地盯着我的朋友说,"如果有人说这些字是由报纸上剪下来的,我也能相信,可您竟连是哪份报都知道,并且还能说出是剪自一篇重要的社论,这可是我所经历的最令人难以置信的事了。您是怎么知道的呢?"

"医生,黑人和爱斯基摩人的头骨您能区分开吧?"

"当——然了。"

"但是,怎样区别呢?"

"研究头骨是我的特殊嗜好,那些区别是很明显的。眉骨隆起,面部的斜度,颚骨的线条,还有……"

"这也是我的特殊嗜好,就像那两种人的头骨在您眼中的区别一样,那不同点也是同样的明显。在我看来,《泰晤士报》里所用的小五号铅字和半个便士一份的用字体拙劣的铅字排出的晚报之间,也同样有着很大的区别。对犯罪学专家来说,区别报纸所用的铅字,是最基本的知识之一。不过,坦白地说,在很多年以前,我曾有一次把《里兹水银报》和《西方晨报》搞混了。但是《泰晤士报》评论栏所采用的字型是与其他报纸上采用的字型非常不同的,所以不可能被误认为是其他的报纸。因为这封信是昨天贴成的,所以在昨天的报纸里就有可能找到这些文字。"

"福尔摩斯先生,我明白了,"亨利·巴斯克维尔爵士说道,"那么说,这封信一定是那个人用一把剪刀剪成的……"

"是剪指甲的剪刀,"福尔摩斯说,"您看不出来吗,那把剪刀的刃很短,因为那个人剪了两下才剪下'远离'这个词。"

"确实是这样。也就是说,制造此信的人用短刃剪刀剪下了这封信所用的字,然后用浆糊贴了上去……"

"用胶水。"福尔摩斯说。

"嗯,是用胶水贴的。可是为什么'沼泽地'这个词却是手写的呢?""因为在报纸上,其他的字比较常用,而'沼泽地'就不怎么常用了。""啊,当然了,这样就能解释清楚了。您从这封短信里还看出些什么别的东西吗,福尔摩斯先生?"

福尔摩斯探案全集

"还有一些迹象值得研究。他煞费苦心来消灭所有的线索,您看得出来,这个住址写得很潦草。除了受过良好的教育,普通人很少阅读《泰晤士报》。可以这样假定,这封信一定出自一位受过相当程度教育的人之手。可从字迹上看,这个人却将自己打扮成一个没有多少文化的人。而从他想方设法掩饰自己的笔迹来看,他是怕这笔迹会被您认出或查出来。还有,很显眼的,那些字贴得不整齐,不成一条直线,有些字高一些。'生命'这个词,贴得就很不是地方。这一点可以看出写信人的粗心大意,或是由于紧张、激动所致。总的说来我是比较倾向于后一种想法的,因为这件事很明显很重要,这样一封信的编造者,不应是个粗心大意的人。如果是慌张的话,这就引出了一个新问题,而且非常值得注意,他为什么要慌张呢?因为清晨寄出的任何信件,都会在他离开旅馆以前被送到亨利爵士的手里的。写信的人难道是怕被人撞见吗——可是他又是怕谁呢?"

"我们这不是在胡猜吗?"摩梯莫医生说道。

"嗯,不如说是在比较各种可能性,选出与事实最为接近的可能,科学缜密的思维必须建立在可靠的物质基础之上。现在,还有一点,即使您仍认为那是胡猜,但我仍会肯定,这信上的地址是在一家旅馆里写成的。"

"您的根据是什么呢?""只要您再仔细查看一下就会发现,这笔尖和墨水似乎都不尽如人意。写一个字的瞬间,笔尖便两次勾住纸并滴出墨水。只写了一个短短的地址,墨迹断了三次,这说明瓶中的墨水已经所剩不多了。您想,私人的钢笔和墨水瓶是很少会这样的,更不要说同时出现两种情况了,而旅馆的钢笔和墨水却几乎都是这样。真的,我可以毫不犹豫地说,只要咱们能去检查一下林十字街附近各旅馆的废纸篓,就一定会找到那份被剪破的《泰晤士报》,进而就能找到发怪信的人了。啊!咦呀!这是什么啊?"

他把那张贴着字的信纸贴近眼睛仔细辨认着。

"有什么不对吗?""没有什么,"一面说着他又扔下了信纸,"这是半张空白信纸,上边连个水印都没有。我想,这封怪信只能给我们提供这些线索了。啊,亨利爵士,您来到伦敦后,还有什么特别的事发生吗?"

"嗯,没有,福尔摩斯先生。到现在还没有。"

"您难道还没察觉到有人在监视您吗?"

"我觉得我已经成了一部情节离奇的小说中的主人公了,"爵士说,"见鬼,监视我干什么?"

巴斯克维尔庄园的猎犬

"这就是我们马上要谈到的问题了。但在这之前,难道您就没有什么要对我们说的吗?"

"噢,这要看什么事情对你们有价值了。"

"我认为任何不同往常的事都可能会很有价值的。"亨利爵士微笑起来。"我的大部分时间都是在美国和加拿大度过的,所以并不熟悉英国人的生活。但我想丢了一只皮鞋应该不会很重要吧?""您丢了一只皮鞋吗?""我亲爱的爵士,"摩梯莫医生叫了起来,"很可能是您放错了地方,您回到旅馆后一定会找到的。这样的小事怎么会有用呢?""唉,是他问我有什么不同往常的事啊。""很对,"福尔摩斯说,"这件事看来是很荒谬。您是说您丢了一只皮鞋吗?""唉,也可能是放错地方了吧。我昨晚把一双鞋放在门外,早晨起来只剩一只了。这双高筒鞋是我昨晚刚从河滨路买来的,一次都没穿过。连擦皮鞋的也不知道怎么回事。"

"您为什么把一次未穿的新鞋放在外面去擦呢?"

"我只是想把这双浅棕色高筒皮鞋上油,就把它放在外边了。"

"那么说,昨天您一到伦敦就马上去买了一双高筒皮鞋吗?"

"也许美国西部的生活方式使我有些放荡不羁,我想,既然我要以乡绅的身份到那里去,我就应当穿着当地式样的服装,因此我请摩梯莫医生陪我四处逛,买了很多东西。那双棕色高筒皮鞋花了六块钱,只可惜还没穿一次,就丢了一只。"

"这种东西如果只有一只似乎并没有什么用处,"歇洛克·福尔摩斯说道,"我想摩梯莫医生说得没有错,丢了的那只皮鞋不久就会找到的。""嗯,先生们,"准男爵口气坚决地说,"我想,我所知道的每一件事情都原原本本地告诉你们了。现在,是你们实践诺言的时候了,现在就把大家一直关心的事详详细细地告诉我吧。"

"这是自然,"福尔摩斯回答说,"摩梯莫医生,我想最好还是请你把全部事实告诉爵士吧。"在福尔摩斯的鼓励下,摩梯莫医生从口袋中拿出那份手稿,又把案件的经过讲述了一遍。准男爵认真听着,不时地发出惊奇之声。

"嗯,看来我是继承了一份不太安全的遗产,"在冗长的叙述结束之后,准男爵说,"有关这只猎狗是我们家最喜欢讲的故事了,我很小的时候就听到过,可是我以前从来就没有相信过它。但现在从我伯父突然去世看来……我似乎感到十分不安,而且至今我也没搞清楚。我看你们也没有确定这件事应

该交给警察还是交给牧师吧。"

"是啊。"

"现在又出现了这封奇怪的信,它大概和这件事脱不了关系。"

"这件事似乎说明,有人似乎比我们更了解沼泽地上所发生的事。"摩梯莫医生说。"还有一点,"福尔摩斯说道,"这个人给您寄这封信的目的是让您注意防范危险,因为他似乎对您颇有善意。"

"也许是为了他们自己,想让我知难而退。"

"啊,也不排除这种可能。摩梯莫医生,非常感谢您向我提供了一个有几种有趣的可能性的问题。可是,亨利爵士,眼前需要马上决定的一个问题是,您到底应不应该去巴斯克维尔庄园呢?"

"我为什么不去呢?""那里似乎有危险。""是那个恶魔还是某个人对我构成危险呢?""啊,您说的正是我们要弄清楚的事啊。""不管怎样,我已经决定了,没有任何人能阻挡我回到家乡去。福尔摩斯先生,您可以认定这是我最后的决定。"说话的时候,他双眉紧皱,面孔也变红起来。显然,在这位后裔身上,依然保持着巴斯克维尔家族暴躁的脾气。"同时,"他接着说,"我并没有时间去思考你们所告诉我的所有事实。对于这样的大事,只谈一次是不可能全部消化并做出决定的,您让我安静地思考一下后再做决定。喂,福尔摩斯先生,现在已经十一点半了,我得回到我的旅馆去。希望您和您的朋友华生能够在两点钟的时候来和我们共进午餐,到那时,我会更加清楚地告诉你们我的想法。"

"华生,你方便吗?"

"没有问题。"

"那么就请您等着我们吧。需要我替您叫一辆马车吗?"

"我想散散步来平复一下我激动的心情。"

"我很高兴陪您一起散步。"他的同伴说。

"那么,两点钟时再见吧。再见,早安!"

楼下传来两位客人的脚步声和关门的声音。福尔摩斯突然由一个貌似慵懒的人变成了个行动派。"穿戴好你的鞋帽,华生,快!我们不能浪费一点时间!"他穿着睡衣冲进屋,神奇地在几秒钟内着装完毕冲了出来。我们一同慌忙下楼来到街上。摩梯莫医生和巴斯克维尔爵士就在我们前面约有二百码,正向着牛津街的方向走去。

巴斯克维尔庄园的猎犬

"要不要叫住他们?""天哪!可千万别这样,我亲爱的华生。只要你还愿意和我在一起,就这么陪着我吧。我们的这两位朋友简直是太明智了。这是个很适于散步的早晨。"他加快了脚步,缩短了我们之间的距离,然后保持着一百码的距离跟在他们后面,走上了牛津街,又转到了摄政街。当那两位朋友站住望着商店的橱窗时,福尔摩斯也同样地望着橱窗。过了一会儿,他高兴得轻轻地叫了一声,顺着他那急切的眼神,我看到了一辆本来停在街对面的双轮马车正缓缓地前进,里面还坐着一个男人。

"就是那个人,华生,快!我们最起码应该看清楚他的长相。"

这时,车中的人从马车的侧窗中转向我们,在那一瞬间,我看到了一张生着浓密黑须和逼人双眼的面孔。突然,他打开车顶的滑动窗,向马车夫喊了些什么,然后马车疯狂地顺着摄政街飞奔而去。福尔摩斯焦急地四下张望,可是并没有看到一辆空车。情急之下,他冲了出去,在车流里疯狂地追赶着,可是那马车跑得太快了,早已不见了踪影。福尔摩斯急促地喘着气从车流中钻出来,他恼火地说:"见鬼,咱们从没这么倒霉,这么不顺利。华生,如果您够诚实,就记下这件事,作为我无所不能的最大讽刺吧。"

"那人是谁呀?"

"我还不知道。"

"是盯梢的吗?"

"哼,从已了解到的情况来看,显然是从爵士进城以后,便被盯梢了,不然别人怎么会知道他住进了诺桑勃兰旅馆呢?不知你可否记得,当摩梯莫医生讲述传说的时候,我到过窗前两次。那是因为我肯定如果第一天他们就盯上了他,那么第二天也一定会盯的。"

"是的,我记得。"

"那时我试图找到一些在街上闲逛的人,但我一个都没有找到。华生,看来那是个十分精明的人啊。这件事十分微妙,虽然我还不能确定对方是敌是友,但是感觉到他是个有能力、有智谋的人。在我们的朋友走后,我马上就跟踪了他们,为的就是想发现那个神秘的跟踪者。他可真狡猾,连走路都觉得不安全,竟准备了一辆马车,这样即使是从他们身边猛冲过去,也不会引起他们的注意。他这办法还有方便之处呢,如果他们坐上一辆马车,他也不会跟不上他们的。但是,也有不利之处。"

"这样他就要听凭马车夫的摆布了。"

福尔摩斯探案全集

"完全正确。"

"咱们没有记下车号,太可惜了。"

"我亲爱的华生,你不会以为我笨得连号码都忘了记吧?那车号是2704。但是,眼下它还没什么用。"

"没想到那么紧急的情况下你还能记下这车号。""在看到那辆马车时,我应该马上转身走开,然后雇另一辆马车,跟在那个人后面,或者驱车到诺桑勃兰旅馆去守株待兔。当那个神秘的人尾随巴斯克维尔到达目的地时,我们就能知道到什么地方去了。但我太急于求成和疏忽大意,暴露了自己,让狡猾的对手溜掉了。"

我们沿着摄政街边走边谈,摩梯莫医生二人早已在我们的视野之中消失。"现在没有必要再跟着他们了,"福尔摩斯说道,"盯梢的人走了,就不会再回来了。咱们必须认真考虑一下咱们手里的几张牌,以便果断使用。你能认出车中人的相貌吗?"

"我只能认出他的胡须来。"

"我也能——可是我估计那极可能是假的。以他的机智,那绺胡子唯一的作用就是掩饰他的容貌。进来吧,华生!"

他进了一家职业介绍所,受到了主人的欢迎。

"啊,维尔森,希望您不会忘记我有幸帮过您的那件小案子。"

"先生,我怎么会忘呢?您不但挽救了我的名誉,而且还可以说是我的救命恩人呢。"

"我亲爱的伙伴,您言重了。维尔森,我记得在那次调查过程中,您手下有个叫卡特莱的孩子似乎很有才干。"

"是的,先生,他还在我们这里呢。"

"您能把他叫出来吗?还有,请您把这张五镑的钞票帮我换成零钱,谢谢!"不一会儿,一个相貌机灵的十四岁孩子站在了福尔摩斯的面前,毕恭毕敬注视着这位神探。

"把那本首都旅馆指南给我看看好吗?"福尔摩斯说道,"谢谢!啊,卡特莱,这是查林十字街附近的二十三家旅馆,你看到了吗?"

"看到了,先生。"

"你要挨家地到这些旅馆去。"

"是,先生。"

"这儿有二十三个先令,你每到一家就给看门人一个先令。"

"是的,先生。"

"你就说你要找一份被送错了的重要电报,请他们给你看看昨天的废纸。知道了吗?"

"知道了,先生。"

"你真正要找的是一份被剪成一些小洞的《泰晤士报》。这里有一份,就是这一篇。你能认得出来吗?"

"能,先生。"

"好的,现在,再给你二十三个先令。因为每次大门的看门人都要把客厅看门人叫来问问,所以你也要给他一个先令。这二十三家可能大多数已把废纸烧掉或运走了,但不管剩几家,你都要找这张《泰晤士报》,尽管很可能什么也找不到。为应付紧急情况,再给你十个先令,你必须在黄昏前给我发一份电报,把结果告诉我。好了,华生,现在咱们要干的事是查清车号是2704的马车夫了,然后就可以去证券街的那家美术馆去消磨剩下的时间了。"

三条断了的线索

歇洛克·福尔摩斯有着极高的自我控制能力。在美术馆里,他全身心地融入到近代比利时绘画大师的作品中,将困扰我们的怪事统统抛在了脑后。我们从美术馆到诺桑勃兰旅馆的途中,他滔滔不绝谈的都是美术,尽管在那方面他只是个外行。

"亨利·巴斯克维尔爵士正在楼上等着你们呢。"守门人说道,"他让我等你们一来就马上领你们上去。"

"我是否可以看一看你们的旅客登记簿?"福尔摩斯说。

"当然可以。"从登记簿上可以看出,在巴斯克维尔之后又来了两拨客人。他们分别是来自新堡的肖菲勒斯·约翰森一家和来自奥吞州亥洛基镇的欧摩太太及女佣人。"这一定是我认识的那个约翰森吧,"福尔摩斯向守门人说道,"他头发花白,行走有些不便,脚有点跛,是个律师,对吗?"

"不是的,先生,约翰森先生是个煤矿主,他是一个静不下来的绅士,年纪跟您差不多。"

"您一定把他的职业搞错了吧?"

"没有,先生!他是我们旅馆的常客,我们都很了解他。"

"啊,可能是我记错了。欧摩太太,这个名字好像很熟悉,请原谅我的好奇心,可是在拜访一个朋友的时候常常会遇到另一个朋友,我想您会理解的。"

"她是一位疾病缠身的太太,先生。她丈夫曾当过葛罗斯特市的市长。只要她进城就一定会住在这里。"

"谢谢您,恐怕不能说她是我的熟人了。"

我们一起上楼的时候,他低声对我说:"刚才的那些问题告诉了我们一个重要的事实,那些跟踪咱们朋友的人们,并没有和他住在同一个旅馆里。也就是说,虽然他们就像所表现出来的那样热衷于跟踪监视他,可是,同样的,他们也非常担心会被他发觉。看来,这个事实很能说明问题啊。"

"这能说明什么问题呢?""这说明——天啊,亲爱的朋友,发生了什么

巴斯克维尔庄园的猎犬

事?"当我们快走到楼梯顶端的时候,正遇上满脸怒气的亨利·巴斯克维尔爵士迎面走来。他手里提着一只满是尘土的旧高筒皮鞋。此时他说话的声音因气愤比早晨显得高亢,西部口音也重得多了。

"他们这旅馆的人,是不是以为我好欺负,"他喊道,"让他们小心点吧,他们不久就会知道,他们开玩笑找错了人了。真是岂有此理!福尔摩斯先生,他们这回太过分了,请您证明,如果他们找不到我丢了的鞋,就等着找麻烦吧。"

"还在找您的皮鞋吗?""是啊,先生,非找到不可。""可是您丢的不是一只棕色高筒的新皮鞋吗?""是啊,先生。可是现在又丢了一只旧的黑皮鞋。""什么,难道说……""我正是要说,我一共有三双鞋——一双棕色的新鞋,一双黑色的旧皮鞋和我现在穿着的这双漆皮皮鞋。昨晚他们拿跑了我的一只棕色皮鞋,今天竟然又偷了我一只黑的——喂,你找到了没有?你倒是说话呀,不要光在那儿站着瞪眼!"

那个忐忑不安的德国籍侍者急忙答道:"没有,先生。我找遍了旅馆的每个地方,可什么都没发现。""好吧,在天黑前一定要找回来,否则我就要找老板去,告诉他,我马上就离开这旅馆。""一定能找到的,先生,请您稍微忍耐一下,我保证。""但愿如此,我可不想再丢东西了——咳,福尔摩斯先生,请原谅我,这些小事烦扰您了……""我倒认为这件事很值得注意呢。"

"啊,您过于认真了吧。"

"您对这件事如何解释呢?"

"我根本就不想解释什么,这件事是所有发生过的事里最气人的了。"

"也许是最奇怪的事情……"福尔摩斯意味深长地说道。

"您是怎样看的呢?"

"啊,我不敢说我已经了解了。这是一件很复杂的案子,亨利爵士。我看,如果把这件事与您伯父的死联系起来,它恐怕是我办过的所有案件中最复杂离奇的一件了。现在我们手中已掌握了几条线索,尽管我们会不可避免地把时间浪费在错误的线索上,但迟早我们会找到正确的线索,进而查明真相。"

午餐时,我们尽量不去谈那件案子,因此,气氛是愉快的。饭后,福尔摩斯在起居室里问巴斯克维尔的下一步如何打算。

"到巴斯克维尔庄园去。"

巴斯克维尔庄园的猎犬

"什么时候去?""周末。""总的来说,"福尔摩斯说道,"我觉得这是上策。毋庸置疑,您在伦敦已经被人跟踪了,在这人流如潮的大城市里,我们根本就无法弄清楚这些人是谁,怀有何种目的。如果他们跟我们是敌对的,那您随时都会有危险,而我们却无力阻止任何不幸的事发生。摩梯莫医生,难道您没有察觉你们今早从我家出来之后,就被人盯上了吗?"摩梯莫医生大吃一惊:"被盯上了!是什么人?"

"对不起,这件事我还没有调查清楚。在达特沼泽地,在您的熟人中有没有留着又黑又长的胡子的人?"

"没有——嗯,让我想想看——啊,对了,查尔兹爵士的管事白瑞摩是黑色络腮胡子。"

"啊!他在什么地方?"

"他是那座庄园的总管。"

"我们最好证实一下,他到底在哪儿,说不定他正在伦敦呢。"

"您如何来证实这一点呢?"

"给我一张电报纸。'亨利爵士即到,是否已准备好一切?'这样就行了。发给巴斯克维尔庄园,交白瑞摩先生。离庄园最近的电报局是在格林芬吗?好极了,咱们再发一封电报给格林芬的邮政局长,就写'发白瑞摩先生的电报必交本人。如不在,请回电通知诺桑勃兰旅馆亨利·巴斯克维尔爵士。'这样,用不了多长时间咱们就可以知道白瑞摩是否在庄园了。"

"这样很好,"巴斯克维尔说道,"可是,摩梯莫医生,这个白瑞摩到底是怎么样的人呢?"

"他是已故老管家的儿子,他们一连四代人都在照管着这座庄园。据我所知,在那里,他们夫妇是很受人尊敬的。"

"同时,"巴斯克维尔说道,"这也表明,只要我们家的人不住在那里,他们不就无事可做了吗?"

"是这样。"

"查尔兹爵士的遗嘱对白瑞摩有利吗?"福尔摩斯问道。

"他和他的妻子每人得了五百镑。"

"啊!事先他们知道将来会得到这笔钱吗?"

"知道,查尔兹爵士对别人谈论过遗嘱的内容。"

"这事很说明问题。"

"您不会用怀疑的眼光去看每一个从查尔兹爵士的遗嘱中得到好处的人吧?"摩梯莫医生问道,"他还留给我一千镑呢!""真的吗?还有谁得到了呢?""有很多人都得到了小笔的款项,查尔兹还捐了一大笔钱给公共慈善事业,其余的都留给了亨利爵士。""余产有多少呢?""七十四万镑。"福尔摩斯惊奇地扬起了眉毛说:"我真没有想到竟有这么一大笔钱。""我们一直都知道查尔兹爵士很富有,但在清查他的资产以前,我们并不清楚他到底有多少钱。原来全部财产的总值竟如此巨大。""天啊!一个赌徒若看见这么大的赌注,一定会赌个头破血流的。可是,摩梯莫医生,我还有一个不太恰当的问题,如果亨利爵士有什么意外的话——希望您不要介意——谁来继承这笔财产呢?"

"查尔兹爵士的弟弟罗杰·巴斯克维尔还没有结婚就死了,所以遗产应当传给远房的表亲杰姆士·戴斯门,他是威斯摩兰地方的一位德高望重的牧师。"

"噢,多谢了,您说的这些都是很有价值的。您是否见过这位杰姆士·戴斯门先生呢?""见过一次,他曾来拜访过查尔兹爵士。他的生活是圣洁的,态度是庄重可敬。我记得当时查尔兹爵士曾强迫他接受产业,但他全都拒绝了。""这个无欲无求的人竟要成为查尔兹爵士万贯家财的继承人吗?""当然,这是法律规定的,只要现在的遗产所有者不另立遗嘱——他有这个权利,那么这位牧师就将继承这笔遗产。"

"亨利爵士,您立过遗嘱吗?""没有,福尔摩斯先生。我昨天才知道全部事实,根本没有时间去考虑。但不论怎样,我认为钱与爵位和产业是不可分的。我想这也是我伯父的遗志。如果继承者不能维持他得到的那份遗产,他又怎能担负起光复巴斯克维尔家族的重任呢?房地产与钱财绝不能分开。""非常正确。啊,亨利爵士,我非常赞同,您应该马上到德文郡去。但有一个条件,您决不能单独去。"

"摩梯莫医生和我一起去。""可是,摩梯莫医生还有工作,再说你们又相距较远,恐怕他是心有余而力不足啊。不行,亨利爵士,您必须和一个能够时时与您在一起,且可以信任的人同去。""您自己去可能吗,福尔摩斯先生?""如果事情真到了极度危险的时候,我定会亲自出马的。您知道,有许多咨询和各方面的求助在等着我解决,我是不可能无限期离开伦敦的。眼前就有一位正在受人威胁和诽谤的英格兰人在等着我的帮助。您应该明白,我

现在不能去达特沼泽地。"

"那么，您看谁去合适呢？"福尔摩斯用手拍着我的手背说道："如果我的朋友愿意的话，那么在您处于危难之中，需要有人陪伴和保护时，他是再适合不过的了。对这一点，没有人会比我更有信心。"这突如其来的建议，使我无所适从。在我还没回过神的时候，巴斯克维尔就抓住了我的手，热情地摇了起来。

他激动地说："啊，华生医生，我真不知该如何感激您！您和我同样了解这件事，您也明白我目前的处境；如果您能到巴斯克维尔庄园去陪我，我将永远铭记在心。"

我永远无法抗拒即将投入冒险的那种吸引力，更何况我还被福尔摩斯的信任和男爵对我如伙伴般的真情所感动呢！

"我当然愿意去，"我说道，"我认为这是很值得的。"

福尔摩斯说道："危机总会来的，当这一刻到来的时候，我会告诉你怎么做，所以你必须仔细地向我报告。如果你准备好，我想星期六就可以动身了吧？""不知华生医生方便吗？""很方便。"

"那么，如无例外，咱们就星期六在车站碰面，坐由帕丁顿开来的十点三十分的列车。"正当我们起身告辞的时候，巴斯克维尔突然惊喜地欢呼一声冲向屋角，由橱柜下面拖出一只棕色的长筒皮鞋。"这不是我丢的鞋吗？"他喊了起来。"但愿困扰咱们的所有问题都像这件事一样容易解决！"歇洛克·福尔摩斯说道。

"可是这未免太奇怪了，"摩梯莫医生说道，"午饭以前，这间屋子已被我很仔细地搜寻过了。"

"我也搜寻过啊！"巴斯克维尔说，"一处都没放过。"

"那时，屋里肯定没有长筒皮鞋。"

"那么，一定是侍者在我们吃午饭的时候放在那里的。"

看来现在毫无头绪的神秘事件又多了一件，因为那位德国侍者对这件事根本就一无所知。除了查尔兹爵士暴死的整个可怕的故事之外，这两天又意外地发生了一连串无法解释的奇事：那封用铅字拼成的怪信，双轮马车里蓄着黑胡子的那个盯梢人，旧黑皮鞋的失踪以及新棕色皮鞋的失而复得。在我们回贝克街的马车上，福尔摩斯沉默不语地坐着，那严肃的表情和紧锁的双眉显示出他内心极端的不平静——试图为这些超乎寻常却彼此毫无关联的怪

事做出合理的解释。从下午直到深夜,他都呆坐着,将自己融入了烟草和深思之中。

晚饭时分来了两封电报:

第一封是:

  已获悉,白瑞摩确在庄园。巴斯克维尔。

第二封是:

  按指示已去过二十三家旅馆,未寻得被剪破之《泰晤士报》。抱歉之至。卡特莱。

"华生,没有比这个更不顺的案子了。这两条线索是完了,看来只能再找别的线索。"

"咱们总还可以找到给那盯梢人赶车的马夫啊。"

"确实。我已向执照管理处发了电报,请他们调查他的姓名和地址,我真希望那就是我的问题的答案。"

就在此时,随着门铃声进来了一个举止粗鲁的家伙,而他正是我们要找的马夫。显然,这个结果比我们所期望的更让人满意。

"总局通知我,说这里有一位绅士要找2704号车的车夫!"他说道,"我赶了七年的马车,从没有乘客抱怨过;我直接从车场到这里来了,请您当面告诉我,到底我哪里做得不好?""老弟,我对你并没有不满,"福尔摩斯说,"相反的,如果你能帮助我的话,你会得到半个金镑的。"

车夫听了咧开嘴笑着说:"啊,看来,我今天是红运当头啊。先生,您需要我做些什么呢?""首先,我要知道你的姓名和地址,以便日后能找到你。""我叫约翰·克雷顿,住在镇上特皮街3号;我是在滑铁卢车站附近的希波利车场租的车。"歇洛克·福尔摩斯将这些记了下来。

"现在,克雷顿,请告诉我今天早上让你监视这所房子,接着在摄政街跟踪两位绅士的那位乘客的情况。"

很明显,这番话让车夫吃了一惊,而且还有些无所适从。

"呃,对于这件事您似乎知道得并不比我少,"他说,"事实是这样的,那位绅士告诉我,他是个侦探,并且不让我把他的事告诉给任何人。""老弟,如果你不想倒霉,最好把全部事实告诉我,因为这件事很严重。你说你的乘客曾告诉你他是个侦探吗?""是的,他是这样说的。""他什么时候说的呢?"

巴斯克维尔庄园的猎犬

"他临走的时候。""他还说过什么别的吗?""他提到了他的姓名。"

福尔摩斯飞快地瞟了我一眼,那眼神闪烁着胜利的光芒。"噢,是这样吗?他简直是太粗心了。他说他叫什么名?"

"先生,他叫歇洛克·福尔摩斯。"车夫说。

在那一瞬间,福尔摩斯惊愕地坐在那儿目瞪口呆,我从来没见过他那种吃惊的样子。突然,他放声大笑起来。"华生,真是妙极了,"他说,"上次他把我弄得很狼狈,而这次……他说他叫歇洛克·福尔摩斯,是吗?"

"是的,先生,他是这么告诉我的。"

"太好了!那他在哪搭上你的车,以后又发生了什么,请您告诉我吧。"

"大约九点半,他在特莱弗嘎广场叫了我的车,他向我表明他是个侦探,并允诺如果我能为他服务一天并不发出任何疑问,他就给我两个金镑。我很高兴地同意了。首先,我们到了诺桑勃兰旅馆一直到两位绅士出来,接着我们便跟着他们的马车,直到停在这附近。"

"就是这个大门。"福尔摩斯说道。

"这我倒不能确定,但我敢说我的乘客清楚一切。我们在街上等了一个半小时。后来有两位绅士从我们旁边走过去,我们就顺着贝克街跟踪下去,并沿着……"

福尔摩斯插言道:"这我都知道了。"

"当我们马上要走完摄政街的时候,突然,我的乘客打开滑窗,让我以最快的速度赶往滑铁卢车站。我快马加鞭,不足十分钟就到了。他真的给了我两个金镑就进车站去了。就在他要离开的时候,他转过身来说道:'我想你会对我的名字感兴趣的,我叫歇洛克·福尔摩斯。'这样我才知道了他的姓名。"

"原来是这样,那以后还见过他吗?"

"他进了车站以后,就再没有见到过了。"

"你能形容一下歇洛克·福尔摩斯先生的样子吗?"

马车夫挠了一下头皮说道:"啊,那可有点困难,他大约有四十岁,比您矮二三英寸。留着齐齐的黑胡须,衣着像个绅士。我只能想起这些了。"

"他的眼珠是什么颜色?"

"这我记不清了。"

"别的你什么也想不起来了吗?"

"对不起,先生,我记不得了。"

"好吧,先给你这半个金镑。如果你以后能提供更多的消息,还可以再拿半镑。晚安!"

"先生,谢谢您,晚安。"

约翰·克雷顿格格地笑着走了。福尔摩斯耸了耸肩满脸失望地看向我。"没想到这第三条线索刚有点头绪就断了。"他说道,"这个狡猾的家伙!他知道咱们的底细,他知道亨利·巴斯克维尔爵士曾经找过我,在摄政街时他知道我是谁,并意识到我一定会记下马车号,然后找马车夫询问,因此玩了这个把戏。华生,看来这回咱们遇上势均力敌的对手了。在这儿我已败了一回,希望在德文郡你的运气能比我好,可是我真不放心。"

"有什么不放心呢?""对派你去的这件事不放心。华生,我越来越感觉这件事既棘手又危险。亲爱的伙伴,你可以笑我,但说句实话,你如果能安然无恙地回到这儿,我会十分高兴的。"

巴斯克维尔庄园的猎犬

巴斯克维尔庄园

星期六，亨利·巴斯克维尔爵士和摩梯莫医生都准备好了。我们按预先的计划出发到德文郡去。在前往车站的途中，福尔摩斯对我做了些临别的指示和建议。

"但愿各种说法和疑惑不会影响你，华生，"他说，"我只希望你尽可能详细地将事实报告给我，我会将它们归纳整理。"

"哪些事实呢？"我问道。

"与这案件有关的任何事实，无论多么微不足道。尤其是年轻的巴斯克维尔和他的邻居们的关系，或是与查尔兹爵士的突然死亡有关的任何新的问题。前一阵，我亲自做过调查，虽然调查结果毫无用处。但有一点可以确定的是，继承人杰姆士·戴斯门先生是一位善良、年长的绅士，因此他根本不会做这样可怕的事。"

"首先解除白瑞摩这对夫妇的雇佣关系不好吗？"

"如果你不想犯大错的话，就千万不要这么做。如果他们是无辜的，那这样对他们就不太公平了；如果他们真的有罪，这样会助他们脱罪的。所以，我们只能将他们视为嫌疑分子。如果我记忆无误的话，还有一个马夫和两个沼泽地的农民。至于摩梯莫医生，我相信他是不容怀疑的，但是，咱们对他的太太却不甚了解。还有斯台普顿这个生物学家以及他那年轻美丽的妹妹；还有赖福特庄园的弗兰克兰先生，他的底细我们还不清楚；还有其他几个邻居。这些都是需要我们多加留心的。"

"我会努力的。"

"你带着武器吧？""带了，我认为还是带去的好。""当然，你必须时刻保持警惕，不能有一丝一毫的松懈，那支左轮手枪要时时带在身边。"朋友们已经订好了头等车厢的座位，正在站台上等着我们呢。"没有，我们一点儿消息都没得到，"摩梯莫在回答我朋友的问题时说，"但有一件事我可以确定的是，前两天我们并没有被人跟踪。我们出去的时候，每次都留心观察过，如果有人跟踪，我们一定会察觉到的。""我想你们一直是在一起的吧？""昨天

下午除外。我每次进城来,总要用一整天的时间来消遣,因此我昨天整个下午都是在外科医学院的陈列馆里度过的。"

"我到公园看热闹去了,"巴斯克维尔说,"可是什么意外都没发生。"

"不管怎么样,你们还是太疏忽大意了,"福尔摩斯表情严肃地说道,"亨利爵士,为了您的安全着想,我请求您不要单独行事。对了,您的另一只高筒皮鞋找到了吗?"

"没有,先生,恐怕找不着了。"

"这真是件有趣的事。好吧,再见,"当火车缓缓开动的时候,他说,"亨利爵士,要记住摩梯莫医生读给我们的那个怪异而古老的传说中的一句话——不要在夜幕低垂、罪恶肆虐的时候走过沼泽地。"

当火车驶离月台的时候,我依然看见福尔摩斯那高瘦严肃的身影站在那儿静静地注视着我们。这是一次短暂而充满乐趣的旅行,在这段日子里,我和两位旅伴相处甚欢,甚至与摩梯莫的长耳猎犬也亲密无间了。火车运行了几小时以后,棕色的大地慢慢变成了红色,石头建筑物代替了砖房,在树篱围成的地里,枣红色的牛群悠闲地吃着草,从茂密的草地和绿油油的菜园可以看出这里是一处气候湿润的风水宝地。年轻的男爵充满希望地向车外眺望着,德文郡熟悉的风景使他高兴地叫了起来。

他兴奋地说:"华生医生,离开这里后,我到过世界上很多地方,但哪儿都不能和这里相比。"

"我见过的德文郡人个个对故乡赞不绝口。"我说道。

"这里人杰地灵。"摩梯莫医生说道,"看我们这位朋友,他那凯尔特型、圆圆的头充满着凯尔特人特有的情感。而可怜的查尔兹爵士的头颅则是盖尔人和爱弗人的综合体,是非常稀有的。从前在巴斯克维尔庄园的时候,您还是个孩子呢,是不是?"

"我父亲死的时候,我只有十几岁,我从来都没见过这所庄园,因为我一直跟父亲住在海边的一所小屋内。我父亲死后,我就直接到美洲的一个朋友那儿去了。所以,这所庄园对我和华生医生来说是同样新鲜的,我对于沼泽地十分好奇,急切地想看到它。"

"是吗?那么我十分高兴地告诉您,您就要梦想成真了,因为马上就到沼泽地了。"摩梯莫医生一面说着一面指向车窗外。

望过那无数块方形的绿色田野和起伏不定的树林,会影影绰绰看见一座

巴斯克维尔庄园的猎犬

苍郁的小山，山顶那些参差不齐的缺口看起来奇怪无比，仿佛海市蜃楼般朦胧飘忽。巴斯克维尔坐在那儿一动不动，双眼痴痴地不放过任何一景。是啊，第一次看到被自己家族掌管了那么久、处处都有他们影子的神秘的地方，他怎能不激动、不急切呢？虽然他只坐在一节普通火车车厢的角落里，操着美洲口音，身着苏格兰呢的衣服，但他那黝黑而表情丰富的面孔却透露出他家族那高贵、热情的气质，充满了一家之主的风范。在他坚毅面孔上的灰灰的眉毛和栗色的眼睛里，显示着自尊、豪爽和力量，即使那恐怖的沼泽地真的发生了什么危险的事，他一定会毫不迟疑地承担起一切的。

火车在一个小站上停了下来，我们都下了车，看到一辆两匹短腿小马拉着的四轮马车正等在矮矮的白色栏杆外。站长和脚夫向我们围了过来，帮我们搬行李，显然，对他们来说，我们的到来是件大事。让我感到不解的是，在这个与世无争的地方，竟然有两个身穿制服、军人模样的人站在出口处。他们的身体倚在不长的来复枪上，双眼目不转睛地盯着我们。那个身材矮小、面貌冷酷粗野的马车夫走过来，向亨利·巴斯克维尔鞠了个躬。几分钟之后，我们的马车已疾驰在灰白色的宽阔大道上了。大道的两旁是起伏不平的牧草地，那些墙头和屋顶均被修成人字形的古老房屋清晰可见，隐藏在宁静村子后面的，是傍晚天空掩映下的那阴暗、绵延不绝的沼泽地，几座晦暗险恶的小山零星分布在其中。

转弯后，我们眼前出现了一条车辙的岔路，辙印似乎是几个世纪前留下的，深深地陷入地面。马车沿着它曲折上行，道路两旁的石壁上长满了潮湿的苔藓和一种枝叶茂盛的羊齿植物。落日的光辉将古铜色的蕨类和五颜六色的黑莓照耀得熠熠发光。经过一座花岗岩砌成的狭窄的石桥，我们沿着一条湍急的河流向前走去。河水咆哮汹涌，穿过灰色的乱石，激溅起无数水花。道路沿着迂回的小河在布满橡树和枞树的峡谷之中蜿蜒而上。巴斯克维尔在每个转弯处都会欢呼雀跃，他一面问个不停，一面急切地环顾四周。在他看来，什么都是美丽的，但在我眼中，这乡间深秋的景色却带着一种无奈的凄凉。枯黄的落叶将小路一层层地掩盖，有些落叶被呼啸而过的马车造成的风卷到半空后又缓缓飘落。还有车轮倾轧在枯叶上发出的声音，而这一切似乎都为重返家园的巴斯克维尔渲染了一种不祥的气氛。

"啊！"摩梯莫医生叫了起来，"那是什么？"

就在前面沼泽地的边缘，有一个密生着石楠一类常青植物的陡斜的山坡，

在最高处,有一名黝黑而严峻的士兵骑在马上,像是一个碑座上的骑兵雕像,马枪搭在伸向前方的左臂上做出准备射击的姿态。他双眼目不转睛地监视我们所走的这条路。

"发生了什么事,波金斯?"摩梯莫医生问道。

车夫在座位上转过身来说道:"王子镇有一个犯人越狱,先生。到现在为止,已经三天了,警察们正严密封锁搜查每一条道路和每一个车站,可至今仍一无所获。附近的农户们深感不安,先生,这倒是真的。"

"啊,我知道,如果有人能提供可靠的线索,就能拿到五镑的赏金呢。"

"是啊,老爷,可是如果为了这五镑的赏金就冒被人割断喉咙的危险,就太不值了。您要知道,他可不是个普通的罪犯啊。他是个杀人不眨眼的魔头。"

"那么,他究竟是谁呀?" "他叫塞尔丹,就是那个瑙亭山杀人案的凶手。"

那案子给我的印象很深刻,因为凶手的作案手段极其残忍,整个作案过程简直是闻所未闻,福尔摩斯也对此案非常感兴趣。后来由于他出奇凶残的行为,人们怀疑他的精神状态可能不太正常,所以就免除了他的死刑。马车终于爬上了斜坡的最高处,那方广袤的沼泽地一览无遗地展现在我们的面前,许多圆锥形的石冢和凹凸不平的石岗将本就恐怖的沼泽地点缀得愈加光怪陆离。一阵冷风使我们不由得打了个冷战。看着荒无人迹的平原,想到那个内心充满仇恨的人很可能就藏在某条沟壑中,再加上透骨的寒风和阴暗的天空,气氛瞬间恐怖起来,就连巴斯克维尔也不由得把大衣裹紧,逐渐沉默下来。

我们回头遥望已落在我们身后的富饶的乡区,河水被斜阳照射得宛如金丝,初耕的红土地和茂密的丛林也都闪着光芒。这一切显得前面赤褐色斜坡上两侧布满巨石的道路更加荒凉萧条了。偶尔可见用石头砌成的小屋,裸露的墙上可清晰地看到粗糙的轮廓。我们俯视下面,看到了一处生长着一小片一小片因长年被狂风袭击而发育不良的橡树和枞树的凹地。两个又高又细的塔尖在树林顶上若隐若现。车夫用鞭子指了指说道:"这就是巴斯克维尔庄园。"

巴斯克维尔——这个庄园的主人站了起来,双颊因激动而泛红,炯炯有神的双眼凝望着庄园,没有几分钟,我们就到了庄园大门前。大门上稠密的铁条蜿蜒交织成奇特的花样,两根久经岁月侵蚀的柱子立在两侧,它们由于

巴斯克维尔庄园的猎犬

长满了苔藓而显得肮脏，柱顶装有石刻的象征巴斯克维尔家族的野猪头。倒塌的门房露出了一根根光秃的橡木，下面是一堆杂乱无章的黑色花岗岩。但在它的对面却是一座刚建了一半的新建筑，那是查尔兹爵士用在南非积累的黄金投资建造的。

一进大门就走上了小道。大树的枝条在头顶交织成一个天然的拱道，车轮压过树叶发出轻微的声音。在阴暗的车道尽头有一所房屋正发出鬼魅般的亮光，巴斯克维尔不由得战栗了一下。

"案件是在这里发生的吗？"他低声地问道。

"不，不是，水松夹道在那一边。"

这位年轻的继承人神色不安地环顾四周。

"在这样的地方，难怪我伯父会总觉得有灾难降临，"他说道，"任何人都会感到恐惧。在六个月内，我要在厅前安装一排一千支光的天鹅牌和爱迪生牌的灯泡，到时这里就会面目一新了。"

走过一片宽阔的草地，我们就站在了房子面前。借助昏暗的灯光，我看出中央一幢坚固的楼房前面有一条凸出的走廊。常春藤在上面恣意生长，只剪去了窗户和装有盾徽的地方，远望像一块块补丁。楼顶上有一对有许多枪眼和瞭望孔的古老塔楼。塔楼两侧样式新颖的翼楼，是用黑色花岗石建成的。倾斜屋顶上高耸的烟囱里冒出一股黑烟，几缕暗淡的光线射进窗口。

"亨利爵士，欢迎！欢迎您到巴斯克维尔庄园！"

从走廊的阴影处走出一个高个子男人，为我们打开马车车门。这时，一个女人的身影出现在厅房淡黄色的灯光前面，她帮助那人拿下了我们的行李。

"亨利爵士，希望您不会介意我现在就赶回家去。"摩梯莫医生说道，"我太太在等着我呢。"

"您在这里吃过晚饭后再回去吧。"

"不，我一定得走，也许家中还有事等着我决定呢。我本该领您参观一下庄园，但我想，白瑞摩比我更适合当这个向导。再见吧，无论何时，只要需要我帮助，请马上去叫我，我会立刻赶来的。"

我和亨利爵士一进厅堂，沉重的大门就隔绝了外界的声响。华美的房间又高又大，房顶密密排列着因年代久远而变成黑色的橡木巨梁，高高的铁狗雕像后面的旧式壁炉里，燃烧的木柴劈劈啪啪地响着。长时间的旅途劳顿使我和亨利爵士浑身麻木，于是我们靠在壁炉旁一边取暖，一边打量四周，狭

长而古老的窗户装着彩色的玻璃,精细的橡木做的嵌板手工,牡鹿头的标本以及挂在墙上的盾徽,房中央的大吊灯发出柔和的光线,将一切显得神秘而阴晦。"这完全符合我所想象的一个古老家族应有的景象。但一想到我们家族的人在这个大厅住了五百年,一股沉重感就向我压来。"亨利爵士说道。

当他环顾四周的时候,在他黝黑的面孔上燃起的是孩童般的热情。在灯光的照射下,墙上出现了长长的投影,这影像和黑黝黝的天花板在他的头顶上形成了一座天棚。白瑞摩把行李送进房里后返了回来,站在我们面前,从他那特有的服从态度可以看出他受过良好训练。他是个仪表堂堂的人,颀长的身材,白皙而出色的脸孔上留着剪得方方正正的黑胡须。

"爵士,您想马上吃晚饭吗?""准备好了吗?""几分钟之内就能准备好,爵士。热水已经为你们准备好了,我的妻子和我会与您在一起,直到您有新的安排。亨利爵士,希望您会了解,这种新的情况需要相当多的佣人。"

"什么新的情况?"

"爵士,我的意思是,查尔兹爵士过的是隐居生活,因此只需我们两个人就可以照顾他,但您当然希望和多一些的人住在一起,所以您一定会改变一下家事情况。"

"你的意思是,你和你的妻子想辞职吗?"

"爵士,我们当然会在您方便的时候才会离开。"

"可是你们一家不是已经和我家族的人住在一起好几代了吗?如果我刚到这里就断绝了两家的联系,我感到非常遗憾的。"

这位管家白皙的脸上露出了激动的表情。"爵士,我和我的妻子都这样认为。说句实话,对于查尔兹爵士我们是无比敬爱的,他的死使我们极度震惊和悲痛,这周围的一切都使我们感到痛苦。恐怕在庄园里我们会不得安宁的。"

"可是你想怎么办呢?"

"如果我们能做点小生意,我相信会成功的。慷慨的查尔兹爵士使我们有了这个资金。但现在,我最好还是领您看一下您的房间。"

这古老厅堂的上部,有一道装有回栏的方形走廊,要上去必须通过一段双叠的楼梯。两条长长的甬道由中央厅堂直穿过整个建筑,甬道的两侧是卧房。我和巴斯克维尔的房间是相邻的,比起大楼中部的房间,这些卧房的样式要新得多,色彩明亮的墙纸和无数点着的蜡烛使我们初到时脑中阴郁的印

象消除了一些。

但是正对大厅的饭厅却是个阴晦的地方,在这长形屋子的中间,有一段台阶把屋子分成一高一低的两部分,家中人在较高的部分用餐,而较低的部分则是佣人们用餐的地方。在一端的高处建有演奏廊。在我们的头顶是乌黑的梁木和被熏黑的天花板。如果举行一个节目丰富、狂欢不羁的宴会,并用一排熊熊燃烧的火炬照亮屋子,或许能缓和一下严肃的气氛,但现在在灯罩形成的不大的光环内,两位黑衣绅士低声交谈着,精神上也感到压抑。一排由伊丽莎白女皇时代的骑士到乔治四世皇太子时代的花花公子的画像,他们穿着各种各样的服装注视着我们,陪伴着我们,虽沉默不语却有一种震慑的力量。沉闷的饭终于吃完了,我们很高兴能到新式的弹子房去吸一支烟了。

亨利爵士说:"我本以为可以逐渐习惯这里的环境,但说实话,这地方很难使人感到愉快,我总觉得不对劲。我伯父一个人住在这里难怪会觉得心神不宁。如果您愿意的话,咱们今晚早些休息,也许清晨的景物会使人愉快些。"

我睡觉之前拉开窗帘向外眺望厅前的草地,在渐大的风中,远处的两丛树摇摆不定。半圆的月亮在流动的云层中忽隐忽现,参差不齐的山岗和绵延不绝的沼泽地在惨淡的月光下显得阴郁。前后印象的一致使我不禁拉上了窗帘。

可是这还不算是最后的印象呢。我十分疲倦却辗转反侧,夜不能寐,死寂笼罩着这古老的庄园,报时的钟声从远处传来。突然,我清楚地听到了一个女人哭泣的声音,好像忍不住痛苦的折磨所发出的压抑、哽咽的啜泣。我蓦然从床上弹起,侧耳凝神细听。可以肯定,这声音来自这所房子,于是我绷紧了每一根神经等了半个小时,但除了钟声和常春藤被风吹动的声音之外,再也听不到别的声响。

奇怪的斯台普顿

　　第二天清晨的美景扫除了我们心头的阴霾。当我们坐下吃早饭的时候,早晨明媚的阳光透过窗玻璃散射成一片柔和的光芒,金色的阳光将深色的护墙板照得发出青铜色的光辉;很难相信这就是昨晚那令人压抑的房间。

　　"我想是由于我们长途跋涉,心情疲惫,因此对这房子的印象不太好。但现在一夜的休整使我们神清气爽,所以感到愉快。"亨利爵士说。

　　"可是,这不仅仅是想象的问题,"我答道,"例如,昨晚您是否听到一个女人的哭泣?"

　　"真是奇怪,我在半睡半醒的时候确实听到过哭声。我等了很久,可是再也听不到了,因此我就肯定了那是在做梦。"

　　"我听得清清楚楚,我敢确定那是女人的哭声。"

　　"咱们必须问清楚这件事。"他摇铃叫来了白瑞摩,说出我们的疑问。我看得出,这个总管听到这个问题后,面孔变得更加苍白了。

　　"亨利爵士,在这房子里只有两个女人,"他回答说,"一个是睡在对面厢房里的女仆,另一个是我的妻子。可是我保证,昨晚她睡得十分安稳。"

　　但没想到他竟说了谎话,因为早饭过后,我在长廊上巧遇了白瑞摩太太。这个女人身材高大、肥胖,面无表情,阳光照在她脸上,映出嘴角上严肃的表情和一双红肿的眼睛。由此可看出,她昨晚一定哭过。她丈夫一定知道她为什么哭,可是他却宁愿被人发现也不承认。为什么呢?她又为何哭得如此伤心呢?在白瑞摩周围笼罩着一种神秘的气氛。第一个发现查尔兹爵士尸体的是他,我们也是从他那儿得到事情的有关情况。难道摄政街马车里的那个人就是白瑞摩?但马车夫却说是个身材矮小的人,这是不符合的,只有胡须是相同的。又如何确定呢?看来,首先该确定那封试探性的电报是否真的交到了白瑞摩的手中。但不管结果怎样,都该让福尔摩斯知道这件事。

　　早餐之后,亨利爵士要看一些文件,因此我利用这段时间出门去。我沿着沼泽地边缘走了四英里,走到一个偏僻的小村子,一打听才知道村中最大的两座房子一个是客栈,另一所是摩梯莫医生的家。而本村的食品杂货商,

巴斯克维尔庄园的猎犬

也就是邮政局长,他对那封电报记忆犹新。

"我敢肯定,先生,"他说道,"我是完全按照指示叫人将那封电报亲自交给白瑞摩先生的。"

"谁送去的?"

"是我的孩子。杰姆士,上星期是不是你把那封电报送交白瑞摩先生的?"

"是的,爸爸,是我送的。"

"是他亲自收下的吗?"我问道。

"啊,当时他正在楼上,所以我没有见到他。可是,我把它交给了白瑞摩太太,她答应说马上就送上去。"

"你看到白瑞摩先生了吗?"

"没有,先生,我说过当时他在楼上。"

"你并没有看到他,又怎么能确定他在楼上呢?"

"噢,他的妻子当然知道他在哪儿啊!"邮政局长有些愠怒地说道,"难道他没收到那份电报?即使是这样,也应该是白瑞摩先生自己来质问啊。"

看来,福尔摩斯的妙计并不能证明白瑞摩一直呆在庄园。假设他是最后见到查尔兹爵士的人,又是跟踪亨利爵士的人,那又怎样呢?他是主谋还是受他人指使呢?这么做对他有什么好处呢?那封剪贴成的警告信是他做的吗?还是有人要揭穿他才做的?唯一可以想象的是,如果庄园的主人被吓跑的话,他们夫妇就能拥有一个舒适的永久的家了。可是这样简单的原因似乎不能形成一个如此错综复杂的阴谋。福尔摩斯也说过,他从未碰过如此复杂的案子。走在灰白而孤寂的道路上,我心里默默祷告我的朋友能尽快赶到这里,让我不再担负如此沉重的责任。

忽然,一阵急促的脚步声和连连呼唤我名字的喊声打断了我的冥想,我想一定是摩梯莫医生。但一转身我惊奇地发现,叫我的竟是一个身材矮小瘦削、面净无须、相貌端正的陌生人。他大约三四十岁,淡黄色的头发,下巴尖瘦,头戴草帽,身穿灰色衣服,肩上挂着一只薄薄的材料标本匣,手里还拿着一把绿色捕蝶网。

"华生医生,希望您能原谅我的冒昧无礼,"当他喘着气跑到我跟前的时候说道,"这片沼泽地里的人们就像是一家人,见面时不用正式的介绍。我想摩梯莫医生一定向您提过我,我就是梅利瑟的斯台普顿。"

"从您的木匣和网我已经猜出来了,"我说道,"因为斯台普顿先生是一

位生物学家。但您是如何认识我的呢?"

"刚才您经过摩梯莫医生窗户的时候,我正在拜访他,所以他就指给我看了。我看咱们同路,于是就追上您做个自我介绍。呃,亨利爵士还好吧?"

"谢谢您,他很好。"

"查尔兹爵士惨死之后,我们都一直担心没有人愿意住在这里呢。确实,让一位贵族屈尊在这样一个偏僻之地实在不太合适。但,这对此地来说,却是关系重大。我想亨利爵士心里不会对那个传说有恐惧感吧?"

"我想不会吧。"

"关于那个魔鬼般的猎狗的传说您一定听过吧?"

"我听说过了。"

"这里的人们真是太迷信了!他们每一个人都发誓说在沼泽地里亲眼见过那个怪物。"虽然他是笑着说的,但从他的眼中我似乎看出对这件事他也很认真,"这件事对查尔兹爵士的心理影响很大。我可以肯定,这件事是酿成悲剧的直接原因。"

"怎么会呢?"

"他高度紧张的神经使他一看到狗就有心脏病复发的危险。据我估计,那晚在水松夹道,他是看到了什么令他害怕的东西。我非常喜欢那位老人,又知道他有很重的心脏病,所以我过去一直担心会发生什么灾难。"

"您怎么会知道这一点呢?"

"是摩梯莫告诉我的。"

"那么,您认为查尔兹爵士是被一只追他的狗吓死的吗?"

"我想不出更好的解释了,您认为呢?"

"我还没有得出任何结论呢。"

"歇洛克·福尔摩斯先生呢?"

这句话顿时使我屏住了呼吸,可是从斯台普顿平静的表情和沉着的眼神中可以看出,他并非故意要让我惊讶。

"华生医生,我们不可能假装不认识您,"他说道,"在这里我们早已看到了您撰写的探案集子了,而且您也不可能在赞扬您朋友的同时,却使自己默默无闻。摩梯莫也无法否认您的身份。现在您在这儿,就证明福尔摩斯先生对这件事也很感兴趣,而我当然想知道他对这件事的看法了。"

"恐怕我无法回答这个问题。"

巴斯克维尔庄园的猎犬

"冒昧地问一下,他能否赏光亲自来这儿呢?"

"由于还有其他案子,目前他还不能赶来。"

"太可惜了!也许只有他才能找到些线索。在您调查的过程中,如果要我帮忙的话,请尽管找我好了,也许我会给您些建议和协助呢。"

"请您相信,我到这里不是调查,只是拜访一下亨利爵士,因此我想我是不需要任何协助的。"

"好啊!"斯台普顿说道,"您是应该小心谨慎些的。我的多嘴多舌应该受到惩罚。我向您保证,以后再也不提这件事了。"

走过一条狭窄荒芜的小道,我们迂回地穿过沼泽地。右侧陡峭的小山在年前已被开采成石场,前面是缝隙里长着羊齿植物和荆棘的暗色的崖壁;一抹灰色的烟雾浮动在远处的山坡上。

"顺着这条小径走一会儿,就到梅利瑟了,"他说道,"希望您有空去坐坐,我很想把您介绍给我妹妹。"

我本应陪着亨利爵士,但想到那满桌的文件和证券我根本帮不上忙,而且福尔摩斯还交代过要考察一下沼泽地上的邻居,因此我就接受了斯台普顿的邀请。

"这片沼泽地是十分奇妙的地方,"他一面说,一面环顾四周。连绵起伏的丘陵和平地就像是绿色海洋,星罗棋布的花岗岩山尖宛如一段飞溅的奇形怪状的水花,"这片沼泽地的广大、荒凉和神秘会永远地吸引着您。"

"那么说,您对沼泽地一定十分了解了?"

"我刚刚迁来两年,当地居民还称我为新来的呢,我们来的时候,查尔兹爵士也刚在这里住下。浓厚的兴趣促使我观察这里的每个地方,很少有人能比我更清楚这里了。"

"要想了解这里是很难的事吗?"

"很难。比如,您看北面那个中间有几座小山的大平原可有什么特别之处吗?"

"这倒是个少有的策马扬鞭的好地方。"

"很多人都会这样想,这种想法已葬送了无数条生命了。您看得见那些密布着嫩绿草地的地方吗?"

"是啊,那地方看起来要比别处更好些。"斯台普顿大笑起来。"那就是大格林芬泥潭,"他说道,"无论人畜,在那里只要稍有不慎就会丧命。昨天我还

看到一匹小马跑了进去，它再也没有出来。虽然它仍挣扎着从泥淖里探出头来，但仍陷进去了。即使天气干燥，那里也是危险的。如果再下上几场秋雨，就更可怕了。但我能找到安全穿过泥潭的道路。看！又有一匹可怜的小马陷进去了。"顺着他指的方向，我看到一个棕色的马头向上挣扎着，发出痛苦的长嘶，那绝望的嘶叫声回荡在沼泽地里显得那般恐怖。瞬间我觉得浑身冰凉，可是斯台普顿的神经似乎比我要坚强些。

"完了！"斯台普顿说道，"泥潭已经把它吞没了。两天之内就葬送了两匹，不知以后还会有多少马陷进去呢；在干燥的天气里，它们已习惯到那里去，它们只有陷进去的时候才知道那里在干旱和雨后的不同。大格林芬泥潭真是个魔鬼之地。"

"但是您说过您能穿得过去呀！"

"是啊，我已经找到一条只有动作灵敏的人才能通过的小路。"

"可是，为什么您想走进这种死亡之地呢？"

"啊，您看到那边的小山吗？它们就像是被这恐怖的泥淖隔绝已久的小岛。如果您能设法到达那里，您就会发现那里生活着稀有植物和蝴蝶。"

"哪天我也去碰一碰运气。"我说。

忽然他脸上带着惊讶的表情望着我。"请求您一定要放弃这个念头，"他说道，"那样就等于是我杀了您。我敢说您一定会有危险的，是极为复杂的地面标志让我能顺利通过的。"

"天哪！"我喊了起来，"那是什么？"整个沼泽地充满了长长的、凄惨无比的低低的呻吟声，但无法分辨出发自哪里。这声音由模糊的叫声变成低沉的怒吼，最后又转为忧伤而有节奏的呻吟。斯台普顿好奇地望着我。

"沼泽地真是个奇怪的地方！"他说道。

"这究竟是什么？"

"人们说是巴斯克维尔的猎狗在寻找猎物。我以前虽然也听过，但这次的声音最大。"

我心里害怕得直打冷战，不安地环顾这起伏不平的原野。旷野上除了有一对大乌鸦的叫声外，别无动静。

"您是个受过良好教育的人，想必不会相信这些无稽之谈吧？"我说道，"依您看，这种奇怪的声音是什么动物发出的呢？"

"泥潭的污泥下沉或地下水上冒都会发出奇怪的声音，或者有别的原因。"

巴斯克维尔庄园的猎犬

"不，不，那是动物发出来的声音。"

"啊，也许是。您听过鹭鸶叫吗？"

"没有，从来没有听过。"

"在英伦，这是一种濒临绝种的鸟，可是沼泽地里也许还有。也许刚才我们听到的声音就是它发出来的，这也是不足为奇的。"

"在我的一生中没有哪种声音能比这声音更奇怪恐怖的了。"

"是啊，这里真是个神秘莫测的地方。请看小山那边，您知道那些是什么吗？"在陡峭的山坡上有二十多堆用灰色石头围成的圆圈。

"是羊圈吗？"

"不，那是祖先们居住的地方，史前时期，沼泽地里的住户很多。但自那以后，再也没有人住在那里，所以这些房子还保持着原样。如果您出于好奇走进那没有屋顶的小屋，还会看到炉灶和床呢。"

"规模很大，像个市镇。在什么时候还有人住过呢？"

"大约在新石器时代——确切年代不可考。"

"他们那时干些什么呢？"

"他们在这些山坡上放牧牛群，在青铜制的刀代替石斧之时，他们就已学会了开采锡矿。对面山上的壕沟就是开采的遗迹。是的，华生医生，您会发现沼泽地有许多很特别的地方的。噢，对不起，请等一会儿！一定是赛克罗派德慕大飞蛾。"

一只不知是蝇还是蛾的东西翩翩飞过了小路，而斯台普顿以罕有的力量和速度扑了过去。使我大吃一惊的是，他挥舞着绿色的网兜，在一簇簇的小树中跳跃着竟向着大泥潭而去。他纵跳、曲折前进的动作，配以灰色的衣服，使他本身就像一只大飞蛾。我既羡慕他异常敏捷的动作却又担心他不小心陷进神秘可怕的泥潭，只能怀着复杂的心情望着他。

一阵脚步声引得我转过身，看到不远的路边有一个女子。看得出来她是由梅利瑟的方向而来，因为一直被沼泽地的洼处遮着，所以直到她走得很近时我才发现。我相信这位就是我曾听说过的斯台普顿先生的妹妹，因为在沼泽地里女性很少，而且听说她是个美人。正走过来的这个女人的确是美丽的，这是我见过的相貌相差甚远的一对兄妹。斯台普顿的肤色适中，头发是浅色的，眼睛是灰色的；而她的肤色是我见过的英伦女人中最深的，她身材修长，仪态万方。她生就一副高傲而美丽的面孔，端正的五官配上性感的双唇和美

丽的黑色双眸,显得那样热情。她那完美的身段和高贵的打扮,使她宛如沼泽地上的一个精灵。我转过身时她正看着她的哥哥,然后快步向我走来。我摘下帽子刚想说话却被她的话震慑住了。

"回去吧!"她说道,"马上回到伦敦去,立刻就走。"我吃惊地愣在原地,不解地盯着她。她的眼宛如两小簇火焰,一只脚焦急而不耐烦地拍打着地面。

"为什么呢?"我问道。

"我无法解释。"她的声音低微而恳切,好像有点儿大舌头,"但看在上帝的面上,按照我说的去做吧,再也不要到沼泽地来。"

"为什么呢?"

"您这个人哪,您这个人哪!"她叫了起来,"难道您还看不出来这是为您好吗?回伦敦去!今晚就动身!不管怎样都不要回来了!嘘,我哥哥来了!我说过的话,一个字也不要提。您能把那支兰花摘给我吗?沼泽地上的兰花很多,但很可惜您来得太迟了。"

斯台普顿已经放弃了那只飞蛾,转了回来,面孔涨红地大口喘着气。

"啊哈,贝莉儿!"他说道,但听起来那语调并不热忱。

"啊,杰克,你很热了吧?"

"是啊,想捕一只很稀有的大飞蛾,却没捉到,真可惜!"他说话时,好像漫不经心,但他明亮的小眼睛不停地在我和那女子脸上转来转去,"我看得出来,你们已经互相介绍过了。"

"是啊,我正告诉亨利爵士他错过沼泽地最美丽的时候了。"

"啊,你以为这位是谁呀?"

"一定是亨利·巴斯克维尔爵士。"

"不,不对,"我说道,"我只是爵士的朋友,一个普通人,华生医生。"

她的脸上泛起了红晕,似乎有些懊恼。"我们竟在误会之中谈起天来了。"她说道。

"啊,没关系,你们并没有聊多久。"斯台普顿说话时仍露出怀疑的眼光。

"我把华生医生当做本地人一样和他谈话,"她说道,"对他说,来看兰花,早晚是没多大关系的。但您一定要看看我们在梅利瑟的房子。"

没走多远,我们到了一所独立的房子,在繁荣的时期,这是个农舍,现在修理过后,已成为一幢新式住宅了。房子的四周是一片果园,但果树同沼

巴斯克维尔庄园的猎犬

泽地里别的树一样矮小而发育不良，整个环境显得很阴晦，一个衣着陈旧、干瘦怪异的老男仆接待了我们。从大屋子内整洁、高雅的布置可以看出那位女士的爱好。我望向窗外，看到那古怪的沼泽地绵延不绝地向地平线延伸而去。我不禁感到奇怪，为什么这受过高等教育的男子和如此美丽的女子会住在这里呢？

"很奇怪的地点，是不是？"他仿佛知道我在想什么，"但我们过得很快乐。不是吗，贝莉儿？"

"很快活。"她说道，但听起来却很勉强。

"我从前在北方办过一所学校。"斯台普顿说道，"虽然那种工作使我这种性格的人感到枯燥无味，但能够用个人的品行和理想去教导年轻人，和他们住在一起，帮助、培养他们，这是很可贵的。但倒霉的是，一场严重的传染病夺去了三个男孩的性命，使学校大伤元气，因此，我损失了大笔资金。但正因为不能再享受这种快乐，所以对这件不幸的事一直不能忘怀。我发现这里有无穷无尽的材料可供我研究，而且我妹妹和我一样深深地爱着大自然。华生医生，从您的表情中可以看出，您已经明白这一切了。"

"我是已经想过了，但这里的生活可能不太适合您的妹妹，对您倒会好些。"

"不，不，我从不感到枯燥。"她赶快说道。

"我们有书相伴，还有我们的研究工作，还有有趣和善的邻居。摩梯莫医生在他的领域里是最有学问的！可怜的查尔兹爵士也是很好的伙伴。我们相交甚深，因此对他十分怀念。如果我今天下午去冒昧造访巴斯克维尔庄园，您认为如何？"

"我敢说，亨利爵士见到您一定会高兴的。"

"那么，就请您帮我跟爵士提一下。希望他初来乍到之际，我们能为他提供一些方便。华生医生，您愿意上楼看一看我所收集的鳞翅类昆虫吗？我想那包括了英伦西南部的所有品种了。等您看完就差不多可以吃午饭了。"

可是我已急于要回去看我的委托人了。神秘的沼泽地，可怜的小马和与那可怕的猎狗有关的令人不寒而栗的声音，这一切都使我感到凄惨。只有斯台普顿小姐的警告仍清晰可闻。她那诚挚的态度使我不能怀疑其后必然有十分严肃的理由。我谢绝了他们留我吃午饭的好意，立刻踏上来时的小路。可能有捷径，当我还没走上大路时，我竟意外地发现斯台普顿小姐已坐在路旁

的石头上。她双手叉腰，脸上由于剧烈的运动泛起红云。

"为了截住您，我连帽子都没戴就一口气跑来了，华生医生。"她说道，"我不能在这里久留，否则我哥哥会寂寞的。我为自己犯的愚蠢的错误向您致歉，我竟以为您是亨利爵士。请忘掉我所说的话吧，那与您并无关系。"

"但我是忘不掉的，斯台普顿小姐，"我说道，"作为亨利爵士的朋友，我非常关心他的安危。告诉我吧，为什么您会急切地让亨利爵士回到伦敦去呢？"

"不过是女人的一时冲动，华生医生。如果您更深入地了解我，您会发现我的一言一行都是毫无缘由的。"

"不对，不对。您那发抖的声音和眼神我记得很清楚。请坦率地告诉我吧，斯台普顿小姐，我一到这里，就感到生活变得像泥潭一样神秘莫测，没有人能为我指一条出路，请告诉我您究竟用意何在，我一定会转告给亨利爵士的。"她脸上流露出犹疑不定的表情，但最后她似乎决定了什么。

"您想得太多了，华生医生，"她说道，"查尔兹爵士的不幸令我哥哥和我非常震惊。这位老人喜欢到我们这边散步，因为我们与他交往很深。那个传说对他影响很深。出事后，我更感到这是空穴来风。所以当这家族又有人来的时候，我为那可能到来的危险而担心，所以才提出警告。"

"可是，您说的危险是指什么呢？"

"我想您一定听过那猎狗的传说。"

"我不相信这种传言。"

"可是我相信。如果亨利爵士听您的劝告，就请您让他远离这个噩梦吧。天下这么大，为什么他偏住在这个危险的地方呢？"

"正因为这是个危险的地方，他才到这里来住的，这就是亨利爵士的性格。除非您能说出更有说服力的原因，否则，他是不可能离开的。"

"我只知道这些，还能说些什么呢？"

"那请问斯台普顿小姐，如果您只想告诉我这些的话，为什么要避开您哥哥呢？这并没有什么不可告人的呀？"

"我哥哥认为庄园如果有人住会对沼泽地的穷人们有好处，如果他知道我让亨利爵士离开的话，一定会十分不高兴的。现在我能说的只有这些了。我必须回去了，否则我哥哥会怀疑的。再见吧！"她急速地转身走了，很快消失在乱石之中。留下我呆呆地站在那里。无奈，我只好在巨大的恐惧追逐下，匆匆地赶回巴斯克维尔庄园。

巴斯克维尔庄园的猎犬

华生的第一份报告

现在，我要按时间顺序，把我随时放在桌子上的写给歇洛克·福尔摩斯先生的信件抄录下来。虽然遗失了一篇，但现在我写的绝对符合事实。这些可悲的事件给我的印象很深，而这些信则能很准确地表达我当时的感觉。

我亲爱的福尔摩斯：

从我以前发的信和电报里，你可能已了解了这里所发生的一切。在这里呆得越久，沼泽地那可怕的魔力就会更深地渗入到你的心灵。在这里，根本看不到近代英国丝毫的痕迹，却到处都能看到史前人的房屋和劳动成果。在散步的途中，你会看到许多古老的房屋以及先人的坟墓和一些标明庙宇所在的粗大石柱。当你在斑驳的山坡上看到那些用灰色岩石建成的小屋的时候，你会忘记现在的年代，即使你看到了一个身披兽皮的原始人和手里的燧石弓箭你也不会感到惊奇。奇怪的是他们竟会如此稠密地住在这贫瘠的土地上。虽然我不是考古学家，但我能想象出他们之所以居住在这别人避之唯恐不及的地方，是为了躲避践踏和争斗。

显然，这些与案件无关的东西对你讲求实际的性格来说，未免有些乏味。我还记得你根本不关心太阳和地球到底是谁围着谁转。所以还是回到正题吧。

前些天没有什么特殊的事发生，所以没有向你报告。但后来发生了一件惊人的事，我会全部告诉你。首先，向你介绍一些相关因素。其中之一就是我很少谈到的沼泽地的那个逃犯。可以肯定的是，他已经逃离此地了，这对分散居住的人们来说是个好消息。在他逃跑的两个星期里，没有任何消息。很难想象他会一直呆在沼泽地里。当然他可能藏在任何地方，但他没有什么可吃的，因此才认为他逃走了。

我们四个身强力壮的男人住在一起，所以我们能很好地照顾自己，但我十分担心斯台普顿一家。他们住的离别人很远，家中只有兄妹二人和一个女仆以及一个很老的男仆，而斯台普顿本人也不很强壮。如果他们落在那个亡命徒手中，会很危险的。亨利爵士和我都很关心他们，并建议马夫波金斯到他们那边去睡，可是斯台普顿却根本不在意。实际上，准男爵已对那位女邻

居产生感情了,这丝毫不足为奇。他好动,在这种无聊的地方碰见一个动人的美女,怎能无动于衷呢?她身上有一种热带的异国情调,与她哥哥的冷漠形成鲜明的对照,但别人也能感觉到他内心潜藏着烈火似的情感。他能左右她的意愿,我曾看到她说话时不时地看着他,似乎在征得他的同意。我相信他待她很好。他双目如电,嘴唇薄而坚定,这些特点暗示着一种独断专行、飞扬跋扈的个性。怎么样,你认为他是个有趣的研究对象吧?

我们到达的第一天他就拜访了巴斯克维尔,次日清晨,他领我们去看那个关于放荡不羁的修果的传说的事发点。我们在沼泽地里走了好几英里才到达那儿。那个地方太阴森可怕了,易使人触景生情,编出那个可怕的故事来。在两座布满乱石的山岗中间是一条不长的山沟。我们沿着山沟走过去,来到一片广阔多草的旷地,地上长满白棉草,两块巨大的石头屹立在空地上,顶部正风化成尖状,像巨兽的獠牙。这景物与传说中的悲剧的情景极其相似。亨利爵士很感兴趣,多次问斯台普顿是否相信鬼真的能伤害人类,他说时,显得心不在焉,实则非常在意。斯台普顿小心地回答,尽可能地少说,好像怕影响准男爵的情绪,他不愿把自己的想法全盘托出。他说了一些事情,说有些家庭也曾遭受过恶魔的侵犯,我们认为他对奇怪事物的看法与常人相同。

在归途中,我们在梅利瑟吃了午饭,亨利爵士和斯台普顿小姐从此结识。他对她似乎是一见钟情,而且我认为他们彼此互相爱慕。在我们回家的路上,他还多次提到她。自那日起,我们几乎天天和那对兄妹见面。今晚他们在这里吃饭时还曾谈及我们下周末去他们家的问题。通常人们会认为,这样互相倾慕的一对如果结合,斯台普顿一定会非常高兴的;可是我已多次注意到,当亨利爵士对他妹妹稍加注视时,斯台普顿的脸上就露出极为强烈的反感。他当然爱他的妹妹,他的生活如果没有她,就会孤苦寂寞,但他如果因此而破坏她美好幸福的婚姻,那也未免太自私自利了。我能肯定,他并不愿意他们的亲密感情发展成为爱情,而且我还多次发现过,他竭力避免使他俩有独处密谈的机会。嗯,你曾指示过我,永远不许亨利爵士单独外出,这太难办了!我们本来已有种种困难,再加上爱情问题……如果我完全按照你的命令去做,那我就可能会变成不受欢迎的人了。

那一天——确切的日期是星期四——摩梯莫和我们一起吃饭。他在长岗发掘了一座古墓,弄到了一具史前人的头骨,他为之兴奋不已。我从未见过如此执著的热心人!随后斯台普顿兄妹也来了。在亨利爵士的请求下,心地

巴斯克维尔庄园的猎犬

善良的医生就领我们到了水松夹道,讲述了查尔兹爵士身亡的那天晚上发生的全部经过。这次散步既漫长又乏味。水松夹道两旁长满高高的剪齐的树篱,还各有一块狭长的草地,尽头有一株破旧不堪的凉亭。那扇开向沼泽地的小门正在中间,是一扇装有门闩的白色木门,老绅士曾在那儿遗留下雪茄烟灰,外面就是广阔的沼泽地。你对此事的见解我还记在心中,我也暗自揣度事情发生的全部经过,或许是当老人站在那里的时候,突然有个莫名的东西穿过这沼泽地向他跑过来,老人被吓得胆战心惊,慌乱地跑起来,直到因恐惧和力竭而死亡。他就是沿着那长长而阴暗的夹道奔跑的。问题是他为什么要跑呢?是看到了沼泽地上的一只牧羊犬,还是看到了一只默不作声、鬼怪似的黑色大猎狗呢?会不会是有人捣鬼?会不会是白瑞摩刻意有所隐瞒?这一切都显得太神秘莫测了,但我总感觉事情背后有着罪恶的阴影。

上次给你写信以后,我又遇到了另外一个邻居,就是住在我们南面四英里左右的赖福特庄园的弗兰克兰先生。他年纪很大,头发银白,面色红润。他脾气有些暴躁,他对英国法律颇为爱好,曾为诉讼花掉大量金钱。他之所以与人打官司,完全是为了打官司的快感,他根本不在乎站在问题的哪一面,由此他感到这是个费钱的玩艺儿也就不足为怪了。有时他不顾教区的命令而会阻断一条公共道路;有时又去毁掉别人的大门,并声称此门很久前曾是一条通道,并以此为理由去反驳他人的诉讼。他对旧采邑权法和公共权法十分精通。有时他会利用他的法学知识维护村民的利益,有时又加以反对。所以他有时被人胜利地抬起来走过村中的大街,有时又被当做草人,被别人痛恨地烧掉。听说他手中目前还握有七宗未结案的诉讼,没准这些诉讼会侵吞他仅存的财产呢。到那时,他就会像一只被拔掉毒刺的黄蜂那样再也没有力量加害别人了。如果撇开法律问题,他倒是位易于亲近之人。仅仅是偶尔提一提他而已,因为你曾嘱咐过我,应该告诉你一些周围人的情况。他现在正瞎忙着,他还是个业余天文学家,有一架性能优良的望远镜,他就整日地伏在自己的屋顶上,用望远镜观察沼泽地,希望发现那个罪犯。如果他能全神贯注于此,那一切也就相安无事了。可是据说他正准备控告摩梯莫医生,他认为医生未经死者亲属同意而挖掘坟墓是违法的。因为摩梯莫医生最近在长岗的古墓中挖掘出一具新石器时代人的头骨。弗兰克兰先生确实给周围的生活带来了活力,并在必要之时使我们得到了一些乐趣。

现在,我已给你及时地介绍了那逃犯、斯台普顿、摩梯莫医生和赖福特

庄园的弗兰克兰的情况,下面我告诉你一些关于白瑞摩的最重要的事情,尤其是昨晚的惊人发展,以此结束这篇报告。第一件就是关于你从伦敦发来的那封为了证实白瑞摩是否的确呆在这里的试探性的电报。我已经告诉过你,由邮政局长的话可知那次试探是失败的,咱们没有得到任何证明。我把事情的真相告诉了亨利爵士,他竟然马上就叫来白瑞摩,直截了当地问他是否亲自收到了那封电报。白瑞摩回答说是。

"是那孩子亲自交给你的吗?"亨利爵士问。

白瑞摩好像很诧异,他稍微考虑了一会儿。"不是,"他说,"当时我正呆在楼上小屋里面。是我妻子交给我的。"

"你是亲自拍的电报吗?"

"不是,我告诉了我妻子怎样回答,她就下楼去办了。"

当晚,白瑞摩又提起了这个问题。

"亨利爵士,我不明白今早您提出那些问题有什么目的?"他说道,"你是不是认为我做错了什么事而不再信任我了。"

亨利爵士这时只得向他保证绝无此意,并把自己大部分的旧衣服都送给了他,以使他安心。亨利爵士在伦敦置办的新东西现在已经全部运到了。

白瑞摩太太引起了我的注意,她长得很胖却很结实,人也腼腆,是一个可敬的人。她几乎是带着清教徒式的严峻,你很难想象出还有比她更加不苟言笑的人了。我曾说过,我在到这里的第一天晚上,曾听到她暗自伤心啜泣,自那时起,我多次看到她带有泪痕,显然她沉浸在深深的哀伤之中。有时我想,她心里是不是有什么难言之隐,有时我怀疑白瑞摩也许在家里蛮横跋扈。我有一种感觉,他的性格里有特别可疑之处,尤其昨晚的奇遇使我的怀疑更加深了。

事情本身也许是不足为道的,你知道我睡觉一向很轻,再者我在这所房子里时刻警醒着,所以觉睡得比平日更不踏实。昨晚午夜两点钟左右,我被屋外蹑手蹑脚的行走声惊醒了。我爬了起来,小心地打开房门往外瞧,看见走廊上有一条长长的黑影。那是一个手拿蜡烛、轻轻地沿着过道走的影子。那人穿着衬衫和长裤,光着双脚。我虽然只能看到他身体的轮廓,可是,我从他的身材判断出他是白瑞摩,他缓慢而小心翼翼地走着,他的整个外表给人一种难以形容的鬼祟和不可告人的印象。

我曾说过,那环绕大厅的走廊被一段阳台隔断,在阳台的另一侧延伸下去。

巴斯克维尔庄园的猎犬

我一直等到看不见他的身影才上去跟踪,当我走近阳台的时候,他已走到走廊远处的尽头了。我由一扇开着的门里射出来的灯光认定他已走进了一个房间。这些房间因无人居住而缺少必要的陈设,他的行动显得格外诡秘。烛光很稳,一点都不晃动,他极可能是安静地站着,我尽可能不出声地接近他,从门边向屋里偷看。

白瑞摩站在窗前,弯腰拿着蜡烛,凑近窗玻璃,我只能看见他半个头部侧面,当他注视漆黑的沼泽地时,脸因焦虑而变得十分严肃。他站在那里专注地看了几分钟,然后深深地叹了一口气,以一种不耐烦的手势熄灭了蜡烛。我急忙回房,不多久就传来他极轻的回去的脚步声。过了很久,我正要朦胧入睡时,突然听到某个地方有拧动锁头的声音,但我不能确定声音发自何处。我虽然不知道这些都表明着什么,但我肯定在这阴森恐怖的房子里正在进行着一件不可告人之事,我们迟早会查得一清二楚的,我不愿把我的想法强加于你,因为你要求我只负责提供事实。今天早晨我和亨利爵士进行了一次长谈,据我昨晚的观察,我们拟定了一个行动计划。我现在还不打算告诉你,但它必定会使我的下一篇报告更加富有趣味。

于巴斯克维尔庄园　十月十三日

华生的第二份报告

沼泽地里的灯光

亲爱的福尔摩斯：

假如说在担当这个使命的初期那种无计可施的情形下，我为你提供的消息有限的话，你该看得出，目前我正全力以赴设法弥补已经浪费的时间。现在，我周围发生的事愈见频繁和复杂了。在我上次的那篇报告里，我以白瑞摩站在窗前作为结束语，如果不出我所料，我现在已掌握了会使你大吃一惊的材料。事情变化得真令人难以预料，在过去的两天里，从一些方面看事情已明朗许多，但从别的方面看却又似乎变得更令人不解。我现在就把详情告诉你，由你自己去做出结论吧。

在我跟踪白瑞摩后第二天的早饭前，我特意穿过走廊，察看了夜晚白瑞摩去过的那间屋子。我发现他凝神向外看的窗户与屋里其他窗户相比有一个不同的特点——这扇窗户面向沼泽地，从这里可以俯瞰沼泽地，而由其他窗口则只能远远地看到一点。所以我推断出，白瑞摩一定是望向沼泽地寻找某物或某人，因为这扇窗户最适此用。

那天晚上漆黑一片，我想象不出他能看到什么人。我猛然想到，这或许是在玩什么恋爱的小把戏，如此足以解释他那种鬼鬼祟祟和他妻子郁郁寡欢的关系。他相貌不错，足以让全乡村的女子们倾心于他，所以，这一说法还是有些道理的。我回到自己房间以后所听到的开门声，可能是他出去赴约了。因此到了早晨我自己就开始推敲，尽管结果也许证明这种猜疑是毫无根据的，现在我还是把疑点全部都告诉你吧。

不管究竟该如何才能准确地解释白瑞摩的怪异行为，我总觉得在我能做出解释之前，保守此事实在是很累人的。早饭后我到准男爵的书房去找他，把所见之事全都告诉了他，可是他的反应并不如我预料的那样感到吃惊。

"我早知道白瑞摩经常在夜里走动。我曾想就此事和他谈一谈，"他说道，"我曾三番五次听见他在走廊里来回走动，时间也是午夜2点。"

巴斯克维尔庄园的猎犬

"那么他可能每晚都要到那窗前去一趟呢。"我提醒道。

"可能。果真如此，咱们不妨跟踪他，看他到底在干什么，我很想知道如果您的朋友福尔摩斯在这里，他会怎么做。"

"我相信他一定会像您方才所提议的那样采取行动，"我说道，"他会跟踪白瑞摩，看看他干些什么事。"

"那么咱们就一起行动吧。"

"可是，咱们会被他发现的。"

"他耳朵不怎么好，再说，不管怎样咱们都必须抓住这个时机，咱俩今晚就坐在我房间里，等他走过去。"亨利爵士眉开眼笑地来回搓着双手，显然他喜欢这样一次冒险行动，可以调剂一下他目前孤寂、枯燥的生活。

准男爵已和从前查尔兹爵士订的建筑师、营造商人以及装饰工和家具商谈好条件，准备大翻新屋。这些人都来自伦敦和普利茅斯。所以，我们很快就会看到这里发生的巨大变化。显然，我们的朋友心怀远大的理想，决定全力以赴，不惜任何代价以恢复昔日家庭的名望。在这所房子修葺一新并重新布置之后，所缺少的也就是一位夫人了。从种种迹象中我们可以看出，只要这位女士点头应允，这一点也就不会成为缺憾了。像准男爵那样对动人的邻居斯台普顿小姐的痴情是少见的，但是，即便如此，爱情的发展并不如人们所希望的那么平静无波，比如说爱情之海的平静水面今天就被一阵出人意料的波澜所打破，给亨利爵士带来极大的伤害与烦恼。

在我俩结束了那段关于白瑞摩的谈话之后，亨利爵士就戴上帽子准备出门，当时我也准备出去。"难道你也要跟我去吗，华生？"他问道，一面怪模怪样地望着我。

"您也要到沼泽地去吗？"我说。

"是的，我正是到那里去。"

"啊，您是知道我所接受的指示的。如果对您有所妨碍，我真诚道歉。但您也知道福尔摩斯是怎样郑重其事地坚决告诉我不能离开你半步，尤其是您不能独自一人到沼泽地去。"

亨利爵士带着快乐的微笑把手搭在我的肩膀上。

"我亲爱的伙伴，"他说道，"虽然福尔摩斯料事如神，可是自我到沼泽地之后发生了某些事情连他也没有预见！您明白我的意思吗？我相信您决不愿做打扰他人之人。我必须单独出去。"

巴斯克维尔庄园的猎犬

这使我左右为难,不知如何是好,在我还犹豫不决之际,他已拿起手杖走了。再三考虑之后,我的良心受到了谴责,我竟让他找借口离开了我。我脑海中浮现出一旦由于我没有听从你的指示而发生的一些意外的事,我只好回去向你忏悔,我当时的感受是多么不舒服。想到这些,我的脸就红了。也许现在去追他还不晚,所以我立即就朝着梅利瑟宅邸方向出发了。

我以最快的速度匆忙追赶他,直到我走到沼泽地小路分岔处才远远地望见了他。我担心走错路,于是我在那儿爬上一座小山居高临下俯视一切,就是那座插入昏暗的采石场小山。我马上就找到了他的身影。他离我约0.25英里,正在沼泽地的小路上和斯台普顿小姐一起走着。显然他俩已有了默契,而且是约会相见的,他们并肩缓缓而行,同时低语着。

我看见斯台普顿小姐双手做着忙乱的手势,好似对自己所说的话表示非常严肃,他则是全神贯注地听着,有时他还摇着头以示不同意。我站在乱石中间望着他们,不知所措,跟上他们,打断他们亲密的谈话实为荒唐之举,但我的责任就是要时刻不让他们离开我的视线。跟踪窥视一个朋友的私人行为,真是一件令人憎恶的工作。即使如此,我只能先从山上观望他,事后再向他坦诚相告以求心安。我别无选择。不错,如果当时有任何突然的危险危及到他,我确定是"远水解不了近渴";可是我相信你会赞同我的,我这样的处境真是太难了,况且我又没有更好的办法。

这时亨利爵士和女友停住,站在那里心无旁骛地谈着话,我突然发现,会看到他们约会的不止我一个。我这么说是因为我一眼看到了一个绿色不知名的东西在空中浮动着,仔细看才发现是绑在一支杆子上的绿色的网,执网人正在崎岖的路上走着。那正是斯台普顿,手里拿着捕蝶网。他离我的目标很近,好像是和他们相向而行。正在那时,亨利爵士突然将斯台普顿小姐拉进自己的怀里,用胳臂抱着他。她好像在竭力挣脱他的手臂,脸躲向一边。他向她低头,可是她像是不同意似的举起一只手来。随后我看到他们一惊就分开了,并且惊慌失措地转过身,原来他们看见了斯台普顿。他发狂地奔向他俩,捕蝶网倒拖着。他愤怒至极,对这对爱侣指手划脚,对此我深为不解。斯台普顿似乎是在责骂亨利爵士,亨利则在辩解,但斯台普顿不但不接受,反而更加愤怒了。那位女士高傲地静立着。后来斯台普顿粗暴地向女士做了个手势,她犹豫不决地看了看亨利,无可奈何地跟她哥哥走了,斯台普顿显得极为不满。亨利僵立在那里,一会儿,他缓缓地转身,失魂落魄地往回走,

低着头，神情沮丧。

　　我不知道发生了什么事，我只是因为自己的偷窥行为而深感羞愧。我急速地跑下山坡，在山脚下遇到亨利。他由于愤怒满脸通红，眉头紧锁，像个穷困潦倒的书生。

　　"上帝啊，你怎么在这儿，"他十分惊讶，"你一直在跟着我吗？"我告诉他一切：我再不可能呆在家里的原因和我的跟踪，以及我怎样看到了所发生的一切。他双目喷出怒火般看了我一会儿，但我的真诚坦白熄灭了他的怒火，他终究发出了懊悔莫及与失望的笑声。

　　"我还自以为是地认为平原的中心是个最不易被人发现的相当可靠的地方呢。"他说道，"可是——上帝啊！全乡的人好像都跑了出来看我的求婚似的，真是糟透了，我是在做什么呢？刚才您在哪里？"

　　"就在那座小山上。"

　　"原来你是坐在看台的后排呀！她哥哥可是到了最前排。他跑过来时，您看到了吗？"

　　"看到了。"

　　"您从前见过他这个样子吗？她的好哥哥。"

　　"没见过。"

　　"哼，他根本就是个疯子。这以前我一直认为他是正常的，但是，现在我们两个人之中必定有一个有些不正常。华生，我是正常的吧？您和我相处也有几个星期了，华生。喂！您告诉我吧，我有什么不对，我为什么不能做一个好丈夫呢？"

　　"我看没有。"

　　"他不会是不满意我的社会地位的，那他一定是因为我本身的缺点而讨厌我。他不满意我哪里呢？我认识的所有的人，不论男女，都对我有好感，我总是与人为善，不曾得罪过任何人。可是斯台普顿竟这样无礼，连她的手指都不许我碰。"

　　"他这样说的吗？"

　　"不止一次呢。华生，我和她相识虽只有几个星期，但从一开始，我就觉得我们是天造地设的一对。她也这样想，她觉得和我在一起的时候很快活，我敢发誓，她的眼神就是最有力的证据。可是斯台普顿从不让我们单独在一起，今天我还是第一次能和她独处而谈。见到我她很高兴，可是见了面之后

巴斯克维尔庄园的猎犬

她又不愿谈爱情,如果可以的话,她甚至不让我谈到爱情。她再三强调,这是个危险的地方,除非我离开这里,否则她永远也不会快乐。我说我见到她以后,我再也不急于离开此地了,她说她要和我一同走。我说得很多,主要意思是要娶她,她没表态,她哥哥就像疯子一样朝我们跑来。他气得脸煞白,连眼睛也冒出怒火。我也没对他妹妹做什么,我怎么敢呢?我从未自以为是个准男爵而为所欲为。如果他不是她的哥哥,我根本就不怕他。我当时只对他说了,我和他妹妹产生爱情我非常高兴,并且还希望她能屈尊做我的妻子。这样的话好像也未能使事态有丝毫的转机,所以,我也发了火,我和他说的话也许都有些过分,因为,她还站在旁边呢。全部过程你都看到了,他和她一起走了。而我呢,被搞得一塌糊涂,不知所措。华生,您要能告诉我这是怎么回事,那我对您真是要感激万分了。"

我当时虽然试着做出了一两种解释。可是,说实话,我自己也不明白是怎么回事。亨利爵士无论是身份、财产,还是年龄、人品、仪表都不错,除了笼罩他家的厄运之外,我简直找不到一丝他的不利条件。令我吃惊的倒是斯台普顿丝毫不顾他妹妹的感受,粗暴回绝追求者;而那位女士在这种情况下,也竟能毫不表示抗议。当天下午,斯台普顿又亲自来访,这才消除了我们心里的种种猜疑。他是为了自己早晨粗鲁的态度来道歉的,在亨利爵士的书房里两人谈了很久,终于弥合了伤痕,于是我们决定下星期到梅利琵去吃饭。

"我并不是说他现在就一切正常,"亨利爵士说道,"我无法忘记今早他向我跑来时的那种眼神。可我也得承认,他的道歉真是太圆满自然了,我根本无法拒绝。"

"他解释了他早晨的行为了吗?"

"他说斯台普顿小姐在他心中占据着主要位置。我相信这是真的,对他们兄妹的这种感情我也很高兴。他们始终生活在一起,而且他自己也承认他是个非常孤独的人,只有她陪伴,一旦他想到她将离开他时,他便感到非常可怕。他说他本来以为我并没有爱上她,可是当他亲眼看见,并感到我可能从他手中把她夺去时,他大为惊骇,以至他无法控制自己的行为。他对早晨的事感到十分抱歉,并且也意识到因为一己私利而妄想把貌美的妹妹永远束缚在自己的身边是愚蠢的。假如她终究要离开他,他宁愿把她嫁给我,而不是别的人,但怎么说这对他都是一个严重的打击,因此他还需要一些时间对这件事的来临做好精神准备。如果我愿意把这件事先推迟三个月,在这期间只

是培养与她的友情而不对她做爱情方面的要求,他就不反对了。我答应了他,所以事情就这样过去了。"

我们的小谜团就这样解决了一个,现在我明白斯台普顿憎恶他妹妹的追求者的原因了,即使求婚人是亨利这样完美的人。

我的注意力开始转到谜团的另一条线索上:夜半啼哭和白瑞摩太太满面泪痕的秘密,以及管家到西面格子窗前去的秘密。祝贺我吧,亲爱的福尔摩斯,你看我并没有让你失望,你所寄予我的信任是有回报的。经过一夜的努力这些事就都有了答案。

我说"经过一夜的努力",实际上是两夜,因为头一夜我们毫无收获。我和亨利爵士在他房间里整整坐了一夜,直到凌晨三点左右,可是我们只听到了大钟的报时声,除此之外,没有任何别的声响。那真是一次最痛苦的熬夜,结果是我们俩都在椅子里睡着了。庆幸的是我俩没有因此而灰心,决定再试一次。第二天入夜,我俩坐在如豆的灯影里,默默地吸着烟。时间过得真慢,我俩把自己当做猎人,认真地盯视着设下的陷阱,希望突然有动物闯进来。我们就靠着这份希望苦撑着。钟敲了两下,我们绝望了,正想再次放弃之际,我俩突然在椅子上坐直,已经疲倦不堪的全部感官又重新变得警醒而敏锐了。过道里传来咯吱咯吱的脚步声。

我们听出那脚步声小心谨慎,等到那人走过后,准男爵才轻轻推开门,我俩开始跟踪。此时,夜行人已转入了黑漆漆的回廊。我们紧紧地跟着,进了另一侧的厢房。这时才看见那长长的胡须和高高的身影。他弯腰驼背,踮着脚走过过道,进入上次去过的那个房间的门,在烛光的照耀下,门口显露出来,阴暗的走廊里也拖着一道黄光。我俩蹑手蹑脚地走着,为小心起见,俩人都没穿鞋。即使如此,陈旧的地板还是发出吱吱的声响。有时声响大了些,他本应听得见,还好,他相当聋,并且专注着自己的事。我们到了他进的那间屋子的门口,看到他正手持蜡烛,弯腰站在窗前,毫无血色的脸紧紧地贴在窗子上,与我上次见到的一模一样。

我们预先并未准备好行动计划,可是准男爵总认为最直接的办法就是最好的办法。他出乎意料地直入房间,白瑞摩随即一惊,就倏地离开窗口,喘了口粗气站在我们面前。他面色灰白,浑身战栗。他看看亨利爵士又看看我,闪闪发光的漆黑的眼睛里满是惊恐。

"你在这里干什么呢,白瑞摩?"

巴斯克维尔庄园的猎犬

"没干什么,爵士。"他害怕得简直连话都说不出了,手中的蜡烛不停地抖动,人影也随之不停地跳动着,"爵士,我是随便四处走走,看看窗户都关好了没有。"

"二楼去了吗?"

"去了,爵士。"

"听着,白瑞摩,"亨利爵士严厉地说道,"我们要让你说出实话来,你最好现在就说出来,别给我找麻烦,说吧!可别撒谎!你在那窗前到底想干什么?"白瑞摩无可奈何地望着我们,极端疑惑、恐惧,两手扭在一起。

"我没做什么坏事呀,爵士,我不过是拿着蜡烛靠近了窗户啊!"

"为什么要这么做?"

"不要问我吧,亨利爵士,请不要问了!我对您说实话,这不是我自己的事,我不能说。如果这只是我个人的事,我一定会据实相告的。"我突然明白了,从管家抖动着的手里拿过蜡烛。

"这一定是做信号用的,"我说道,"咱们试试看是否有什么反应。"我拿着蜡烛,靠近窗户,两眼紧盯着窗外的暗夜。月亮被云遮住了,我只能模糊地看出斑驳的黑色树影和颜色昏暗的沼泽地。接着,我高声叫起来,在窗子正对面的远方的黑暗中出现了一个黄色光点。

"在那儿!"我喊道。

"不,不,爵爷,您别相信!那什么也不是,那什么也不是!"管家慌乱地说道,"我向您保证,爵爷……"

"华生,把灯从窗口移开!"准男爵喊了起来,"看哪,那个亮光也移开了!啊,你这老流氓,难道你还想狡辩吗?快说,你的同伙是谁,你们有什么阴谋诡计?"这时,管家的面孔竟然呈现出大胆无礼的神情。

"这是我的私事,与您无关,我不会说的。"

"那我马上解雇你!"

"太好了,爵士,如果那样的话,我马上就走。"

"你的离开真是太不体面了,天哪,你怎么不知羞耻?!你家几代人与我的家族友好相处了一百多年,而现在你正在图谋不轨,想加害于我。"

"不,不,爵士,不是害您呀!"一个女人的声音插进来。白瑞摩太太不知什么时候已来到门口,脸色苍白,慌里慌张的。看上去,她庞大的身体在宽大的裙子里和披肩下并不显得可笑。

福尔摩斯探案全集

"事情已经到了这种地步,咱们必须走,伊莉萨,去把咱们的东西收拾一下吧。"管家说道。

"喔,约翰哪!约翰!都是我连累了你,都是我的错!亨利爵士,这都是我的错。完全是因为我的缘故,我求他,他才那样做的。"

"那么,就说出真相吧,究竟是怎么回事?"

"我那可怜的弟弟正在沼泽地里挨饿呢,我可不忍心让他在我们门口饿死。这灯光就是告诉他食物已准备好了,而他那边的灯光则告诉我们送饭的地点。"

"这么说,您的弟弟是……"

"就是那个逃犯,爵士,他是罪犯——塞尔丹。"

"就是这样,爵士。"管家说道,"我已经告诉您了,那不是我个人的秘密,所以我不能告诉您。现在您已经知道了,这虽不是光明正大的事,但却不是害您的。"

深夜潜行和窗前灯光的真相原来如此,亨利爵士和我都惊诧地直视着那个女人。这是真的吗?这位顽强而可敬的女人竟是那全国最声名狼藉的罪犯的姐姐?

"不错,爵士,我就姓塞尔丹,他是我亲弟弟。他小时候,我们太溺爱他了,什么事都顺他意,搞得他认为世界就是为了使他快乐才存在的,因此他做了很多坏事。长大后,他交上了狐朋狗友,开始变坏了,一直到使我母亲伤心欲绝,并且玷污了我们家的名声。他一再犯罪,愈陷愈深,终于到了若不是仁慈的上帝保佑的话,他就会被送上断头台的地步。即使如此,他也永远是我的弟弟,一个我照顾过和嬉戏过的一头卷发的男孩儿。他敢于逃出监狱来的理由,爵士,就是因为他知道我们住在这里,而且我们也不能不帮他。

"一天晚上,他拖着疲倦和饥饿的身体来到了这儿,狱卒在后面穷追不舍,我们只好把他领进来,给他饭吃,照顾他。后来,爵士,您就来了,我弟弟认为遭追捕的时候,到沼泽地里去是最安全的,所以他就到那里去藏了起来。每隔一天晚上,我们就在窗前放一个灯光,看他是否还在那里,如果他有回答,我丈夫就给他送去一些吃的。我们每天都盼望他赶快离开,可是只要他在那里,我们就得管他。事情就是这样的。您能看得出,我是个虔诚的基督徒,如果这样做有什么罪过的话,也不能怨我丈夫,应该怪我,他是为我才那样干的。"白瑞摩夫人说了这么多,听起来真实可信。

巴斯克维尔庄园的猎犬

"这都是真的吗,白瑞摩?"

"是的,亨利爵士,全是实话。"

"好吧,我不能怪你做了这些事。忘掉我方才说过的话吧,你们现在回屋去吧,这件事明天早上再谈吧。"

他们默默地走了,我们又向窗外望去。

亨利打开窗户,夜间的凛冽寒风吹着我们的脸。在漆黑的远处,那黄色的小小光点依旧在闪烁着。

"我真想知道,他怎么敢这么干?"亨利爵士说道。

"也许只有在这里才能看到他放出光亮的地方。"

"很可能,您认为它离咱们有多远?"

"我看是在裂口山那边。"

"也就一二英里远。"

"恐怕还要近些。"

"对,白瑞摩送饭去的地方不能太远,那个坏蛋正在蜡烛旁守候着呢。天哪,华生,我真想去抓住那个家伙。"

我也有同感,显然白瑞摩夫妇不信任我们,迫不得已才吐露真相的。那个人对社会危害极大,是个十足的祸害,对他既不应怜悯也不应谅解,如果我们借此机会把他送回监狱,那我们也不过是尽了应尽的义务罢了。他天性如此残暴、凶狠,如果我们坐视不管,别人可能就要遭殃了。比如说,在某天晚上,我们的邻居斯台普顿或其他什么人就可能受到他的袭击,也许正是因为想到了这一点,亨利爵士才决心去冒这样的险。

"我跟您一起去。"我说道。

"那么您带上左轮手枪,穿上高筒皮鞋。我们赶早出发,那家伙可能会吹灭蜡烛跑掉的。"

五分钟后,我们就出了门,踏上征程,在秋风瑟瑟和落叶沙沙声中匆忙穿过了黑暗的灌木丛。夜晚的空气里带着浓浓的潮湿和霉味。月亮时时露出云层,乌云在空中闪过。当我们刚刚踏上沼泽地边际时,天开始下雨,可那烛光却仍然在前方闪烁着。

"您带武器了吗?"我问道。

"带了一条猎鞭。"

"咱们必须迅速地向他冲过去,据说他是个亡命徒。咱们得出其不意在他

反抗之前抓住他。"

"哎，华生，"准男爵说道，"咱们这么做福尔摩斯不会有什么意见吧？现在可是黑夜，罪恶的事最容易发生的时候。"

就像是回应他的话，广袤而阴惨的沼泽地里忽然传来一阵奇怪的吼声，与我在大格林芬泥潭边缘上听过的一样。声音顺风穿透了黑暗的夜空，先是一声长而低沉的鸣叫，然后是一阵高声的狂吼，最后是一声凄惨欲绝的呻吟，然后就消失了。声音一阵阵地传了过来，刺耳、疯狂、令人胆战心凉，整个天地为之悚动变色。亨利抓住了我的衣袖，他的脸在黑暗中变得惨白。

"天哪！华生，这是什么声音啊？"

"我也不清楚，是发自沼泽地的，我以前听过一次。"

声音消失了，死般的沉寂紧紧地围住了我们。我们站在那里侧耳倾听，可是一点声音都没有。

"华生，"亨利说，"这是猎狗的叫声。"

我感觉周身的血都凝结了，他话里的停顿，表明他已想到什么可怕的事了。

"他们管这声音叫什么？"他问道。

"你说谁？"

"乡下人啊！"

"啊，他们都是些没见识的人，您不必管他们对那声音的叫法。"

"说吧，华生，他们叫什么？"

我踌躇再三，仍然必须回答这个问题。

"他们说那就是巴斯克维尔猎犬的叫声。"

他嘀咕了一阵，又沉默不语。

"是猎犬，"他又打破沉默，"可叫声似乎发自遥远的地方，我想是那边吧。"

"声音究竟是从哪儿传来的很难确定。"

"风很大，声音变得飘忽不定。那边就是大格林芬吧？"

"对。"

"啊，是在那边。喂，华生，您难道认为那不是猎犬的叫声吗？我又不是几岁小孩，您不用担心，实话实说吧。"

"上次听到这怪声时，我正和斯台普顿在一起。他认为那也许是一种怪鸟

的叫声。"

"不对，不对，是猎犬。天哪，这些故事全是虚构的吧？华生，您不会相信的吧？"

"不，我决不相信。"

"这事在伦敦一定会被当做笑谈，但是此时此刻，站在伸手不见五指的沼泽地里，听着这样骇人的叫声，就另当别论了。再加上我伯父死时，尸体的旁边有猎犬的足迹。我自认为不是胆小怕事之辈，华生，可是那声音快把我吓死了。您摸摸我的手！"

他的手冰凉，像一块石头。

"您明天就会没事了。"

"我想我无法忘记那叫声了。您说咱们现在该如何是好？"

"咱们回去怎么样？"

"不，决不，咱们是出来抓坏人的，一定要坚持到底。咱们是搜寻罪犯的，可是也许正有一只恶魔似的猎犬在追踪我们呢。来吧！就是洞穴里所有的妖魔都到沼泽地里来，我们也要坚持到底。"

我们在黑暗中摇摇晃晃地缓慢前行，暗淡的山影包围着我们，那黄色的光点依然在前面闪烁着。在漆黑的夜晚，这盏灯的光真是太能骗人了，一会儿那亮光好像是远在地平线上，一会儿又似乎只在几码之外。终于，我们看清了它的确切位置，这时我们才意识到快到目的地了。石缝插着一支淌着蜡油的残烛。两块岩石挡在蜡烛的两侧。这样既可避免风吹灭蜡烛，又可以让巴斯克维尔庄园看到，而其他方向的却看不到，真是想得太妙了。我们的路被一块突出的岩石挡住，我们只好在岩石后面弯着腰，从石头上面观察那用作联络的灯光，奇怪的是我们只看到了一支蜡烛在沼泽地中央燃着，周围却看不见一个人，只有一条向上直立的黄色火苗和周围被照得发亮的岩石。

"现在怎么办呢？"亨利爵士小声地说道。

"静观其变，他不可能走远，看看附近能不能找到他。"

我的话刚说完，目标就出现了，从蜡烛附近的岩石后面探出一张可怕的野兽般的焦黄的面孔，满脸横肉，肮脏不堪，胡须又长又硬，头发乱七八糟，与古代住在洞穴之中的野人十分相似。在他下面的烛光照耀下，他那双细小而狡猾的眼睛凶狠地向黑暗的四周窥探，像一只听到了猎人脚步声的狡黠的猛兽。

福尔摩斯探案全集

显然已有某种东西引起了他的疑心，也许他还有其他的与白瑞摩预订的暗号不为我们所知，也许他根据什么原因感到不妙，我从他那凶恶的脸上看出了恐惧的神色。一想到他随时可能从亮处逃窜到黑夜之中，我就猛地跳上前去，亨利紧跟着我也跳出来。那家伙看到我们尖声地骂了一句。一块石头猛地击在我们面前的岩石上，撞得粉碎。他急速地跳起来，转身狂奔。这时，月光恰巧从石缝里露出，我马上看到了他那粗矮强壮的身体。我们冲过了小山头，那人从山坡那面疾驰而下，一路上像山羊似的在乱石上跳来跳去。如果我用枪射击，可能会打倒他，但我带枪只是为了受人攻击之时自卫，可不想打一个没有武器的在逃犯。

我们两人腿都挺快，且受过相当严格的训练，但很快我就发现追上他是不可能的了。在月光的照耀下，我们与他相距很远，后来我们就只能看见他在一座远处小山侧面的乱石中间变成了一个快速跳动的小黑点。我们不停地跑，直到筋疲力尽，可是我们与目标的距离反而愈拉愈大了。最后，我们只好坐在两块大石头上，大口喘着粗气，眼睁睁地看着他在远处消失了。

就在这时发生了一件最最稀奇古怪之事。我俩已放弃了追捕的打算，正从石头上站了起来，准备转身回家去。月亮低悬在空中，满月的下半部映衬出一座山岗的嶙峋的尖顶。在明亮的背景下，我看到了一个男人的身影，他站在山岗的高峰上，极似一尊漆黑的塑像，福尔摩斯，这绝不是我的幻觉，我再清醒不过了。他又高又瘦，两腿岔立，抱臂，低头，似乎是对着眼前满是岩石的广阔荒野思考问题，也许他就是那个可怕之地的魂灵呢。他不可能是那逃犯，因为他站的地方离跑掉的家伙逃跑的地方很远，并且他比那家伙高出许多。我情不自禁地惊叫一声，正要指给男爵看，可就在我转身抓亨利的手臂时，他倏地就不见了。这时月亮的下半部依然被山岗的尖顶挡着，可山顶再也看不到那高瘦的身影了。

我本打算走过去把山岗搜索一下，可是距离太远了。自从听到那准男爵回想起他家庭可怕的故事的叫声起，准男爵的神经一直绷得很紧，他已无心再冒险了。他没有看到岩顶上的人，所以他没有体会到那怪异之人的出现和他那凛然的神气给我带来的魂飞魄散之感。

"是个狱卒。"他说道，"从这家伙逃跑之后，沼泽地里到处都是追捕的狱卒。"

嗯，也许他的解释是正确的，但只有拿到充分有力的证明才会让我信服。

巴斯克维尔庄园的猎犬

今天,我们打算给王子镇的警察局拍个电报,告诉他们应当到我们去的那个地方去寻找那个逃犯。说起来也真惭愧,我们没能顺利地把那个逃犯抓回来。这就是我们昨晚的冒险经历,我亲爱的福尔摩斯,以我所作的报告为例,我已经做得很值得你夸奖了。在我的报告里有很多内容显然是离题万里了,但我认为我把一切事实告诉你,由你自己去选择有益于你得出结论的内容,这才是我应该做的。无疑,我们有了一些进展,以白瑞摩为例,我们已找出他行为的动机,整个情况便明了许多。可沼泽地的神秘和其中居民的奇异,自然令我感到手足无措。或许我能在下一次报告里澄清此事,你最好能到这儿来,不管怎样,你很快又会接到我的信了。

于巴斯克维尔庄园 十月十五日

华生日记摘抄

我一直通过引用以前寄给歇洛克·福尔摩斯的报告的方式来讲述故事。可是现在,我必须改变方法,而依靠我的回忆,借助我的日记了,日记能让我回想起那些详尽的情景。那么,现在我就从我们在沼泽地里毫无结果地追捕逃犯和那次奇异经历的早晨谈起吧。

十月十六日,今天是个多雾并伴有蒙蒙细雨的日子。房子被浓雾层层包裹起来,可是浓雾有时也消散,露出荒凉起伏的沼泽地来,山坡上流着丝丝缕缕的水,远处突起的岩石的表面湿漉漉的,被惨白的天光照得不停闪烁。一切都沉浸在压抑的氛围中。昨夜的惊恐对准男爵产生了极坏的影响;我的心情也分外沉重,感觉危险迫在眉睫,这种危险始终存在,因我无法形容,显得格外可怕。

我的这种感觉绝非空想,一想到最近发生的一连串的事件,我们就会明显地感觉到无边的压抑。这些都说明一件有计划的阴谋正在我们周围进行着。庄园的上一个主人的死,证明这个家族中传说的内容已经应验了,还有农民们一再提及的出现在沼泽地的怪兽。有两次我亲耳听到了类似猎犬的嗥叫声在远处响起,难道真有超自然的事情存在吗?真是不可思议,一只魔犬,留下了爪印,又能冲天而起,实在是超乎想象。

斯台普顿和摩梯莫可能会相信这种话,但是作为一个具有常识的人,我是绝对不会相信的。如果我也相信这种说法,那无疑是把自己视为像庄稼人一样的可怜人了。他们不仅把狗看做魔鬼,还把它说成口、眼能喷出地狱之火的妖怪。福尔摩斯绝对不会相信这些荒诞的传言,我也一样。可我却两次听到了这叫声发自沼泽地。但事实就是事实,如果真有大猎犬跑到沼泽地去,事情就好办了。但是这样的猎犬能躲在何处?它的食物从何而来?它又是从何而来?为什么没人在白天见过它?显而易见的是,现在何种解释都是说不通的。就是抛开这只猎犬,那发生在伦敦的神秘的"人"的跟踪总是事实。马车里监视我和福尔摩斯的人,对了,还有阻止亨利到巴斯克维尔庄园的恐吓信,这些都是实实在在的事。这可能是一个保护他的朋友或是一个敌人干

的。不论是朋友还是敌人,他又在哪里呢?是在伦敦,抑或跟随我们到了沼泽地?他与我在黑夜里看到的站在山岗上的人是一回事吗?

虽然只看了他一眼,但我可以肯定几点。他并不是这里的人,因为我见过这里的所有邻居。那身形比斯台普顿高,比弗兰克兰瘦,也可能是白瑞摩,但是我已经让他呆在家了,而且我敢确定,他不会跟来的。如此看来,一定有个人在暗中跟踪我们,就像在伦敦时我们被一个陌生人跟踪一样,我们没能甩掉他。如果能抓住那个人,我们的困难就解决了。我现在必须尽全力去达到这个目的。

我的第一个想法是把我的整个计划都告诉亨利爵士;第二个想法,是各干各的,不和其他人谈论,我认为这是最明智的办法。亨利爵士的神经已经受到了极大的刺激,他显得沉默,并且不知所措。我决定单独行动,不再增加他的焦虑了。

今天早饭后,又发生了一件小事。白瑞摩要求和亨利爵士单独谈谈。他们到爵士的书房里关起门来呆了一会儿。我在弹子房里听到他们的声音不断提高,我知道他们在谈什么,一会儿,准男爵开门叫我进去。

"白瑞摩对于一件事情很不满,他说:'在我把秘密告诉你们之后,你们就去追捕我内弟的行为是不公平的。'"

管家站在我们面前,虽然面无血色,但是很镇定。

"也许我不该这么说,爵士,"他说,"如果是这样的话,我求您宽恕。但是,今天早晨,我听说你们回来了,而且得知你们是去追捕塞尔丹时,我感到很惊讶。倒霉的塞尔丹,我不去添麻烦就够他受的了。"

"但事实是你太太被逼无奈才告诉我们的,"准男爵说,"如果是你自愿告诉我们的,也许事情就不会这样了。"

"真没想到您竟然利用了这一点,亨利爵士……我真没想到。"

"对整个社会来说,这个人是危险的。他是个胆大包天的人,而沼泽地里的人家都是孤立无援的,只要你看他一眼,你就会清楚这一点。比如,斯台普顿先生吧,只有他一个人来保护全家。大家都感觉很不安全,除非塞尔丹被逮捕。"

"我向您保证,爵士,他再也不会闯进任何人的家,他不会再打扰任何人了。几天以后他就要去南美了。看在上帝的分儿上,爵士,我求您什么都不要跟警察说,我恳求您不要告诉警察他在沼泽地里。他们已经不再追捕他了,在船只准备好以前他会很安静的。一旦告发他,会给我们夫妇带来麻烦。"

"你认为呢,华生?"

我耸了耸肩。"如果他能静静地离开,对大家都有好处。"

"但谁能保证在临走前他不会干点什么呢?"

"他绝不会这么做,爵爷,一切他需要的东西我们已经备齐了。他绝不会冒险暴露自己的藏身地点。"

"这倒是实话,"亨利爵士说,"好吧,白瑞摩……"

"上帝保佑您,爵爷,我太感激您了!您知道,一旦他被捕,我妻子也就不能活了。"

"我认为我们是在纵容一件罪行,华生,你看呢?但他的那番话,又让我认为不能去告发那个人。事情就这样吧!白瑞摩,你走吧。"

管家断断续续地说着感谢的话,转过身去。可是他迟疑一下又回转身来。

"您对我们太好了,爵爷。这件事我没跟任何人说起过,它和查尔兹爵士的死有关。"

准男爵和我都站了起来。"你知道他是怎么死的吗?"

"不,爵爷,这一点我并不知道。"

"那么,你知道什么呢?"

"我知道他当时站在门旁的原因,爵士是为了要见一个女人。"

"见一个女人!他?!"

"是的,爵爷。"

"那个女人叫什么名字?"

"这个我并不知道,爵爷,但是,那个女人姓名的字头是 L. L.。"

"你怎么知道的,白瑞摩?"

"啊,亨利爵士,您的伯父每天都会收到很多信,因为他是个名人,而且又心地善良,大家在有困难的时候,都希望得到他的帮助。但那天早晨只有一封信,引起了我的注意,信上的笔迹是女人的,是从库姆·特雷西寄来的。"

"嗯?"

"啊,爵爷,因为我太太的关系,我才想起这件事。几个礼拜以前,在她清理查尔兹爵士的书房的时候,在炉格后面发现了一堆烧过的信纸的灰烬。在他死后没有人到过书房。信的大部分已经烧焦了,碎成小片,只有信尾的

一小条还算完整,字迹在黑色的背景上显得灰白,还可以辨认出来。看起来好像是加在信尾的附言,写的是:'您是一位君子,请您千万烧掉此信,并在十点钟的时候到栅门那里去。'下面的签名就是L.L.。""现在那张纸条还在吗?""没有了,爵爷,我们一动,它就碎成粉末了。""查尔兹爵士还收到过同样笔迹的信件吗?""噢,爵爷,因为这封信是单独寄来的,才引起了我的注意,其他时候我并没注意。""你也不知道L.L.是谁吗?"

"是的,爵爷,我知道的并不比您多。但是我认为,如果能找到那位女士,也许可以了解一些有关查尔兹爵士的死亡情况。"

"我真搞不懂,白瑞摩,这么重要的情况你为什么早不说呢?"

"噢,爵爷,当时我们正在为自己的麻烦烦恼。另外,我们夫妇很尊敬查尔兹爵士。我们认为这件事牵涉到一位女士,把它说出来也许会损害主人的名声,所以我们必须小心谨慎。就是我们中间最好的人……"

"你认为这件事会损害他的名誉吗?"

"嗯,爵爷,我认为不会是什么好事。但是您对我们如此照顾,让我觉得如果不告诉您就太对不起您了。"

"太好了,白瑞摩,你可以走了。"管家走后,亨利爵士转身对我说,"喂,华生,您怎么看这件事?"

"又是一个难解之谜,比以前更加让人摸不着头绪。"

"我也这么认为,现在我们如果能找到L.L.这个人,说不定事情就水落石出了。咱们只能得到这些线索了,既然我们知道有人了解真相,只要找到她事情就好办了。您想我们现在该怎么做?"

"立刻将全部经过告诉福尔摩斯,把他一直在寻找的线索提供给他。我想这样他一定会来的,否则才真是怪事。"

我立即回到自己的房间给福尔摩斯写信,告诉他这件事情。我知道他现在很忙,因为从他的住处发来的信明显减少了,偶尔的回信也没写什么东西,我提供的那些消息,他也不说什么,甚至不提我的任务。他肯定把全部注意力都放在那封匿名信上了。但我认为,这种新的发展一定能引起他对这案子的重新关注。如果他现在就在这里,那该多好啊。

十月十七日,雨下了整整一天,浇得常春藤哗哗作响,房檐上的水滴滴答答。我想起那个躲在无遮盖的寒冷的沼泽地里的逃犯。真是可怜,他现在受的苦,也可以抵他犯的罪了。我又想起了另外一些人,马车里的那个面孔,月光暗影里的那个人影，那个躲在暗处的监视者和令人费解的人，现在也许他也在遭受暴雨的侵袭呢！傍晚时分，我穿上了雨衣雨鞋，在沼泽地里走了很远，很多恐怖的想法在我脑海里出现，雨打在我脸上，风从我耳边呼啸而过。连坚硬的高地都变成泥沼了，上帝啊，帮助那些流荡在泥沼里的人们吧！

我终于找到了那黑色的岩岗，就是在这儿，我看见过那个孤零零的监视者。我的目光从它陡峭的顶端转向光秃秃的高地，大地在暴风雨的袭击下冲刷着赤褐色的地面，云层很厚，低低地压在大地上，山边拖着几绺灰色的残云。在左侧远处的山沟里，巴斯克维尔庄园的两座细高的塔楼，隔着雾气，隐约地矗立在林梢上。这是除那些散布在山坡上的古老的小房之外唯一的人迹。哪里也找不到两夜前我在同一地点见到的那个人的踪影。

当我往回走时，摩梯莫医生赶了过来，他赶着双轮马车，走在通向福欧麦尔农舍的崎岖小路上。摩梯莫医生一向对我们关怀备至，几乎每天都到庄园来看我们过得怎么样。在他的一再邀请下，我坐上他的马车往回走。我知道他近来一直为丢了心爱的小耳猎犬而烦心不已。那小狗有一次不知怎么跑到沼泽地去了，再也没有回来。虽然我尽力劝他不要太担心，但是一想起大格林芬泥潭里的小马，我也不认为他还能见到那只小狗。

"嗨，摩梯莫，"当我们在坎坷的路上摇晃时我说，"在这里只要马车能到的人家，您就认得吧。"

"可以这么说。"

"那么您能想想有哪些女士的姓名是以L. L. 为字头的吗？"

他想了几分钟。"不能，"他说，"我不清楚几个吉卜赛人和做苦工的名字。而就我知道的乡绅和农民中没有一个人的名字是这样的。哦，等一下，"他停了一下又说，"有一个劳拉·莱昂丝，她的姓名的字头是L.L.但是她是库姆·特雷西人。"

"她是谁？"我问道。

"她是弗兰克兰的女儿。"

"你说什么！不会是那个老神经吧？"

"就是他，他女儿和一个画家结了婚，那画家是到沼泽地来画素描的。但是，他是个混蛋，他抛弃了她。据说这并不是一方的过错。她父亲不过问她的任何事，她没有问过父亲就结了婚，可能还有别的什么原因。由于他们父女不和，这个女儿陷入了更困难的境地。"

巴斯克维尔庄园的猎犬

"那她靠什么生活呢?"

"她父亲会给她一点钱,但是很少,他烦心自己的事还不够呢,无论她犯了多大的过错,也不能让她堕落啊。她的事传开以后,这里有一些人开始帮助她,让她过上正常的日子。斯台普顿和查尔兹都帮过她,我也出过一点钱,这样她就可以做一些打字的工作。"

他想知道我为什么问这些,但是我不能满足他的好奇心,因为我没有理由信任任何一个人,所以并没告诉他明早我要到库姆·特雷西去。如果我能顺利见到这位声名暧昧不清的劳拉·莱昂丝太太,我就会把这一串神秘事件的调查工作推进一步。我认为我现在像蛇一样聪明,当摩梯莫问到我不能回答的问题时,我就转移话题问他弗兰克兰的颅骨是什么类型。这样,我们一路上都在讨论颅骨问题。看来和福尔摩斯相处的这些年我也聪明了。

在这个暴雨不停、狂风不止的日子里,有一个值得记录的事。那就是刚才和白瑞摩谈话时,他告诉我的好消息,这给了我今后行事的方向。摩梯莫留下来和我们一起吃了晚饭,饭后他和准男爵玩起牌来。管家到书房给我送咖啡的时候,我问了他一些问题。

"啊,"我说,"你那位亲戚怎么样了?是走了还是仍然躲在沼泽地里?"

"我不清楚,先生。我希望他已经走了,在这里他只会给我们惹麻烦。三天前,我最后一次给他送食物,然后就不知道他的情况了。"

"那一次你看到他了吗?"

"没有,先生,但是我再去的时候,食物已经没有了。"

"也就是说,他还在那里?"

"先生,除非食物是被另外那个人拿走了,否则他还在那儿。"

我坐着没动,端着咖啡又紧跟着问道:"也就是说,你知道沼泽地里还有另外的人?"

"是的,先生。"

"你见过他?"

"没有,先生。"

"那你如何知道的?"

"是塞尔丹告诉我的,先生,可能是一星期之前或是再早一些时候。那个人也躲着,但我认为他不是逃犯。我现在太烦恼了,先生,这些事情让人不能静心。"他突然激动地说。

"听我说,白瑞摩!我对这件事没兴趣,只是为了你的主人我才在这里,我没有任何其他的目的。告诉我,你为什么这样烦恼?"

白瑞摩迟疑了一会儿,好像很后悔说出这些话或是不知道该怎么说才恰当。

"先生,就是不断发生的这些事。"他最后冲着被雨水冲刷的窗户挥手大喊,"我确定地认为一个暗杀的勾当正在进行,一个阴谋正在策划,先生,我希望亨利爵士能尽快回伦敦去。"

"但是,你有什么根据吗?"

"您想想查尔兹爵士的死!不说别的,验尸官的话就已经很糟了;您再想想沼泽地里夜晚的奇怪声音,太阳下山以后,您再出多少钱也没人肯进沼泽地;您再想想躲在那儿的那个人,他在那里窥视什么?目的又是什么?对于巴斯克维尔家族的人来说,这些都是坏兆头。我很满意在亨利爵士的新仆人来接管这里的那一天离开,远离这一切。"

"可是对于沼泽地里的那个陌生人,"我说,"你知道些什么?塞尔丹说过什么?他知道他躲在哪儿或是他在干什么吗?"

"塞尔丹见过他两次,但他是个很深沉的人,一点情况也不露。开始时,塞尔丹认为那个人是警察,但是后来发现那个人正在进行着什么阴谋。他认为,那是个上流社会的人,至于他想干什么,塞尔丹并不清楚。"

"他知道那人住在哪儿吗?"

"在山坡上的老房子里,就是古代人曾住的石头小房。"

"他怎么解决吃饭问题呢?"

"塞尔丹发现有一个小孩为他服务,送来他需要的一切东西。我可以肯定,那孩子是到库姆·特雷西去弄东西给他。"

"太好了,白瑞摩,先谈到这儿吧。"管家走了以后,我看向窗外的云朵,和那些由树顶高矮不等所组成的参差的边际,心想这样的晚上在室内都感觉恐怖,更不用说在沼泽地的石屋是什么感觉了。是什么样的恨支持着他在这种险恶的天气里躲在那个地方!他如此费尽心机到底想达到什么目的!看来一切问题的关键都在那间沼泽地的石屋里。我决定明天尽全力去探查那神秘之源。

岩岗上的神秘人

用摘录日记的方法完成的上一章,已经叙述到十月十八日了。当时这件怪事已在迅速发展,马上就要接近结局了,之后几天发生的事情我都记在了脑子里,印象深刻,不用借助任何记录我就可以描述出来。我就从第二天事情明朗化时说起吧。关键的事实有两个,一个就是库姆·特雷西的劳拉·莱昂丝太太写过给查尔兹·巴斯克维尔爵士的信,并且约定时间和地点见面,但爵士死在了那里;另一个是可以在石头房子里找到躲在沼泽地里的那个人。明确了这两点以后,我认为我一定能找到线索,否则我就是白痴或是没有勇气。

昨天晚上,我找不到机会告诉男爵我了解到的莱昂丝太太的情况,因为他和摩梯莫医生一直玩牌到深夜。今天早餐时,我告诉他这件事,并问他要不要跟我一起去库姆·特雷西。他开始时急切地要去,但是经过一番考虑,我们认为,我一个人去会更好。如果亨利爵士一起去的话,事情会显得很严重,那么我们得到的情况会很少,因此,我一个人带着一些不安出门了。

在到达库姆·特雷西以后,我叫波金斯把马匹照顾好,然后就去打听劳拉·莱昂丝太太的情况。我毫不困难地找到了她的住处,位置极佳,布置也很好。女仆领我先进住室,进入客厅时,坐在雷明顿牌打字机前的女士立即站起来,满面笑容地欢迎我。但当发现我是个陌生人时,她的笑容从脸上隐去,又坐了下来,问我拜访的目的。

莱昂丝太太是一位极其漂亮的女士。她的双眼和头发都是深棕色,有着很适合棕色的红润皮肤,虽然双颊上有一些雀斑,但仍无损她的美丽。但是当我再一次仔细地观察后,马上就发现了她的缺点,有一些地方破坏了她的美丽,表情有些粗犷,眼神生硬,嘴唇有些松弛下坠,这些都破坏了她整体的美丽。当然了,这些都是事后才想到的,当时我只知道站在我面前的是个异常美丽的女人。听到她问我来访的目的,我才真正意识到我面前的任务是多么困难。

"非常有幸,"我说,"我认识您的父亲。"

从那位女士的反应上我了解到这是个很愚蠢的介绍。

"我和我父亲没有任何关系,"她说,"我不欠他什么,他的朋友也与我无关。我现在能站在这里,是因为有已故的查尔兹·巴斯克维尔爵士和其他一些善心人的帮助,我父亲心里根本没有我。"

"我到这里来是要了解一些关于查尔兹·巴斯克维尔爵士的情况。"

这位女士显然受到了很大的惊吓,她的面孔苍白,雀斑显得很明显。

"我不知道能告诉您点什么?"她问道。她的手指神经质地摆弄着打字机上的标点符号键。

"您认识他,是吗?"

"我说过,对于他的善意我很感激。如果没有他的关心,我也许已经饿死了。"

"您和他通过信吗?"

从女士迅速抬起的棕色大眼睛里,我看到了愤怒的光芒。

"您什么意思?"她严厉地问。

"我在这里是为了避免丑闻被传出去。你不希望事情传出去吧?"

她默默无言,脸色苍白如纸。一会儿她抬起头来,带着不顾一切的神情。

"好吧,我回答您,"她说,"您想问什么?"

"您和查尔兹爵士通过信吗?"

"我确实给他写过一两次信,感谢他的关心和善意的帮助。"

"您记得写信的日期吗?"

"不记得了。"

"你们见过面吗?"

"是的,在他到库姆·特雷西来的时候见过两次面。他是喜欢暗中做好事而不愿抛头露面的人。"

"但是,如果你们很少见面又很少通信,他是怎么知道您的情况进而来帮助您的呢?"

她毫不迟疑地回答了这个我认为她不愿回答的问题。

"我的不幸的经历有几位绅士知道,他们一起帮助了我。斯台普顿先生是其中的一位,他是查尔兹爵士的邻居和好朋友,他心肠极好。查尔兹爵士是通过他才了解到我的情况的。"

我知道查尔兹·巴斯克维尔爵士曾有几次将分发救济金的事交给斯台普

巴斯克维尔庄园的猎犬

顿先生去做。因此我认为这位女士的话可能是真的。

"您曾经写过信给查尔兹爵士请求见面吗?"我继续问道。

莱昂丝太太的脸又气红了。

"先生,你怎么能提这种问题。"

"非常抱歉,太太,但是我必须问。"

"那么我就告诉你,没有这种事。"

"在查尔兹爵士死的那天也没有过吗?"

她脸上的红潮迅速隐去了,出现在我面前的是一副死气沉沉的面孔,她已经吐不出"没有"这句话了。我看出了这一点。

"您一定是忘记了,"我说,"我现在仍能够背出您那封信中的一段,是这样的:'您是一位君子,请您千万烧掉此信,并在十点钟的时候到栅门那里去。'"

那时,我认为她肯定会晕过去,但是她尽力让自己平静。

"难道普天下就没有一个真正的君子了吗!"她呼吸急促地喊道。

"您错怪查尔兹爵士了。他确实烧掉了那封信,可是有时即使是一封烧掉的信也能辨认出字迹。您现在想起您曾写过这封信了吧!"

"是的,我确实写过,"她喊道,同时开始不断地说出她的心事,"我写了一封信,没有什么让我感到羞耻的理由。我需要得到他的帮助,我认为如果能见面,就更有把握得到他的帮助,因此,我写了那封信。"

"可是为什么要约在那个时候?"

"因为当时我得到消息他第二天要去伦敦,可能需要停留几个月的时间,而我又有一些其他的事不能提早去那儿。"

"可是为什么要在花园里会面而不到屋子里去呢?"

"您认为在那个时间一个女人去一个单身汉家合适吗?"

"噢,您到达之后,发生了什么事了?"

"我并没去。"

"莱昂丝太太!"

"我没去,我可以用我认为最神圣的东西起誓。我并没有去,有一件事让我不能去。"

"是什么事?"

"是一件私事,我不想说。"

"也就是说,您和查尔兹爵士约定在那个他死去的地点和时间见面,但您并没去。"

"事实如此。"我又问了她一些问题,但一无所获。

"莱昂丝太太,"最后我不得不结束这次毫无意义的拜访,我站起来说,"您不愿意告诉我您知道的事情,这让您负起了重大责任,而且您把自己置于一种危险的境地了。恐怕我不得不请求警方的协助,您可以想象您的嫌疑有多大。如果您真的是无辜的,开始时您就不会否认曾写信给查尔兹爵士。"

"因为我害怕自己被牵连到一件莫须有的丑闻中去。"

"但是您很急切地要求查尔兹爵士烧掉那封信。"

"如果您读过那封信的话,您就知道我为什么那么做了。"

"我并没说我读过整封信啊。"

"但您却背出了其中一段。"

"我只引用了附笔,我刚刚说过,查尔兹把信烧掉了,只能辨认其中的一部分。我必须再次问您,您为什么那样强烈地请求查尔兹爵士把那封信销毁呢?"

"因为这是一件纯属私人的事,毫不涉及其他人和事。"

"我想是您要避免被公开调查吧,这才是主要原因。"

"好吧,我告诉您,我想您一定听说了我的悲惨经历,也知道那次草率的婚姻,对此我非常懊悔。"

"是的,我听说了。"

"我不断地遭受我丈夫的迫害,我厌恶透了这一切。但法律总是偏袒他,我每天都在担心被迫和他一起生活。在我给查尔兹爵士写这封信的时候,我听说只要我能付一笔钱,我就可以摆脱他。我渴望过一种平静、有自尊的生活,查尔兹爵士一直是大方的,我认为只要我亲自对他说出这事,就一定能得到他的帮助。"

"是什么原因使您决定不去了?"

"那时,我得到了别人的帮助。"

"那么,您为什么没有写信给查尔兹爵士解释此事呢?"

"那是因为第二天早上我在报上看到了他的不幸。"

那位女士的说辞前后一致,我一直找不到什么漏洞。现在我能调查的一件事,就是确定在悲剧发生前后,她是否向她的丈夫提起法律上的离婚诉讼。

巴斯克维尔庄园的猎犬

分析一下,她可能真的没去过巴斯克维尔庄园。如果她真去的话,就必须坐马车,而且第二天清晨才能返回,这一次远行根本无法保密。因此,她的话极可能是可信的,或者说至少有一部分是真实的。我失望地回来了,又碰了一次壁,好像我要走的每一条路上都有一堵墙在等着我。但是那位女士的神情让我确定她隐瞒了一些事情。她的脸那样苍白,每次都否认一些问题,只有在不得已的时候才不得不承认。悲剧发生时,她没有任何表示。我认为一定有比她的解释更复杂的原因。现在,我只能去沼泽地的石屋找线索了。

可是这种调查的希望也很小,回去的路上我意识到了这一点。这里山连山,而且每座山上都有古人住的石屋遗迹。白瑞摩只说那个人住在这些荒废已久的小房之中的一幢里,但是沼泽地里有很多这种小房散布着。幸而我曾看见那人站在黑岩山岗的绝顶上,我可以以此为中心开始搜寻。我应当从那里开始查看沼泽地里的每一幢小房,直至找到为止。如果那个人还在石房里,我要确定他是谁,跟踪我们的目的是什么,我甚至准备动用我的手枪逼他回答问题。在摄政街的人群里他能从我们的手中溜掉,可是在这荒凉的沼泽地里,恐怕他就无处可逃了。但是如果我历尽千辛万苦找到了那石屋而那人已经离开了,我会采取守株待兔之策,直到他回来为止。在伦敦,他在福尔摩斯的手里溜掉了,福尔摩斯没能抓到他,在这里他却栽在我的手里,那是多么令人欣慰的事!

在调查这个案子的过程中,我们总是运气不佳,而现在就是时来运转的时候了——弗兰克兰先生送来了好运气,他站在花园的门口,满面红光,而园门已向我敞开。

"太妙了,华生医生,"他兴奋地喊道,"您真得让您的马休息一下了,让我们喝一杯为我祝贺吧。"

他对待自己女儿的方式使我对他产生了反感,但这是一个把波斯金和马车打发回家的好办法,而我正想这么做。下车后,我给亨利写了个条子,告诉他我会在晚饭时步行回去。然后跟弗兰克兰一同步入饭厅。

"我简直是太兴奋了,先生,对我来说,今天是一个值得纪念的日子,"他不停地笑着,一面喊道,"我圆满地办了两个案子,我要用行动告诉这里的人,法律是无情的。这个地方是有不怕打官司的人的。我已证实了有一条公路穿过老米多顿的花园中心,先生,离他的前门不足一百码。您怎么看这件事?咱们真得教训教训这帮大人物了,让他们知道,平民的权利不允许被轻

易地践踏,这些混蛋!我还封闭了一片弗恩沃西家的人经常野餐的树林。这些人凭着他们有权有势就无视产权的存在,到处乱窜,烂纸空瓶四处乱扔。华生医生,我打赢了两场官司。自从我告发了约翰·摩兰爵士在自己的鸟兽畜养场里开枪那件事以来,今天是我最得意的一天啦。"

"您到底是怎么告他的?"

"看看记录吧,先生,值得一看——弗兰克兰对摩兰。高等法院,为了打赢这场官司我花了二百镑。"

"您又有什么好处呢?""好处?没有,先生,什么好处也没有,这是我最值得骄傲的。那时候,我根本没考虑我个人的利益。我这么做完全是受到一种社会责任心的驱使。我敢肯定,弗恩沃西家的人今天晚上就可能扎一个像我的草人,然后把它烧掉。他们曾经这么干过一回,我报告了警察,请他们阻止这种无耻的行为。县里的警察局太让人失望了,先生,他们没有像他们应该做的那样给我应有的保护。弗兰克兰对女王政府的诉讼案,马上就会引起全社会的关注。我告诉过他们,有一天他们会后悔那样对待我。现在我的话就应验了。"

"为什么会这样呢?"我问道。老头儿摆出了一副很得意的样子。

"有一件他们急于知道的事,我本来能告诉他们的,但现在我才不帮这群混蛋呢。"我本来不想听他的这些闲扯,准备找个机会脱身,可是,现在我很想多听一点。我很清楚这个老家伙的怪脾气,一旦你表示感兴趣,他反而不说了。

"肯定是件偷猎的案子吧?"我不经意地问道。

"啊哈,老兄,是一件更重要的事。关于沼泽地里的犯人?"我大吃一惊,"难道您知道犯人在哪里?"我问道。

"我不知道他到底在哪儿,但我肯定能协助警察抓住他,您没想过要从他弄食物这条渠道着手吗?"

他的话确实接近事实。"当然,"我说,"但您能确定他就在沼泽地里吗?"

"我确定,因为我亲眼看到有人给他送饭。"

这个老头儿是个好管闲事又极能惹是生非的人,我开始担心白瑞摩被这老头儿抓住把柄,实在是太可怕了。可是他下面那句话又让我放下心来。

"您一定会很吃惊,因为给他送食物的是一个小孩。我屋顶上有一架望远

镜,我每天都通过它看着那个孩子在同一时间走过同一条路,我确定他是到罪犯那里去。"

我心里异常兴奋,但努力控制着自己尽量不表现出来。一个小孩!白瑞摩曾经说过,那个躲在暗处的人是由一个小孩给他送东西的。弗兰克兰发现的不是那个逃犯的线索,而是那个弄不清楚的人的线索,如果我能找到这个家伙并了解一些情况,就可以省掉很多麻烦。但现在我必须表现出淡漠的样子。

"我想很可能是沼泽地牧人的儿子在给父亲送饭吧。"我说。

这老头儿一点也不能忍受不同的意见,他两眼迅速升起怒火,灰白色的胡子一竖一竖地像发怒的猫。"真的,先生!"他说,指着外面的沼泽地,"您注意到那个黑色的岩岗了吗?还有您注意到那座布满刺棘的低矮的小山了吗?牧人根本不会在这种多岩石的地方停留。所以,绝不可能是牧人的孩子。您的想法真是太荒唐了。"

因为我并不清楚全部的事实,所以我同意了他的说法。这让他很高兴,他说得更多了。"您可以相信,先生,我是有了充足的根据才这么说的。我总是能看见那个孩子拿着一卷东西,每天一次,甚至每天两次,我都能……等一下,华生医生。是不是我眼花了,您看看山坡上是不是有东西在动?"

大约几里远的样子,在暗绿和灰色的背景衬托下,我清楚地看到一个小黑点。

"快点,先生,快!"弗兰克兰边喊边向楼上冲去,"您可以亲自观察,然后再做判断。"那望远镜装在一只三角架上,看起来很大,就放在平坦的铅板房顶上。弗兰克兰凑上前去仔细看了看,然后发出了满意的叫声。

"来呀,医生,他马上就要过山了!"他确实在那儿,一个肩上扛着东西的小孩正慢慢地向山上走,可以看出来他走得很吃力。当他走到最高处时,我忽然看到了那个陌生人,衣衫不整,不时向四周看着,一副怕人看见的样子,然后就消失在山那边了。

"哈,我说对了。"

"噢,是的。那孩子像是负有什么使命。"

"我想连一个县里的警察也能猜出他负的使命,但我并不想告诉那些大人物。请您也保密好吗,医生?一个字也不要让他们知道。"

"好吧,就听你的。"

福尔摩斯探案全集

"他们很对不起我,您知道。一旦我的诉讼被女王政府公布,我敢肯定全国都会震惊。我再也不相信警察了,他们只会管我,对那些人的行为——把象征我的草人捆在柱子上烧掉,视而不见。哎,朋友,请别走。您得喝一杯为我庆祝一下。"

我谢绝了他的请求,而且让他打消了陪我散步的想法。在他的视力范围内,我沿着大路往前走,然后,我离开大路,走向那个孩子出现的那座山。事情很顺利,我发誓决不错过这次天赐的良机。

我到达山顶的时候,太阳已经快落下去了,阳面的山坡被染成了金绿色,阴面的山坡笼罩在暗色中。天际升起一抹暮霭,此时的贝利弗和维克森岩岗显得非常突出。广袤无垠的大地上,寂静异常,一只灰雁,也许是一只海鸥或麻鹬飞翔在高远的蓝色天空之中。它和我就像这空寂的天地间仅有的生物一样,我情不自禁地战栗起来,为这荒凉的景色、凄冷的感觉和我所负的神秘使命。那个孩子已经不见了,但是我在下面的一个山沟里发现了一些古老石屋的遗迹,其中一间还保留着遮蔽风雨的屋顶。我立刻意识到这就是那个人躲藏的地方了,我终于要抓住他了。

我小心地接近石屋,就像斯台普顿举着捕蝶网走近蝴蝶一样。在乱石之间我发现了一条隐约的通向石屋的小路,我很满意这一点,石屋确实有人住过。那个不明来历的人可能正藏在那里,也可能正游荡在沼泽地里。我的神经因为面临的冒险而兴奋起来,我把烟头扔到一边,紧握着左轮枪,快步走到门口,向屋内看,里面空无一人。

但我并没找错地方,那个人一定住在这儿,有很多迹象说明了这一点。几条毛毯包在一块防雨布中,放在一块石板上,那石板是新石器时代的人曾用来休息用的。一堆烧过的灰烬放在简陋的石框里,一些炊具和半桶水放在一旁。一堆杂乱的空罐头盒子,这表明此人已在此居住了很长的日子。我的眼睛渐渐习惯了透过树叶的阳光,这时我又看到一只金属小杯和半瓶酒放在屋子一角。一块平平的石头放在屋子中央,是当桌子用的。有个小布包放在上面,显然是那个小孩刚送来的。里面有一块面包、一听牛舌和两听桃罐头。当我检查完以后,我的心突然惊跳了一下,我看到下面还有一张写着字的纸。我拿了起来,看见上面用铅笔写着几个草字:"华生医生曾到库姆·特雷西去过。"

我拿着那张纸,在那里站了大约一分钟,思考这短信的含义。也就是说

巴斯克维尔庄园的猎犬

这个秘密的人跟踪的是我而不是亨利爵士。他并没有跟踪我,而是派了别人,也许就是那个孩子,跟着我,他的报告就是这样写的。可能从我到了这里,我的一举一动都被他看到并报告了上去。我突然感到一股无形的力量,像一张密网将我们围住,这网是那样地松,直到最后关头才让我知道自己在网里。

既然发现了一份报告,就可能有第二份、第三份,所以我在屋里四处搜寻起来,但我毫无收获,也没发现任何可以说明居住在这个奇怪之地的人的特点和意图的蛛丝马迹,我只能确定一点:他一定有斯巴达人的习惯——不介意生活的舒适与否。我望着露着天空的屋顶,想起了那天的大雨,就更深切地体会到他想要达到目的的意志是多么坚定,正因为有如此的意志,他才肯安身于如此糟的环境。这真是个劲敌,或许是保护我们的天使。反正我决心已定,不弄清楚决不离开这里。

外面,太阳已经西沉,放射出金色火红的余晖,散布在远处的大格林芬泥潭中的水洼被阳光照得反射出片片红光。在那边可以看到巴斯克维尔庄园的两座塔楼,远处有一带氤氲的烟气,那是格林芬村,在这两处中间的小山背后坐落着斯台普顿的府邸。在傍晚金黄色的余晖照耀下,一切都显得那样美好、恬静、怡人心神,但我即使看到如此美景,内心也丝毫感受不到大自然的美妙,反而因已临近的会面所带来的茫然和不知所措以及惊恐的心理而瑟瑟发抖。神经虽在颤动,但信心坚定,我坐在小屋的黑暗一隅,等待着神秘来客。终于,我听到了他的皮鞋走在石头上发出的噔噔声,他镇静地愈走愈近。我藏进屋里最黑暗处,把口袋里的左轮手枪枪机扳到待发状态,我决定在看清这人以前隐藏自己。这时声音停了许久,他显然站立不动,后来脚步声又渐渐近了,一条黑影出现在石屋的开口处。

"亲爱的华生,这真是个迷人的黄昏,"一个熟悉的声音传进来,"你不觉得呆在黑暗的屋子里有负这美妙的黄昏吗?"

沼泽地的惨剧

有一两分钟,我简直就停止了呼吸,以为自己的耳朵出了毛病。随之我镇定下来,感觉重新回到了身上,一块石头从心里卸下来。这声调冰冷、充满讽刺的话语不会出自其他人的口中。

"福尔摩斯!"我惊喜地喊了起来,"福尔摩斯!"

"出来吧!"他说道,"小心你的左轮手枪。"

我在粗糙的门框下面弯着腰出来,看到他正坐在对面的石头上。当他看到我那惊喜的神情时,他那灰眼睛高兴地转了几下,他又瘦又黑,可是机警而又精明,面孔被晒成棕色,皮肤也被风沙吹得粗糙了。他身着苏格兰呢的衣服,头戴布帽,看起来和一般在沼泽地上旅行的人完全相同,可他还能像猫那样保持清洁,下巴刮得很干净,衣服干净得不像一个旅行者。

"我一生还从未看见你比现在更快乐过。"我一边摇着他的手一边说着。

"或者说比以往任何时候都吃惊,对吗?"

"噢,是的。"

"其实不仅仅是你感到吃惊呢,我告诉你,我完全没料到你已找到我的临时栖身之地了,更想不到你已经藏在屋里握着枪欢迎我,离门口不到二十步时我才发现情况。"

"是因为我的脚印吧?"

"不,华生,我恐怕还无法保证能从不同的脚印里辨别出你的脚印来。如果你想蒙骗过关,你就必须换换你的纸烟牌子。我看到烟头上印着'布莱德雷,牛津街',我就知道了,我的老朋友一定在附近,我是在小路边看见的,你现在还能找到那烟头呢。显然你是在冲进空屋的那关键时刻扔掉它的。"

"非常正确。"

"我想到了这点,又深谙你那令人佩服、矢志不移的个性,我就判断出你一定坐在暗中,手握那支手枪,静候屋主归来。你把我当成那逃犯了吧?"

"不,我根本搞不清你是谁,但我决心弄清楚。"

"华生,你真棒!你怎么找到我的?是不是我在你捉逃犯的那晚不小心站

在初升的月亮下面被你看到了?"

"对,那次我看到你了。"

"你在找到这里之前,一定找遍了沼泽地里所有的小屋吧?"

"没有,我看到了你雇来送食物的小孩了,是他给我指明了搜寻的方向。"

"你一定是用老绅士的望远镜发现的吧,起初看到那镜头发出的闪闪的光亮,我还不知道是怎么回事呢。"他站起来朝小屋里望了一眼,"啊,卡特莱又给我送吃的东西了。咦,这是什么?原来你已经到库姆·特雷西去过了?"

"是的。"

"去找劳拉·莱昂丝太太吗?"

"对啊。"

"干得漂亮!咱俩侦察的方向完全一致,但愿当咱们的侦察结果不谋而合时,案情已经很明朗了。"

"嘿,你能来,我非常高兴,这样重大的责任和神秘莫测的案情已经让我吃不消了。但是,你是怎么来的?你都做了什么?我一直以为你是在贝克街处理那件匿名恐吓信的案子呢。"

"这正是我所希望的。"

"原来你让我办案,却又不信任我呀!"我气愤地喊道,"我觉得我在你眼里还不至于如此吧,福尔摩斯。"

"我亲爱的伙伴,你在这件案子里和在以前许多案子里一样,所起的作用是重大的。如果你感觉我有对不住你的地方,那我要向你道歉。我之所以要这样做,实际上有一方面是为了你,正因为我体会到了你所冒的危险,我才亲自到这里来侦察此事。如果我和你们——亨利爵士和你在一起,我相信我们的看法是不谋而合的,但我一露面,就等于告诉我们的对手多加小心了。事实上,正因为我一直隐藏身份,才能来去自由,如果我也住在庄园里,根本就不能这样了。我要在这件事里充当一个不为人知的角色,随时准备在关键时刻全力出击。"

"可是你为什么不告诉我呢?"

"即使你知道了,对咱们也毫无益处,而且可能让别人发觉我的存在。你一有情况就要告诉我,或者是好心地给我送些什么日用品来,这样,就有麻烦了,我把雇工介绍所的那个小家伙卡特莱带来了,他带给我一些简单的必需品。我还需要什么呢?他等于是我的第二双勤快脚和眼睛,这两样东西对我而言都是价值连城的。"

"那么说，我的报告都白写了！"想起写那些报告时付出的艰辛和当时得意的心情，我说话的声音都抖动起来了。这时，福尔摩斯掏出一卷纸。

"亲爱的朋友，你的报告在这儿，我保证，我反复读了好几次。我做好安排，它只在途中耽误一天。对你在处理如此棘手的案子中所表现出的热情和智慧，我表示深深的敬意。"

无形中我受了愚弄，心里很不高兴，但福尔摩斯赞赏的话却使我的心一热，我的愤怒渐渐消散。我心里也赞同他说的话，这样做对达到我们的目的是最为有利的，我本不应该知道他已来到了沼泽地。

"这回没事了吧，"他见我渐渐高兴起来，于是说道，"现在你该讲一讲拜访劳拉·莱昂丝太太的经过了。你去找她，我并不感到意外。我知道，在库姆·特雷西，她是唯一能在这件事上对我们有所帮助的人。说实话，你如果今天没去，很可能明天我会去的。"

太阳已经西下，整个沼泽地笼罩在暮色之中。空气凉了，我们返回小屋暖身。我们坐在暮色之中，他听了我和那位女士谈话的内容，兴趣很浓，某些部分还让我说两次他才满意。

"这事太重要了，"我讲完后他说道，"它填上了我在这件极其复杂的事情里所填不上的那个缺口。不知你知不知道，这位女士与斯台普顿先生有着极为亲密的关系。"

"我不知道啊！"

"这是可以确定的。他们常见面，常通信，彼此十分了解。这一点为我们增加了一件强有力的武器，我们只要利用这一点对他妻子进行离间……"

"他妻子？"

"我现在告诉你一些情况，以答谢你为我所做的一切。那个以斯台普顿小姐身份出现在众人面前的女人，其实是斯台普顿的妻子。"

"天哪！福尔摩斯，你知道你在说什么吗？那她怎么会允许亨利爵士爱上她呢？"

"亨利爵士坠入爱河，对谁都不会有什么益处，除了他自己。斯台普顿曾经非常注意不让亨利爵士向他妻子求爱，这你也亲眼看到了。我再重复一遍，斯台普顿小姐并不是他的妹妹，而是他妻子。"

"可是他为什么要这样煞费苦心地骗别人呢？"

巴斯克维尔庄园的猎犬

"因为他早就明白,让她以未婚女人的身份出现对他十分有利。"

我先前的怀疑突然变得明确起来,我全部的猜疑也集中到这个生物学家身上。在这戴着草帽拿着捕蝶网,对人冷淡、缺乏个性的人身上,我好像看出了某种潜藏在他内心深处的可怕的东西——极其危险的耐性,狐狸般的狡猾,还有一副乔装的笑脸下面暗藏的狠毒。

"这么说咱们的敌手就是他了?在伦敦跟踪咱俩的也是他吧?"

"我就是这样得出结论的。"

"警告一定是她发出的了?"

"正是。"一桩萦绕我心头已久、隐约若现的罪恶的阴谋已从黑暗中凸现出来。

"你完全确定吗,福尔摩斯?你怎么知道那个女人的真实身份的?"

"他初次和你见面时,曾不由自主地告诉你他的真实身世。我敢说,从那时起,他一定为此后悔不已:他曾在英格兰北部一所学校当校长,现在调查一个小学校长真是太简单易行了,只要通过教育机关就能弄清任何一个在教育界工作的人。我轻易地就调查到曾有一所小学,因条件恶劣被迫解散,而校长却携妻子逃得无影无踪。而那时的名字却不叫斯台普顿。但他们的外貌特征完全符合咱们在这里所看到的。当我得知失踪者同样对昆虫学十分热衷时,鉴别人物的工作就画了个完美的句号。"

暗箱慢慢打开,但真相的大部分还不明朗。"若这个女人真的是他的妻子,那劳拉·莱昂丝太太算什么呢?"我问道。

"这正是要揭示的一个问题。现在情况已明朗了很多,我并没听说她想与丈夫离婚。如果是真的,而她把斯台普顿当做下一个要嫁的对象,那无疑她会想做他的妻子了。"

"可是,如果她得知真相呢?"

"啊,那样的话,她就会对我们很有帮助的。当然,我们应该明天就去找她。华生,你不觉得你离开巴斯克维尔庄园太久了吗?"

随着最后一抹晚霞消失在地平线下,夜幕笼罩了沼泽地。几颗眨着眼的星星点缀着紫色的天空。

"再提最后一个问题,福尔摩斯先生,"我边站起身边说,"您背着我悄悄地来到沼泽地,是出于什么意图?因为我们之间不需保守任何秘密。"

福尔摩斯以低低的声音回答道:"华生,这是件策划已久、残忍无比的蓄意谋杀。不要再问细节，现在我的网已将他紧紧包围，加上你的帮助，他已成为囊中之物了。我现在唯一担心的是他可能会比我们先行动。最多再过两天，我会完成破案的准备工作，在这期间，你要像好好看护孩子一样保护好你要保护的人。事实证明，你今天所做的事是正确的，但你最好不要离开他身边。听！"沼泽地上的寂静被一阵充满恐惧与暴怒的尖叫声打破了。那恐怖的声音使我浑身的血液几乎凝固。

"哎呀，我的上帝！"我喘了起来，"究竟发生了什么事？"福尔摩斯猛然站了起来，他宛如运动员般的身体站在小房的门口，头向前探出，垂下双肩，望向黑暗。

"嘘！"他轻声说道，"禁声。"可能是因为情况的突变，呼救声很大，开始呼叫声从黑乎乎的平原的某一个遥远的地方传来，渐渐地越来越近，越来越大，直冲击我们的耳鼓，比以前更急、更紧迫。

"在哪儿，华生？"福尔摩斯用激动的声调问。从声调我听出他深受冲击。我指着黑暗中的一个方向："我觉得是那边。"

"不，应该是那边。"

在寂静的夜里，痛苦的喊声越加清晰，似乎逼近了。同时还有一种新的既可怕又悦耳的声音，咕咕哝哝地一起一落，像是大海永无休止的低吟。"是猎狗！"福尔摩斯喊了起来，"来呀，华生！快。天哪！恐怕咱们已经晚了！"

他在沼泽地上迅速地奔跑着，我则紧随其后。突然，一声绝望的哀号，由我们前方那凌乱不平、布满碎石的地方发出来，紧接着是一声模糊而沉重的咕咚声。我们停下细听，但只听见夜的声音。这时福尔摩斯宛如一个疯子用手按住前额，一面不停地跺着脚。

"他胜利了，华生。咱们还是来迟了。"

"不，不会，一定不会。"

"我为什么不采取行动呢，真是个笨蛋。天哪，华生，如果不幸降临在你应保护的人头上，那我们就非报复不可了。"

黑暗中我们不顾一切地奔跑，不时被乱石绊倒，十分艰难地挤过金雀花丛，气喘吁吁地奔上山去，又冲下另一个斜坡，向我们认定的事发地狂奔。每到高岗，福尔摩斯都焦急地环顾四周，但漆黑的沼泽地上看不到任何东西在动。

"你看到什么没有？"

巴斯克维尔庄园的猎犬

"什么也没有看到。"

"你听那是什么声音?"

一阵低沉的呻吟传过来,就在我的左面。那里有一条凸起的岩石,岩石尽头的崖壁下面是一片多石的山坡。一堆黑乎乎的、形状不清的东西趴在地上。我们跑近时才发现原来是一个人的头窝在身体下面,身子向里蜷成一团,看起来像要翻筋斗。他那特别的样子,让我无法相信刚才的声音是他发出来的。那个人一动不动。福尔摩斯把他提了起来,发出惊恐的叫声。他点燃一根火柴,亮光让我们看到了死人紧握的手指,也看到慢慢从头骨中渗出来的血。但真正让我们痛心得几乎昏过去的是,那是亨利·巴斯克维尔爵士的尸体!

我们清楚地记得第一次在贝克街看到他穿的那身特别的红色的苏格兰呢做的衣服。只看了一眼,那根火柴就灭了,就像希望之火熄灭一样。福尔摩斯呻吟了一声,他的脸色在黑暗中更显苍白。

"这个畜生!混帐!"我双拳紧握,喊道,"福尔摩斯,我竟离开了他,我永远都不会原谅自己,是我使他遭到了厄运。"

"华生,我的过失比你还严重。我为了做破案前的准备,竟把委托人的性命弃之不顾。我还从未受过如此大的打击。可是我万万没想到他竟不顾我的警告而孤身历险。"

上帝啊,我们听到了他的呼救却不能救他,那该死的畜牲可能还在附近的乱石中转悠呢。再说,斯台普顿呢,他躲到什么地方去了,他要为此事付出代价!

"那当然,我保证过。伯侄两人一个被那畜牲吓死,另一个虽然竭力逃避仍难逃一死。现在咱们得设法证明斯台普顿与这畜牲之间的关系了。如果不是那声音证明那畜牲真的存在,我们一定以为亨利爵士是摔跤跌死的。我向上帝发誓,不管他多狡猾,明天天亮之前我一定要抓住那家伙!"

我们痛心地站在尸体的旁边,没料到长期的辛苦竟得到这样一个结果,这突如其来的不可挽回的灾难使我们的心情沉重无比。月亮升起来,我们登上了可怜的亨利跌倒的那块岩石的上面,望向黑暗的沼泽地。银白色的光辉在黑暗中闪烁。几里外,向着格林芬的方向,来自斯台普顿家的孤独的黄色火光闪亮着。我对着那个方向望着,疯狂地挥着拳头,发狠地骂着。

"咱们应该马上抓住他。"

"时机还未成熟,那家伙极为狡猾。问题在于我们能证明什么。稍有不慎,那恶棍就会溜掉的。"

"那么,咱们怎么办呢?"

"有很多事等着咱们呢,今晚先把不幸的亨利发送了吧。"

我们俩下了陡坡,向尸体走去,黑色的身体在反射银光的石头上清晰可见,他四肢扭曲的痛苦模样使我鼻子一酸,眼眶内蓄满了泪水。

"福尔摩斯,咱们无法把他抬回庄园,一定得找人帮忙……"我话音未落,就听到他大叫起来,在尸体旁蹲下来。我见状大叫道:"上帝啊,你疯了吗!"福尔摩斯一改往日严肃善于自制的样子,一面跳舞,一面大笑着抓着我的手乱摇。看来这事给他的打击太大了!

"胡子!胡子!这人长了胡子!"

"胡子?"

"这不是亨利,这是谁啊,这是我的邻居,那个逃犯!"

我赶快把死尸翻了过来,清澈的月光下沾满血的胡须阴森恐怖。他那凸出的前额和深陷的野兽般的眼睛已清楚地说明那是塞尔丹。我马上记起爵士曾跟我说过,他把他的旧衣服送给了白瑞摩,而白瑞摩为了帮助塞尔丹逃跑将衣服转送给他。这实在是一出凄惨的悲剧,但从法律的眼光看,塞尔丹死有余辜。我向福尔摩斯讲了事情的经过,对上帝的感激和发自内心的快乐使我周身热血沸腾。

"那么说,是这套衣服导致了塞尔丹的死亡。"他说道,"很明显,那只猎狗先闻过亨利爵士的东西——很可能就是那只高筒皮鞋,然后追踪,因此这个人一直被追到摔死。可是有一点非常奇怪:在黑暗之中塞尔丹怎么知道那只猎狗跟在他身后的呢?"

"他听到了声音吧。"

"塞尔丹这样残忍的人,决不会只因为听到猎狗的声音就冒着再度被捕的危险狂呼求救。据此可以断定,他听到猎狗在追他,他便拼命地狂奔,并跑过了很长的路途。但他怎么会知道猎狗在后面呢?"

"如果我们推理无误的话,那么这只猎狗为什么……"

"我什么也不想猜了。"

"啊,那么为什么这只猎狗单单今晚被放出来呢?那只猎狗平时一定是被关起来的。除非确定亨利爵士会到那里去,否则斯台普顿是不会把它放出

巴斯克维尔庄园的猎犬

来的。"

"这两个难题中,我说的是更难解决的。你提的问题很快就会明了,而我提的问题将永远不能解决。现在我们应考虑的是:我们怎么处理这可怜家伙的尸体呢?咱们总不能让他暴尸荒野啊!"

"我建议在通知警察之前,先把他放进一间小屋里。"

"对,我觉得咱俩可以抬得动他。啊,华生,这是怎么回事?正是他,真是难以想象!你千万不要露出怀疑的表情,否则全盘计划就落空了。"伴着香烟的亮点儿,有个人向我们走来。在月光下,我看到短小精悍的生物学家迈着得意轻快的脚步走来。一看到我,他便停住了脚步,迟疑了一下,又走了过来。

"啊,华生医生,我怎么也没料到会这么晚在沼泽地里看到您。天哪!怎么回事?有人出事了吗?千万不要是亲爱的亨利爵士!"他显得很慌张,急匆匆地从旁边走过去,在死尸旁蹲下来;然后倒吸了一口气,手里的雪茄随之掉在了地上。

"这是谁!"由于吃惊他有些口吃。

"是塞尔丹,一个逃犯。"斯台普顿面色苍白,两眼死盯着福尔摩斯和我。虽然他极力地克制着,但我仍看出了他的惊慌和失望。

"天啊!这是多么惊人的事啊!他是怎么死的?"

"看样子可能是摔断了脖子。听到喊声时,我和我的朋友正在散步。"

"我也是听到喊声才跑出来的,我很替亨利爵士担心。"

"为什么担心亨利先生,而不是别人呢?"我不禁问道。

"我约了他,但他没来。我听到呼救时,正为他的安全担心。"他的目光移向福尔摩斯,"除了呼救声,还有其他响动吗?"

"没有。"福尔摩斯说,"您呢?"

"也没有。"

"那么,你为什么要这样问呢?"

"啊,您总听过那只魔鬼般的狗和其他的传说吧,据说夜间在沼泽地里常常能听得见。当时我正在想,今晚是否能听到这个声音。"

"我们没有听到类似的声音。"我说道。

"但你们认为这个可怜的家伙是怎么死的呢?"

"可以肯定,长期的逃亡生活使他心情异常紧张,焦虑使他近似疯狂地在沼泽地里奔跑,在这里跌了一跤,把脖子摔断了。"

福尔摩斯探案全集

"听起来比较合理,"斯台普顿说道,并叹了一口气。在我看来他是松了一口气,"您认为怎么样,歇洛克·福尔摩斯先生?"

我的朋友欠身还了礼。

"您认识人真快。"他说道。

"华生医生来了,您就会随后到来。这里的人都这么猜。不幸的是您赶上了这一出悲剧。"

"是的,的确如此,我相信我的朋友说的就是全部事实。看来我明天会带着一段不好的回忆回伦敦了。"

"喔,您明天就回去吗?"

"是这样的。"

"我希望您这次到来能把困惑我们的事情理出个头绪来。"福尔摩斯耸了耸肩,"人的愿望并非都能实现。这工作需要的不是传说的谣言而是事实。显然,这案子的进展不能让人满意。"福尔摩斯慢条斯理地讲着,显得坦白而随便。斯台普顿目不转睛地望着他,然后转向我。

"这么晚了,本来应该把这可怜的死者先弄到我家去,可那一定会吓着我妹妹,因此还是不要这么做。我想应用什么东西遮住他的头部才是安全的。明天早晨再说吧。"

事情就这样过去了。斯台普顿热情邀请我们到他家过夜,我们婉言相谢,之后向巴斯克维尔庄园走去。斯台普顿一个人孤零零地走在回家的路上。回头望去,我们看到那缓慢移向远方的背影;他身后那个黑点提醒着曾发生的可怕的事情。

巴斯克维尔庄园的猎犬

设 网

"咱们很快就会抓住他,"走过沼泽地时,福尔摩斯对我说,"这小子够镇静的,看来坏事没少做!当他发现他的阴谋没有得逞时,本应万分沮丧的,但他却十分镇定。华生,正如我在伦敦告诉过你的,他是个值得一斗的对手。"

"很遗憾,他看到了你。"

"我起初也这么想,但这是不可避免的。"

"现在他已经发现了你在这里,你认为他会改变计划吗?"

"他会更加谨慎,或许会不顾后果地行动。同其他自认为聪明的罪犯一样,他过于自信,认为完全骗过咱们了。"

"我们应该立即逮捕他。"

"亲爱的华生,你总是想尽快采取行动。但假设咱们今晚就逮捕他,我们不能证明任何对他不利的事。整个案子他采取了魔鬼般的手段。如果他只是一个人行动,我们或许能找到些证据,但如果我们只提出那条猎狗,对我们的计划是毫无帮助的。"

"咱们已经掌握证据了啊。"

"那只是一些推测和猜想。如果咱们所能做的只是讲这样一段故事,拿出这样的'证据',人家一定会把咱们从法庭上哄出来的。"

"查尔兹爵士的突然死亡不就是有力的证据吗?""尸体上没有任何伤痕,尽管你我心里都明明白白,是什么把他吓死的。但陪审团会相信吗?猎狗和狗牙的痕迹在哪儿?查尔兹爵士在猎狗追上他时就已经死了,而且猎狗是不会咬死尸的。这一切现在都无法证明。"

"那么,今晚的事就不能给我们破案提供帮助吗?"

"刚刚发生的惨剧并没有给我们提供更多可以利用的材料。和上一次没有区别,根本找不出猎狗与死者之间的直接联系。咱们只听到它的声音,但根本就不能证明它跟在死者之后。应看清目前我们对全案还没有一个完整合理的结论,任何可能有结果的行动都值得去努力。"

福尔摩斯探案全集

"下一步我们怎么办呢？""我认为劳拉·莱昂丝太太对我们可能很有帮助，只要向她讲明实情就可以了。此外我还有计划，我希望明天案情会明朗。"福尔摩斯开始沉默，陷入沉思，直到巴斯克维尔庄园的大门口，他一直沉醉在自己的冥想中。

"你也进去吗？"

"嗯，我看没有什么理由再躲躲闪闪的了。还有，华生，不要对亨利爵士谈起猎狗，像告诉斯台普顿那样告诉他，这样面对明天的坏消息时他就能承受得住了，如果我没记错的话，明天是他们约好到斯台普顿家去吃晚饭的日子。"

"他们也约了我。"

"你最好找个借口推辞掉，让亨利独自前往。只有这样，我们才能实施安排好的计划。现在，我想咱们可以吃宵夜了。"

见到福尔摩斯，亨利爵士又惊又喜，因为这些日子他一直盼着他来，尤其最近发生的一些事。令他十分奇怪的是，我的朋友没有带任何行李，也没有做出解释。很快，我们就为福尔摩斯准备好了他所需要的东西。在吃宵夜的时候，我们把爵士能知道的都告诉他了，而且我还不幸地负责把那个坏消息告诉白瑞摩夫妇。这无疑使白瑞摩极为舒心，可是他的太太却痛心地哭了起来。对所有人来说，塞尔丹这个魔鬼是死有余辜的，但在他姐姐的心中，他却永远是与她一同长大、紧拉姐姐的手不放的任性的孩子。

"自从华生出去之后，在家里的一整天我都感到十分郁闷。"准男爵说道，"我应该受到表扬，我信守了诺言。如果我没有发誓，我可能会有一个愉快的夜晚，因为我接到了斯台普顿的邀请信。"

"如果真的去了，您真的会过得比较开心，"福尔摩斯冷淡地说道，"可是，我们却以为会为您摔断了脖子而大为伤心，我想您不会为此而高兴吧？"亨利爵士吃惊地睁大了眼睛问："为什么呢？""那个倒霉的家伙穿着您的衣服，大概是白瑞摩送他的吧。弄不好警察会调查此事呢。"

"应该不会，我记得那些衣服并没有记号。"

"那他和你都很走运，因为就此事而言，你们都构成犯罪。作为侦探，我应逮捕你们全家。华生的报告就是力证。"

"可是案子怎么样了呢？"准男爵问道，"您找到这乱毛线的头绪了吗？我觉得，我和华生自从到了这里就变得愚蠢了。"

巴斯克维尔庄园的猎犬

"很快我会把全部情况弄清楚的。这件案子太复杂了,现在的疑点相信不久就会真相大白的。"

"可能华生医生已经跟您说过了,我们在沼泽地里听过猎狗的叫声,我发誓,那决不是毫无来由的传言。从前在西部美洲我曾玩过很长时间的狗,我不会错的。如果您能用笼头、铁链将这条狗拴住的话,我承认您是绝无仅有的大侦探。"

"只要您配合,我想我能做到。"

"听您吩咐。"

"很好,但我希望您能无条件地去做,不要问为什么。"

"就听您的吧。"

"太棒了,我想很快就能解决那些问题了。我确信……"他突然禁声,双目不动地注视着我头的上方。灯光照在他专心安静的脸上,几乎是一座古代象征机智和希望的雕像。

"怎么了?"我和亨利站了起来。他收回目光,故作镇静,但我觉察到他在抑制着内心的激动,因为他眼中露出难以掩饰的光芒。

"请原谅,"他一边说着一边挥手指着挂在对面墙上的一排肖像,"因为嫉妒,所以华生根本不会承认我懂艺术,因为每一件作品在我眼中都是不同的。啊,这些人像画得可真是太好了。"

"噢,您这样说,我很高兴,"亨利爵士说道,一面不解地望了望我的朋友,"我承认对于这些东西我并不在行,不如研究马或阉牛,真看不出来您还有这份闲情。"

"好在哪里,我一眼就看出了。我敢发誓,那是一张奈勒的作品,就是那边身着蓝绸衣服的女人像;而那个戴着假发的胖绅士像则一定出自瑞诺茨的手笔。我想这画像里的人都是您家族的人吧?"

"所有的都是。"

"您都能知道名字吗?"

"白瑞摩曾经详细地告诉过我,我想我还记得。"

"拿着望远镜的那位绅士是谁呀?""那是巴斯克维尔,海军少将,他是西印度群岛罗德尼将军的部下。那穿着蓝色外衣、拿着一卷纸的是威廉·巴斯克维尔爵士,在庇特任首相时期,他是下院委员会的主席。"

"那我对面这个披着黑天鹅绒斗篷,挂着绶带的骑士又是谁呢?""啊,您

一定知道他,他就是修果,一切不幸的根源,就是从他开始才产生了巴斯克维尔的猎狗的传说。我们不会忘掉他的。"

我对那肖像也产生了兴趣。"上帝啊!"福尔摩斯说,"看上去是一位和善而柔顺的人,但他的眼中却露出乖戾的神态。在我的印象中,他是一个更为凶残的人呢。"

"这的确是修果的画像,因为画像背面标着他的名字,并写着年代'1647'。"

福尔摩斯没有再说什么话,但一直到吃完宵夜,他还盯着那张画像,似乎它对他有很大的魔力。直到亨利爵士回房后,我才明白他想什么。我们曾返回餐厅,高举手里的蜡烛,照着那年代很久的画像。

"你能看出什么来吗?"我望着由装有羽饰的宽边帽、镶着白花边的领子以及卷发穗陪衬的严肃面孔。看到那紧闭的双唇显得粗鲁而严峻,还有一对显得冷漠和顽固的眼睛。

"你看这画像像谁?"

"下巴与亨利爵士有点像。"

"也许有一点,稍等!"他站在一只椅子上,左手举起蜡烛,掩住宽边帽和下垂的发卷。

"天哪!"我大吃一惊。那简直就是斯台普顿!

"哈哈,看出来了吧。我久经训练的眼睛能透过任何装饰物而看到本质,犯罪侦察人员最首要的就是能识破伪装。"

"太神奇了,也许这就是斯台普顿的画像。"

"也许,这是一个遗传学的实例,肉体和精神更加相像。看来投胎转世的说法不会没有根据的,可以肯定,斯台普顿是巴斯克维尔家族的后代。"

"看来是一个篡夺遗产的阴谋。"

"确是如此,这张画像为我们提供了重要的线索。华生,咱们已经抓住他了。我敢发誓,明晚之前,他就会落进我们的网里,只要一根针,一块软木和一张卡片,就可以送他进贝克街的标本陈列室了。"

离开那画像的时候,福尔摩斯突然发出了少有的大笑。他并不经常笑,但每次笑都会有人倒霉。第二天我起得很早,真是"莫道君行早,更有早行人",因为我穿衣服时,福尔摩斯已经走在回来的车行道上了。

"哈哈,今天咱们要大干一场了。"他说着,双手由于行动前的喜悦而相

巴斯克维尔庄园的猎犬

互搓着,"网已下好了,就要往回收了。今天就能分出胜负,看看究竟是鱼死还是网破。"

"你到沼泽地里去过了吗?"

"我去格林芬发了一份关于塞尔丹死亡的报告到王子镇,我想这件事不会再发生麻烦了。我还联系了一下忠实的卡特莱,如果他不能确定我安全无恙,就会一直憔悴地守在屋门口到死的。"

"下一步怎么办呢?"

"咱们去找亨利爵士商量一下。啊,他来了!"

"早安,福尔摩斯,"准男爵说道,"你看起来就像一位即将远征的将军。"

"正是这样。华生正在向我请命呢。"

"我也是来听候差遣的。"

"很好,您今晚应邀去我们的朋友斯台普顿家吃饭吧?"

"我希望您也去。他们很好客,我敢说,见到您他们会很高兴的。"

"恐怕华生和我必须回伦敦去。"

"到伦敦去?"

"是的,我想在这个时候我们去伦敦要比呆在这里更有意义。"

看得出来,准男爵十分不高兴,也很失望。

"我希望您能帮助我,我简直不能想象自己一个人住在庄园和沼泽地里。"

"我亲爱的伙伴,您说过的,完全按照我吩咐您的那样去做。您告诉斯台普顿先生,我们极乐意去,但突发的事使我们不得不赶回去,但不久我们就会回来。你能把这口信带给他们吗?"

"如果您一定让我做的话。"

"对不起,只能这样了。"

从准男爵紧锁的眉头上可以看出,他一定是觉得我们不管他了,所以极为不快。

"你们准备何时动身?"他语气冷淡。

"早餐之后,我们要先去库姆·特雷西,可是华生会留下行李杂物作为保证。对了,华生,你应当写信给斯台普顿,对你的缺席表示歉意。"

"我也和你们一起去伦敦算了,"亨利说,"我一个人留在这儿有意义吗?"

福尔摩斯探案全集

"这是您的义务,您答应过我,一切听我吩咐,我现在让您留下来。"

"再向您提出一个要求,我希望您坐马车去梅利瑟宅邸,然后让马车回来,让他们认为您要走回家。"

"走过沼泽地吗?"

"对了。"

"可是,您常常不要我这样做啊。"

"这一次相反,保证安全。如果我不是特别信任您的勇气的话,就不会这样要求您。您切记一定要这样做。"

"那好吧,按您说的去做。"

"如果您不拿生命当儿戏的话,穿过沼泽地的时候,只去那条您回家的必经之路——从梅利瑟直通格林芬大路的直路。"

"我一定按照您所说的去做。"

"很好。我想早餐之后马上动身,这样,下午就可以到达伦敦。"

尽管我没有忘记昨天夜里福尔摩斯对斯台普顿说他第二天就走人,但如此之快的行动还是让我暗暗吃惊。我万没料道,在这最危险的时刻我们两人会一起离开。但我只能听从他的安排。于是,我们告别了朋友,经过两小时,到达库姆·特雷西车站后,打发马车回去。有个小男孩在月台上等着我们。

"有什么吩咐吗,先生。"

"卡特莱,你就乘这趟车去伦敦,下车后,立即给亨利·巴斯克维尔爵士发电报,要以我的名义发,就说我的记事本遗落在那里了,请他找到后,邮挂号到贝克街。"

"好的,先生。"

"现在你马上到车站邮局去,看看有没有我的信。"

很快,那孩子去而复返,并带来一封电报,福尔摩斯看了一眼,递给了我。电报上写着:

电报收悉。我即携空白拘票前去。五点四十分抵达。

雷斯德

"这是我早晨那封电报的回电。我认为在公家侦探中他是最能干的了,我们需要他的帮助。在这段时间内,我们最好去拜访一下劳拉·莱昂丝太太。"

巴斯克维尔庄园的猎犬

他的作战计划开始实施了,他让斯台普顿夫妇误认为我们已经离开,而我们却可以出现在任何需要的地方。一旦亨利爵士在斯台普顿夫妇面前说出发自伦敦的电报,这对狡猾的家伙的疑心便会涣然冰释。我仿佛已看到渔网正逐渐拉紧。劳拉·莱昂丝太太正在她的办公室里。福尔摩斯的坦白使她十分吃惊。

"我正在对查尔兹·巴斯克维尔爵士的突然死亡进行调查,"他说道,"我的这位朋友华生医生已跟我说过您所说过的话,而且还说,您似乎还有所隐瞒。"

"您说什么?"她的口气充满挑战意味。

"您说过您曾写信约查尔兹爵士在十点钟到门口见面,而那正是他死去的时间和地点。您隐瞒了这些事件之间的关系。"

"但它们并没有什么联系啊!"

"如果那么简单的话,这倒是天底下少有的巧合了,但我们会揭示出其中的联系的。坦白地说,这是一桩典型的谋杀案。根据已有的证据,斯台普顿夫妇难脱嫌疑了。"那女士猛然由椅子里跳了起来。

"夫妇?!"她惊呼道。

"这事已不再是秘密,被他称作妹妹的女人其实是他的妻子。"莱昂丝太太又坐了下去,两手由于紧抓扶手而使指甲变成了白色。

"他的太太?!"她又说了一遍,"他的太太?!他不曾结过婚啊!"歇洛克·福尔摩斯耸了耸肩。

"您有什么证明吗?如果您能证明的话……"她的不安的眼神已经说明了问题。

"这是再容易不过的事了,"说着,福尔摩斯取出几张纸,"这是斯台普顿夫妇四年前在约克郡拍的照片。背面清楚地写着'凡戴勒先生和夫人'的字样,相信您会认得他们的。这是分别从三个不同的可靠证人那儿得到的取证材料,那时他们夫妇开着一所私立小学。看一下吧,这会消除您心中的疑惑。"她看了看他俩的合影,抬起头时,冷冰冰的面孔上显出绝望的神情。

"福尔摩斯先生,"她说道,"这个人说过只要我离婚,他就会和我结婚的。他这个骗子,他一句实话没说,玩了那么多花招。这就是为什么,我始终认为事情的出现都是因为我。此时我才明白,我只是他利用的工具。他从未真心对我,我又为什么要袒护他呢?您想问什么就问吧,我会告诉

您一切。我发誓,我写信的时候,根本没想到要加害那位绅士,他是我最好的朋友。"

"我相信您说的是真话,太太,"歇洛克·福尔摩斯说,"重顾往事一定是很痛苦的。所以还是我先叙述一下事情的前后经过,然后您看一下是否有误,这样可能会好些。那封信是斯台普顿让您写的吧?"

"是他口授,我执笔写的。"

"我想,他让您写信的理由是:由此您会使查尔兹爵士在离婚诉讼中为您提供经济帮助吧?"

"完全正确。"

"信发出去之后,他又极力阻止您去赴约,是吧?"

"他对我说,这会伤他的自尊心,虽然他很穷,但他要用自己的钱来消除我的婚姻。"

"他很像说话算数的人。以后您只是在报纸上看到那件死亡案的报道吧?"

"对了。"

"他还曾叫您发誓,决不对任何人说这件事吧?"

"是的,他说那是一件离奇的突然死亡,如果有人知道的话,一定会被怀疑的。所以,我就不敢说话了。""正是这样,可是您对他也不是没有疑虑吧?"她犹豫了一下,低下了头。

"我知道他的为人,"她说道,"但如果他能真的待我好的话,我会永远保守秘密的。"

"总的说来,我认为您能及时脱身,还是很幸运呢,"歇洛克·福尔摩斯说道,"他清楚地知道他已经在您的掌握之中,但您竟还活在世上。这几个月他一直徘徊在悬崖边。莱昂丝太太,我们必须说再见了,或许您不久就会有我们的消息。"

"咱们破案前的准备工作算是完成了,困难已经被一个个解除了。"当我俩站到站台上等候从伦敦开来的快车时,福尔摩斯说,"不久我将写一部完整的充满神秘色彩的犯罪小说。学习犯罪学的学生们会记起发生在一八六六年小俄罗斯的果德诺谋杀的类似案件,还有北凯热兰诺州发生的谋杀案。但这个案子却独具特色。虽然咱们还没有制服这个狡猾的人的确切证据,但一定会在今晚入睡以前弄清楚的。"

伦敦开来的火车呼啸着停住了,一个身材矮小但却健壮的汉子从头等车

巴斯克维尔庄园的猎犬

厢里走了下来。我们握了握手,他那恭敬的样子说明他跟福尔摩斯学到了很多东西。我还记得福尔摩斯用他的理论来讽刺这位讲求实际的侦探。

"案子怎样,有苗头吗?"他问道。

"简直是这些年来的头等大事,"福尔摩斯说,"离动手还有两个小时,在这段时间内我们可以吃晚饭。雷斯德,让沼泽地夜晚清凉的空气赶去您喉咙内的伦敦雾气吧,您是第一次来这里吧?啊,好啊!我想您永远都忘不掉这次旅行的。"

福尔摩斯探案全集

巴斯克维尔的猎犬

福尔摩斯的特点，如果能称之为缺点的话，那就是，在计划不实施前，他绝不向任何人透露任何情节。这一方面是他高傲的天性使他喜欢让他周围的人惊讶，另一方面，是由于他工作的需要，他不愿冒险。做他的委托人和助手常常会感到难堪，我就有数次不愉快的经历，这宛如在黑暗中驾车一样让人难受。行动进入了最后阶段，由于福尔摩斯只字不提，我们只好主观地去推测。后来我们的面孔感到了冷风的吹拂，狭窄的车道两旁黑乎乎的。这广袤的空间说明我们此刻在沼泽地上。我全身的神经由于即将发生的一切而激动无比，每前进一步，就离冒险的顶峰进了一步。为了避开雇来的马车夫，我们只能谈一些琐碎的事，但实际上神经已十分紧张了。当我们经过了弗兰克兰的家，离目的地更近的时候，那段紧张状态才过去，我的心情也渐渐舒畅。我们在靠近车道的大门口下车，付完车钱后，打发车夫立即回库姆·特雷西，之后我们便向梅利瑟宅邸走去。

"带枪了吧，雷斯德？"

矮小的侦探微笑着点点头。"只要我穿着裤子，屁股后面就有个裤兜。既然有裤兜，我就要在里面放点什么东西。"

"很好！华生和我也都做好应急的准备了。"

"福尔摩斯先生，你可真是深藏不露啊！现在咱们干什么呢？"

"静观其变。"

"我说，这可不是个好地方。"那侦探说着就打了个冷战，环顾四周，望了望那黑暗的山坡和格林芬泥潭上方的浓雾。前面一所房子里有灯光。

"那是梅利瑟宅邸，也就是我们这次旅程的目的地了。现在我需要你们跟着脚走，说话也要加倍小心。"我们沿着小径继续小心前进，方向是那房子。离房子约两百码的时候，福尔摩斯叫我们停住了。

"就在这里好了。"他说道，"右侧的这些山石是最佳的天然屏障。"

"咱们就在这里潜伏吗？"

"对，咱们将在这里进行一次小伏击。雷斯德，你到沟里去吧。华生，你

巴斯克维尔庄园的猎犬

以前去过那房子吧？你肯定能讲清各个房间的位置，有格子窗的是哪间？"

"是厨房。"

"再往那边那个很亮的呢？"

"那一定是饭厅。"

"百叶窗是拉起来的，这便于观察，你熟悉这里的地形。过去看看他们在干什么，小心些，千万别让他们发现！"我顺着小路悄悄走去，屈身藏在一堵周围是果树林的矮墙后面。在阴影的掩映下，我找到一个好角度，可以观察到室内。屋里只有亨利爵士和斯台普顿两个人。他俩隔一张圆桌相对而坐。我只能看见他们的侧面。两人都在吸着雪茄，面前还放着咖啡和葡萄酒。斯台普顿谈兴很浓，准男爵却心不在焉，面色苍白。他也许是想到要独自到充满危险的沼泽地，心情因而沉重。

我正看着他们，斯台普顿突然起身，走出房间。亨利独自倒酒，头向后仰，靠在椅背上，喷吐着烟圈。接着我听到了连续的开门声和皮鞋踏击地面的响声。斯台普顿悄无声息地走上挡住我的矮墙另一面的小路。我从墙头一看，他在果树林一角的小屋门口停住，用钥匙打开门，他一进去，从里面就传出了一阵奇怪的厮打声。很快他就出来了，锁了门，又顺原路返回屋里。他们俩人又在一起了。所以我悄悄回去，告诉了我的同伴我所看到的情形。

"华生，你是说那女士不在屋里吗？"我说完之后，福尔摩斯问道。

"不在。"

"那么，她会在哪里呢？只有厨房亮着灯啊！"

"我也想不出。"我先前提及的格林芬泥潭上方的浓雾此时正朝我们飘过来，慢慢积聚，似乎在我们旁边立起一道墙，界线也很分明。再被月光一照，看似一片闪闪发亮的冰海，远方一个个凸起的岩岗像冰海上长出的岩石。福尔摩斯转向那边，望着缓缓飘行的浓雾，不悦地嘟囔着："雾正在向我们这边飘来，华生！""情况严重吗？""很严重，也许会打乱我的计划呢。现在已经十点钟了，他大概快回来了。他的性命安危和我们的事情成功与否就看他是否能在浓雾遮住小路之前出来了。"

皎洁的月亮挂在美好的夜空中，星星眨着明亮的眼睛。星月辉映下，整个沼泽地被一片柔和朦胧的光线笼罩着。我们前面房屋的黑影被星光灿烂的天空清晰地衬托出来。几道昏黑的灯光从下面的窗子全部射出来，向果树林和沼泽地照出很远。其中一个窗子的灯光灭了，大概仆人们走出厨房去休息

了，剩下的是餐厅的灯光，里面有两个抽着雪茄闲谈的人，一个是心怀杀机的主人，另一是毫不知情的客人。白茫茫如羊毛般的大雾遮住了大半的沼泽地，并继续向房屋飘去。果树林后面的墙已经被遮住了，只看见浮在白色雾气上的树冠部分。在我们守在外面的时候，浓雾漫到房子的两角形成一堵厚墙，使二楼看上去像一艘奇怪的船。福尔摩斯急切地拍着面前的岩石，焦虑地跺着脚。

"再有一刻钟他还不出来，这条小路就完全被遮住了，半小时以后，即使把手伸到眼前都看不到了。"

"咱们选一处地势高一点的地方吧。"

"对了，这样也好。"

这样，浓雾向我们逼近一步，我们就后退一步，一直退到距房子有半里远的地方。但那白苍苍的海洋仍缓慢却坚定地向我们逼近。

"咱们离房子太远了，"福尔摩斯说，"弄不好，亨利没到这里便会遭到攻击。这可太冒险了，咱们不能再退了。"他趴在地上，耳朵紧贴大地。"谢天谢地，他终于出来了，我已听到了。"

沼泽地死一般的寂静被一阵脚步声打破。我们藏身于乱石之中，全神贯注地盯着那段银白色的雾墙。脚步声由远而近，我们终于看到，亨利爵士穿过帘幕般的浓雾，通过清朗的夜色我们看到他惊慌地望了下周围，然后快速地沿着小路走来，经过我们以后，走向我们身后那漫长的山坡。他走着，还不停地心神不宁地左顾右盼和回头张望。

"嘘！"福尔摩斯嘘了一声，接着是尖细而清脆的手枪机头被扳开的声音，"注意，它来了！"

这时，雾墙那边传来轻轻的叭嗒叭嗒的声音，我们三人死盯着那不到五十码远的浓雾，不知会出来怎样的一个怪物。我当时正在福尔摩斯旁边，我朝他的脸上望了一眼。他虽面色苍白，但狂喜的双目在月光照射下闪闪发光。他双眼盯住前方不动，惊异的嘴大张着。而雷斯德则因恐惧伏在了地上。我跳起来用发抖的手紧握手枪。那穿过雾墙的东西使我魂飞魄散。那是一只不同寻常的煤炭般黑的大猎狗。那通体发亮的畜牲张着喷着火的嘴，眼睛也宛如冒火一般。这恐怖的狗脸，即使在最怪诞荒谬的梦里也不会见到。

巨大的黑犬顺小路跑下去，追赶亨利去了。那个幽灵竟使我们发呆地看着它从面前跑过而毫无反应。后来，福尔摩斯和我一起开枪，从那畜牲难听

巴斯克维尔庄园的猎犬

的吼声中可判断出至少有一枪打中了,但它仍一直向前跑去。我们远远看到了亨利爵士回身,面色惨白,恐怖使他愣在原地,绝望地望着那渐渐逼近的怪物。

那猎狗痛苦的嗥叫使我们恢复了常态。我们只要能伤它,就能杀死它。我从未见过一个人在夜里跑得能像福尔摩斯那样快。我一向以快腿著称的,可他竟像我超过那个公家侦探一样地超过我。在我们向前狂奔的时候,听到亨利爵士的喊叫和那猎狗深沉的吼声一齐传来。我奔到近前,看见巨犬急速蹿起,亨利已被扑倒,巨犬的血盆大口对着他的喉咙正要咬下。这当口儿,福尔摩斯连扣扳机,五发子弹全部打入巨犬的侧腹。那狗用尽最后的力气发出一声痛苦的嗥叫,并向空中发狠地咬了一口,然后像一堵墙似的四脚朝天倒了下去,一阵疯狂的乱蹬,就瘫倒不动了。我喘着气,用手枪抵住那可怕的头颅,可是再也不用扣动扳机了,因为它已经死了。

亨利爵士昏倒在他摔倒的地方。我们解开他的衣领,并没有发现任何伤痕,便祷告我们的拯救还是及时的。这时我们的朋友的眼皮抖动起来,似乎想挪动一下。雷斯德给他喂了些白兰地酒,不久他睁开惊恐不安的双眼望着我们。

"天啊!"他有气无力地说道,"那是什么?究竟是什么怪物啊?"福尔摩斯说:"不管它是什么,它已经威胁不到您了,纠缠您家族的恶魔也永远消失了。"那怪物瘫在地上,四肢伸开,那巨大的身躯和显现出的无与伦比的力量,令人不寒而栗。它好像是血狸和獒犬的混合物,外貌可怕又凶暴,长着狮子般的大口。即使在它此时僵死不动的时候,那可怕的大嘴似乎还冒着蓝色的火焰,那深深凹陷的残忍的眼睛周围竟出现了一圈火环。我不禁摸了摸它的嘴,一抬手,我的手也发出光亮。

"是磷。"我说。

"多么狡猾的用心啊,"福尔摩斯说着,闻闻那只死狗,"亨利爵士,很抱歉让您受到这样的惊吓。我本以为抓住的会是一只寻常的猎狗,竟没想到是这样的一只。大雾使我们未能及时拦住它。"

"是您救了我的命。"

"可是您却冒了如此大的危险。您能站起来吗?"

"我还想喝一口白兰地,这样会壮一下胆儿。啊,帮忙扶我起来。""您看,咱们该做什么呢?"

福尔摩斯探案全集

"您留在这里好了,今晚您不能再冒险了。如果您愿意等的话,我们之中会有一个陪您回庄园的。"

他挣扎了几下,却没能站起来,他仍然很虚弱,四肢发抖。我们扶着他走到旁边的石头上坐下,他用颤抖着双手蒙着脸。

"我们现在非立即离开您不可了,"福尔摩斯说道,"剩下的事一分钟都不能耽搁。证据确凿,现在要做的只是抓人。"

"在房子里几乎不可能找到他,"我们沿着小路急速地往房子那儿赶,福尔摩斯又说,"枪声已让他明白他的鬼把戏被戳穿了。"

"那时,咱们距他还有一段距离,这场雾可能会挡住枪声。"

"你们完全可以相信,他一定会跟着那只猎狗以便指挥它。不,不,现在他肯定已经走了!但为了保险起见,还是搜查一下房子。"

前门开着,我们冲进去,挨屋地搜索着,看到那惊慌失措的老男仆站在过道里。只有饭厅亮着光。福尔摩斯急忙点亮其它灯,但找遍房里的每个角落,都未见斯台普顿的踪迹,最后我们发现二楼有一间锁了门的房间。

"里面有人!"雷斯德说道,"我听到里面有声音。打开门!"

里面传出断断续续的呻吟并伴着沙沙的响声。福尔摩斯一脚踹开门。我们握着枪一同闯了进去。但出乎我们意料的是,屋内并不是那胆大妄为的坏蛋,而是一个令人惊愕的场面。这间屋子宛如一个小博物馆,墙上装着一排安着玻璃盖的小盒子,里边全是蝴蝶和飞蛾,这些东西是那个危险人物的消遣。屋子中间有一根直立的顶着旧梁木的柱子,以此支撑着房屋。柱子上用布单绑着一个不知是男是女的人。一条手巾遮住了大半个脸,另一条手巾绕过脖子绑着,那露在外面的双眼流露出的是痛苦与羞耻,并怀疑地盯着我们。我们去掉她身上的桎梏后,斯台普顿太太倒了下去。她美丽的头垂下去后,露出了脖子上清晰的红色鞭痕。

"混帐!"福尔摩斯喊道,"喂,雷斯德,快拿白兰地来!将她放到椅子上,虐待和疲劳使她昏过去了。"她又睁开了眼睛。

"他怎么样了?"她问道,"他跑掉了吗?"

"他是不会从我们手中溜掉的,太太。"

"不是,不是,我是说亨利爵士,他安全吗?"

"他很安全。"

"那只猎狗呢?"

福尔摩斯探案全集

"已经死了。"

她长长地呼出一口气，似乎一颗心落了地。

"感谢上帝！感谢上帝！噢，看这个坏蛋是怎么待我的！"她拉起袖子，我们看到布满累累伤痕的双臂。"可是这算不了什么！真的算不了什么！他污辱的是我的心灵。如果他依然爱我，我还有希望，任何一种生活我都会忍受的，可是我无法忍受他竟然欺骗，还把我当做犯罪的工具。"她说着便突然痛哭起来。

"您已完全厌恶他了，太太，"福尔摩斯说道，"那么，就请告诉我他藏在哪里，如果您协助过恶魔，现在就将功赎罪吧。"

"他只有一个地方可去，"她回答道，"泥潭的中心有一个小岛，上面有一座旧锡矿，也就是他藏猎狗的地方。他已做好了逃跑的准备，他一定会跑到那里的。"浓浓的雾像一堵羊毛织成的墙，紧紧地围在窗外。福尔摩斯端着灯走到窗前，向外望着。

"看，"他说道，"今晚无论谁都不会找到通往泥潭的路的。"

她抚掌大笑起来，狂喜浮现在她的整个面孔上。

"也许他能进去，但永远也不会出来的。"她喊了起来，"今晚他怎能看清那些木棍做的路标呢？那是我和他一起插的，用它来标明那条穿过泥潭的小路。唉，如果今天我把那些全拔掉该多好，啊，那样，他就归您任意处置了。"

很明显，如果雾气不消散，怎么追逐都是没用的。我们让雷斯德留下来照看房子，福尔摩斯和我陪亨利爵士一同回巴斯克维尔庄园。这一切的一切都该让他知道。还好，当他得知他热爱着的女人竟是别人的妻子，他尚能坦然接受。只是夜里的惊吓伤害了他的神经，天还没亮，他便发起烧来，以致神志不清，只好请摩梯莫医生来照料他。他们俩已经商量好，在亨利爵士精神恢复之前一起去环球旅行，大伙都应知道，他曾是个多么精神饱满的人，但从变成这份不祥的财产的主人开始，他却这样了。

现在，这段奇特的故事就要结束了，在这故事里，我想让读者也体会一下那极端的恐怖和不安的预测，这些东西，在很长一段时间内使我们的心灵蒙上了一层阴影。结局却也是如此的悲惨。第二天清晨，阳光驱散了晨雾，斯台普顿太太领着我们走上了他们夫妇标出的能贯穿泥沼的小路。我们从她带领我们追踪丈夫所表露出来的急切的心情和喜悦，感受到这个女人过去

巴斯克维尔庄园的猎犬

生活有多么可怕。出于安全考虑，我们让她留在一块地面坚硬，形状狭长的半岛似的地方。我们则沿着由一些小棍标出的小路，不断深入泥沼。这是一条陌生、无法走过的路，蜿蜒崎岖，隐藏在乱树丛中，繁茂的芦苇和郁郁葱葱的多汁粘滑的水草散发着腐烂的臭气，浊气迎面扑来。我们时而就陷入没膝的、颤动着的黑色泥坑，走了数码之远，泥还是粘粘地沾在脚上甩不下去。行走时，粘涩的烂泥会死死拖住双脚。泥潭中像藏着无数双罪恶的手，人若陷进去，它们会把你紧紧抓住并拖向罪恶的深处。路上，我们发现了一些行走过的痕迹。这说明尽管危险，但在我们之前还是有人来过。突然，泥中的烂草中露出一个黑色的物体。福尔摩斯想要抓住那东西，由小路上向旁边迈了一步，却陷入泥潭里了，一直没到腰部。如果我们没在那儿的话，他是很难摆脱烂泥的纠缠的。他拿到的是一只黑色的高筒皮鞋，举起一看，鞋底印着"麦尔斯·多伦多"字样。

"这真是一次很好的泥浴。"他拿着皮鞋说，"这是亨利丢的那只鞋。"

"斯台普顿逃命时还带着它干什么？""这鞋是他偷去让猎狗熟悉亨利的气味，当他知道阴谋已被识破而逃跑的时候，还把它留在手边，在途中可能就遗失在这里。这说明，走到这里，他仍然很安全。"

我们可以做很多的假设，但能了解到的也就到此为止，因为在沼泽地里根本找不出脚印。脚印会被随时上渗的泥浆掩盖。走过泥潭，我们就急切地在坚实的土地上寻找起脚印来，结果大失所望。大地是诚实的，这说明昨天晚上他匆忙地穿过浓雾奔向潭中小岛时，最终没能到达目的地。如果大地不会说谎的话，那么斯台普顿就是昨天挣扎着穿过浓雾奔向他的隐蔽小岛时也不可能达到目的地。他已经陷身于大格林芬泥潭中心的某个地方。这个作恶多端的人就这样永被埋葬了。

他把凶猛的伙伴隐藏在这个四周被泥潭所环绕的小岛上，我们找到了斯台普顿从前在此活动的痕迹。有一只很大的驾驶盘和被垃圾填了一半的坑，这是一个弃置已久的矿坑，周围还有许多破烂不堪的矿工住的工棚，矿工们也不堪忍受泥潭的臭气。在一间小房里，我们看到了一只马蹄、一条锁链和一堆啃得很干净的骨头。这就是他放狗的地方了。一具完整的骨架，上面还带着棕毛。

"是狗的骨骼！"福尔摩斯说，"上帝啊，一定是那只卷毛长耳猎犬。这下摩梯莫休想再与他心爱的狗见面了，现在我相信我们已弄清一切真相了。他

可以把他的猎狗藏起来，但他不能不让它叫，所以人们才会听到狗吠声，那些叫声即使在白天听来也让人胆战心惊。万不得已时，他可以把那猎狗关在梅利瑟房外的小屋里去，但那样做危险性很大，而且只有他认为一切均万无一失时，他才敢那样做。这只铁罐里的糊状的东西，显然就是涂在那畜牲身上的发光的混合物。当然，他之所以这么做，是受到了传说中的关于魔狗的故事的启发，查尔兹老爵士也正因此才被吓死的。可想而知，那个野兽般的逃犯一看到这样一只畜牲在黑暗的沼泽地之中一蹦一跳地在后面追赶，吓得一面跑一面狂喊，就像亨利爵士一样。要是换成我们，说不定也会是如此反应呢。这的确是太险恶了，因为他不仅可以用恶犬行凶杀人，还可以使周边的农民们不敢过问有关的事。其实沼泽地里很少有人见过这只狗，见过它的农民没有一个敢插手此事的。在伦敦时，我曾对你说过，华生，现在我想说，斯台普顿是咱们协助追捕过的最危险的人物。"他挥舞着长长的臂膀，指向那广阔的、散布着绿色斑点的显得美丽异常的泥潭。泥潭无边无际，向远处延伸着，与赤褐色的沼泽地山坡连成一片。

巴斯克维尔庄园的猎犬

回　顾

十一月底，一个阴冷多雾的夜晚，在贝克街的寓所里，福尔摩斯和我坐在起居室熊熊的炉火旁。我们去德文郡经历了那悲惨结局的案件后，他又办理了两件极为重要的案子。第一桩案件，他揭发了因参与轰动一时的"无匹俱乐部"纸牌舞弊案的阿波乌上校的丑行；第二桩案子他保护可怜的蒙特邦歇太太，澄清了她被控有谋害其丈夫前妻之女卡莱小姐的罪名。大家一定还记得年轻的卡莱小姐，她在那件事发生半年后依然活着，而且在纽约结了婚。福尔摩斯把几个案子破得干净利索，因而心情很好，所以我乘机诱使他谈谈神秘的巴斯克维尔案的详情。我对此一直兴趣盎然，据我所知，他不允许各个案子相互纠缠，以此保持清醒，并可以不因回想过去而分散对目前工作的凝聚力。恰巧亨利和摩梯莫医生都在伦敦，他们准备一同去做长途旅行，使亨利那受到强烈刺激的神经得以恢复。这天，他们来拜访我和福尔摩斯。我们自然地谈了巴斯克维尔庄园。

"事情的全部过程，"福尔摩斯说，"虽然咱们一开始无法知道斯台普顿行为的动机，对既成事实也是一知半解，使得案件复杂化，但斯台普顿的动机是简单明了的。我已和斯台普顿太太谈过两次话了，案件到现在已完全明了了。事实已经很清楚，不存在什么谜。我有一个案件统计表，你可以在B栏里查阅有关此事的摘要。表是有索引的，并不难查。"

"你还是根据回忆谈谈案子的概况吧。"

"我当然愿意这样做了，虽然我不敢保证能记住所有的事实。思想的高度集中很容易使人忘记过去的事情。我的印象已经很模糊了，如同一个办案的律师，他可能就案子的细节与专家辩论，但经过一两个星期的法庭诉讼之后，他就会忘得一干二净。所以，我的脑子里，后来的案子总是冲击了以前的案子，卡莱小姐的事就是这样淡化了我对巴斯克维尔庄园案的回忆。明天的细微小事也会将美丽的卡莱小姐和众人皆知的阿波乌两案的记忆冲淡。但有关那猎狗的案子我们是兴趣很浓的，现在讲给你们听，不足的地方，你们补充。

"我调查的结果表明，巴斯克维尔家族的画像真实可信，那家伙的确是这

个家族的一员,他就是死去的查尔兹的弟弟的儿子。他的弟弟名叫罗杰,罗杰曾带着恶名潜逃到南美洲,据说他在那儿还没结婚就死了,但他实际上成了家且有一子。这个小家伙与父亲同名,后来和一位哥斯达黎加的美人贝莉儿·迦洛茜亚结了婚。他在偷盗了大额公款后就改叫凡戴勒,然后逃到英格兰来了。在这儿,在约克郡的东部开办了一年小学。他之所以这么做是因为他在途中偶然结识了一位患有肺病的教师,想利用此人干一番事业。但这位福瑞泽教师死了,学校的名声本来不佳,后来简直就臭名远扬了。这样,凡戴勒改姓斯台普顿,带着剩余的财产和未来的计划及对昆虫学的特殊爱好转到了英格兰南部。大英博物馆提供的资料表明,他在约克郡期间发现的一种飞蛾,就是以他的名字命名的。

"现在谈及的他的那段生活,的确令人感兴趣。经过严密的调查,那家伙发现只有查尔兹·巴斯克维尔爵士妨碍他获得巨大的财产。我认为他去德文郡时,计划远不十分明确,但从他让他妻子以他妹妹身份出现这一点来看,他从开始就是居心叵测的。他虽然尚未确定全部计划的细节,但已决定利用他妻子做诱饵了。他决心已定,为达此目的,他不择手段,不畏风险。他第一步就是在邻近祖宅的地方定居,愈近愈好。第二步就是培养起与查尔兹·巴斯克维尔爵士和邻人们的情感。

"准男爵告诉了他关于家族的传说,无形中为自己的死亡垫了底。斯台普顿——我这样称呼方便些——从摩梯莫医生嘴里得知老爵士的心脏病很厉害,稍稍受到惊吓就能丧命,他还听说老爵士很迷信,相信那个耸人听闻的传说。他很精明,知道利用这些条件要准男爵的命很保险,不易被察觉。

"他有了这个念头之后,就费尽心机地去实施。平庸的谋划者能利用一只凶恶的猎狗也就心满意足了。但斯台普顿可非庸人,他还运用他的天赋,用人工的方法使普通的猎狗变得如魔鬼。他从伦敦福莱姆街的贩狗商人罗斯和曼格斯那里买了一条最强壮、最凶恶的猎狗。他带狗乘北德文郡铁路的火车回到沼泽地的家,又牵着它走了很远的路穿过沼泽地,以免引起他人注意。在此之前,由于他经常捕捉昆虫,于是找到了一条走进大格林芬沼泽地的路,于沼泽地中给恶犬找到栖身之所,然后就是寻找时机。

"可是机会不是说来就来的。夜间老绅士不出来,斯台普顿数次带着那猎狗埋伏在外面,结果一无所获。相反的结果是,附近的农民发现了恶犬及其主人。他曾痴心妄想地希望他妻子能将老绅士拖进情网,将他引向死亡,但

巴斯克维尔庄园的猎犬

他妻子出人意料地不同意，因为她不想把老绅士交给他的死敌。于是斯台普顿对妻子恩威并施，有些下流手段我实在不愿提及。但他妻子始终未屈服，拒绝与他合作，斯台普顿因此也无计可施了。

"就在这时他抓住了一个时机。查尔兹爵士对他产生好感，就在帮助可怜的劳拉·莱昂丝太太的活动中让他掌管那笔慈善金。他以单身汉的身份出现，所以才对她产生极大的吸引力。他告诉她，如果她和丈夫能离婚，他就娶她。他的如意算盘突然要落空，因为摩梯莫医生建议查尔兹爵士离开庄园，查尔兹爵士也同意了。斯台普顿表面上同意这个建议，暗地里决定立即行动，否则老爵士一走，他的诡计就会全盘落空。他于是又说服了莱昂丝太太写信恳请老头在去伦敦之前的晚上和她见一次，然后又用一套打动人的理由使她未去赴约，这样，他就得到了一个大好时机。

"傍晚，他从库姆·特雷西坐车回来，时间充裕，他便带回猎狗，涂好发光剂，然后带上恶犬来到栅门附近。他知道此时查尔兹一定会在那里等候莱昂丝太太。狗受主人的唆使，跃过栅门直向男爵。他一边顺着水松夹道狂奔，一边喊叫。在两侧被水松遮挡得密不透光的夹道上，看到一只口眼冒火高高大大的黑色的可怕怪物在身后跳跃追赶，确实让人胆战心惊，所以老爵士因恐惧过度和心脏病猝发而倒地身亡。准男爵是在小路上跑的，而猎狗是沿着草木茂盛的路边奔跑，所以我们只能看到人的足迹。那狗看到他倒地不动之后，也许走上前去闻了闻，发现他死了之后就跑了回去，摩梯莫医生看到的爪印就是那时留下的。斯台普顿急忙唤回猎狗，并把它赶回大格林芬泥沼的狗窝。官方对这个神秘的案子束手无策，就是沼泽地里的居民也感到吃惊，就是这时候，我们接手此案。

"查尔兹·巴斯克维尔爵士之死到此为止。由此看出，整个过程采取了极为狡诈的手段，几乎无法控诉真凶。恶犬是他忠实而严守秘密的同案犯，那种古怪、超乎常人想象的作案手法使他的罪恶阴谋得以顺利进行。与此案有关的两个女人，他的太太和劳拉·莱昂丝太太都对他产生了强烈的疑心。斯台普顿太太知道他用阴谋害死老人，知道那只猎狗；莱昂丝太太虽然对这两件事一无所知，可她知道案件发生的时候，正是那次约会的时候，而只有他知道，所以她也怀疑他。但是，她们二人都受到他的控制，他对她们毫不畏惧，阴谋实现了一半，可余下的更困难。

"此前斯台普顿也许并不知道巴斯克维尔家族在加拿大尚有子嗣。不久，

摩梯莫医生对他说了此事,并告诉他亨利爵士要到巴斯克维尔来的消息。斯台普顿马上就想到应该除掉他,应该在伦敦就设法害死他,不须等他到了德文郡再干。因为他太太不肯帮他陷害老头儿,他就再不相信他的妻子了,甚至不敢使她长时间离开自己,因为他怕这样会无法控制她。于是,他带着太太到了伦敦。我发现他们住进克瑞文街的一家私人旅店,于是我便派人去搜索可能的材料。他不让太太出门,而他则为自己装上假胡须,乔装打扮,尾随摩梯莫医生,先后到了贝克街、车站和诺桑勃兰旅馆。他太太虽然对他的行为略知一二,但她非常怕她的丈夫,所以不敢写信告诉亨利他的处境极其危险,因为那种信被她丈夫知道后她会性命难保。后来,她想出了一个极聪明的办法,从报纸上剪下字来贴出了那封我们见过的信,并在收信人的信封上写上了经过改变的字迹的地址。于是亨利收到了向他发出危险警报的信。

"亨利用过的衣物对斯台普顿是很重要的,因为他利用那恶犬去达到目的,这样就可以使狗闻味追赶男爵了。于是,他立即着手大胆、机敏地行动。可以肯定,他施重金贿赂过旅馆的男女仆人帮他偷亨利的衣物。凑巧的是,弄到的第一只皮鞋竟是新的,毫无用处,后来他就把它送回去了,同时偷了另一只。这件事对我们最有帮助了,他使我完全肯定与我们对峙的是一只真正的猎狗,因为只有一种假设能够成立,说明他急于得到的是一只穿过的鞋,而不要一只新鞋。事情愈稀奇古怪愈值得仔细调查。即使表面看来会使案情复杂化,但如果加以适当考虑和科学的处理,却最能说明问题。"第二天早晨,斯台普顿又来拜访了咱们,他一直坐在马车里跟踪咱们。从他对咱们的住房和我的模样了解得一清二楚和他的平常行为来看,我感觉,斯台普顿绝非第一次作案。听说在过去的三年里,西部发生了四起大盗窃案,但罪犯却逍遥法外。最后一件发生在五月间的弗克斯顿场,其特殊之处在于一个男仆想要抓住那个带着面具的盗贼而被残忍地枪击丧命。我认为斯台普顿就是用这种手段扩充他日益减少的财产的,这些年来他一直是个危险的亡命之徒。

"那天他逃出了我们的追捕并通过马车夫让我得知他已经知道我的姓名时,他的机智与大胆可见一斑了。他就是从那时起知道我已在伦敦接手此案了,也知道他在伦敦无法太平了,所以他又回到了沼泽地,等待着亨利的到来。"

"等一下!"我说道,"无疑,事情的经历你已经合情合理地讲述过了,但是你遗漏了一点:斯台普顿在伦敦时,那只猎狗怎么办呢?""我也想过这件事,它是重要的,显然斯台普顿有一个亲信。斯台普顿看来并未告诉他自己的阴谋,但他对斯台普顿的话唯命是从,他就是梅利瑟府中的老男仆——安东尼。早在斯台普顿当小学校长时,他们就关系密切,所以他早就知道斯台普顿夫妇的夫妻关系。他已从乡间逃跑了。'安东尼'这个姓似乎在英格兰很不常见,而'安托尼奥'这个姓在所有西班牙语系的国家里同样也很少见。他的英语和斯台普顿一样,讲得非常好,但有点大舌头。我曾亲眼目睹他按斯台普顿标出的路线穿过了大格林芬泥沼。所以,很可能当主人不在时他负责照管狗,虽然他也许不知道那只狗有什么用。

"斯台普顿夫妇回到德文郡不久,你和亨利就跟上他们了。我个人还有一点看法。你还记得吗,当我检查那张用报纸铅字贴成的信的时候,我仔细地检查了纸里面的水印。检查时,我把它拿在离眼睛近的地方,无意间闻出一种像是白迎春花的香味。一共有七十五种香水,一个犯罪学专家应当能分辨出其中任何一种,我个人曾在几起案子中靠及时分辨出香水的种类而迅速破案。像白迎春花的香味表明,这案子里一定有一位女性,当时我便想到了斯台普顿夫妇。就这样在到西部乡下去之前我肯定了那猎狗,并且猜出了罪犯。

"我的小把戏就是监视斯台普顿,但如果我和你在一起,显然就做不成这件事了,如此一来,他会加倍小心的。所以,我欺骗了一切人,包括你,你们以为我还在伦敦时,其实我已悄悄地来到乡下。我没吃太多苦,我几乎一直呆在库姆·特雷西,只是在不得不接近犯罪现场时,我才去沼泽地的小屋里住一住。卡特莱是与我一起来的,我让他扮成农村小孩,对我大有帮助。他给我弄到食物和干净的衣服,在我监视着斯台普顿的时候,卡特莱经常在跟随着你,因此我就掌握了所有的线索。

"你的报告一到贝克街马上被送到库姆·特雷西,所以我很快就收到了。那些报告对我帮助极大,特别是关于斯台普顿不小心泄露真实身份的那份。我证实斯台普顿兄妹就是那个男人和女人,终于准确地知道如何去调查了。白瑞摩夫妇和沼泽地里的逃犯的关系一度使案情复杂化,后来被你有效的方法澄清了。其实我也通过观察得出了同样的结论。

"当你在沼泽地的月光下发现我的时候,我已弄清了全部真相,但我没拿到有力的证据,即使那晚斯台普顿企图谋杀亨利爵士,结果却误杀了那个逃

巴斯克维尔庄园的猎犬

犯的事实也无法证明他的杀人罪。看来要将他绳之以法,只有一种选择,当场捉住他,但这样做显然必须以亨利爵士为诱饵,让他看来是在不受任何保护的情况下独自行夜路。我们就这样做了,虽然使亨利爵士大受惊吓,但我们终于掌握了力证,并迫使斯台普顿走向死亡。我承认,让亨利爵士置身于危险之中是我办案过程中的一大缺点,但我不知道那个畜牲竟会那样可怕,让人飞魂魄散,也没料到会有大雾,它就那样突然地向咱们扑来了。为了破案,我们付出了代价,但专家——摩梯莫医生已向我保证,代价的负面影响只是暂时性的。一次长途旅行就可以治愈他深受打击的神经,还可以医治他心灵的创伤。他深深地爱上了那位女士,他认为全部过程中最不能接受的是她对他的欺骗。

　　剩下的一个问题就是斯台普顿太太在这个案件里所扮演的角色了。显然她被斯台普顿所左右。原因嘛,可能是爱,也可能是害怕,最大的可能性是二者兼备,它们是可以同时存在的。以这样的方式控制别人绝对是万无一失的。她听从他的要求,同意扮成他妹妹。但当他要她直接参与谋杀时她就不干了,在不涉及到斯台普顿的情况下,她警告亨利不要去那老宅。可以看出,斯台普顿对亨利怀有强烈的嫉妒,即使他也想到了这种可能,但看到亨利向他妻子表达爱慕之情,还是忍不住大怒起来,出面干涉。但这样却暴露了他强烈抑制的火爆脾气。他假情假意地使亨利经常到他家去,心想迟早会抓住他盼望已久的好机会,可到了关键的时刻,他太太却不能与他保持一致了,她已略微得知那逃犯死亡的事,也知道亨利爵士到梅利瑟做客的那晚,那只巨犬就关在他家里。她痛斥了她丈夫即将实行的罪行,他听后狂怒不已,于是第一次告诉她他已另有他爱。一向柔顺的她突然恨起她丈夫来,斯台普顿看出她会去告密,所以把她捆了起来,以防她一有机会就告诉亨利爵士。他希望全乡的人都把准男爵之死归于那阴魂的厄运,他们确实会这样想,他可以说服他妻子接受既成事实,并要她保守秘密。我认为在这个问题上,他的如意算盘大大打错了。即使咱们没到那里去,他的命运也好不到哪儿去。一个有着西班牙血统的女人绝不会那么轻易地接受这种侮辱的。亲爱的华生,没有这摘记,我根本无法给你详细地讲述这个奇异的案件经过,你有不解的地方吗?"

　　"他指望用他那只可怕的猎狗,像弄死老伯父那样地弄死亨利爵士,这可能吗?""那巨犬凶悍无比,并经常处于饥饿状态。它的外表足以吓死人,至

少会使对手丧失抵抗能力。""那是当然,但还有一个问题。斯台普顿继承财产,但他无法解释清身为继承人的他为什么要隐姓埋名地居住在离财产如此近的地方。他又如何要求继承财产,并让人们感到合情合理呢?"

"这个问题难度很大,要我解决是不是要求太高了?我调查清楚了过去和现在的所有事情。但将来会怎样,这就难以回答了。斯台普顿曾多次对他太太谈过此事,大约有三种可能:他可以在南美洲要求继承财产,身份由当地的英国政府证明,不用到英格兰就能弄到财产;可以隐瞒在伦敦短期居住的身份,也可以找一个同谋带着证明文件,证明他的继承人的身份,但要隐瞒他收入的那部分。他十分狡猾,完全有能力顺利解决这些难题,华生,咱们紧张地工作几个星期了,现在可以换换口味了,今晚做些快乐的事吧。我已在虞格诺大戏院订好了包厢,请你去听德·雷兹凯的歌剧。给你半个钟头准备,去戏院的路上咱们还可以先到玛齐尼饭店吃顿晚饭。"

恐怖谷
KONGBUGU

恐怖谷

伯尔斯通庄园的惨案

警 告

"我反而这样认为……"我说。

"我应该这样做。"福尔摩斯急躁地说。

我一向自认为是一个极宽容大度的人,可是,我不得不承认,他这样不礼貌且不屑地打断我的话,的确使我感到不甚愉快。因此,我严肃认真地说:"福尔摩斯,说句实话,你有时真的不近情理,让人难堪。"

他正全神贯注地思考,并没有马上理会我的抗议。他一只手支着下巴,面前是一动未动的早点,两眼若有所思地盯着刚刚从信封中抽出来的那张纸,然后拿起信封,在灯前仔仔细细地研究它的表面和封口。

"这是勃洛克的笔迹,"他沉思着说,"尽管我以前只见过两次勃洛克的笔迹,但我仍坚信这小条肯定是他写的。希腊字母 ε 上端被写成花体,只有他会这样写。但是,这要真是勃洛克写的,那一定是发生极其重要的事了。"无疑他是在喃喃自语,可是这些话却勾起了我的好奇与兴趣,使我将不满瞬间抛诸脑后。"那么,勃洛克是谁呢?"

"华生,勃洛克不是真名;它只不过是一个人的存在符号罢了;可是隐藏在它背后的却是一个狡诈阴险、捉摸不透的家伙。在上一封信里,他直截了当地告诉我,勃洛克并不是他的名字,并且公然向我指出,在这大都会中去追踪他无疑是大海捞针。勃洛克的重要性在于他结交了一个大人物。你想想看,一条鲭鱼和一条鲨鱼,一只豺狼和一头狮子——总之,一个本身平凡无奇的东西,一旦和一个穷凶极恶的怪物联合起来会怎样呢?何况那个怪物具有极大的危险性。华生,依我看,他就是这样一个怪物,你听没听说那个莫里亚蒂教授?"

"那是个手段极其高明的罪犯,在贼党中的名声就像……"

"不要说外行话,华生。"福尔摩斯不赞成地嘟囔着。

"我是想说,犹如普通人一样平淡无奇。"

"妙!你真是十分机灵!"福尔摩斯大声说道,"真没想到你也挺富有狡黠的幽默感呢。华生,看来我得小心点儿呢。但是把莫里亚蒂叫做罪犯,你似乎是在诽谤——这正是奥妙所在!他是天底下最大的阴谋家,是一切罪恶的幕后黑手,是黑社会的头领,一个足以左右民族命运的智囊!他就是一个这样的人。可是他表现出来的却是风度翩翩、乐善好施而又谦恭有礼,使人们对他敬佩无比,对他的赞誉之声充斥各地。因此,你刚刚的那几句话,足以使他告到你用一年的薪水去赔偿他的名誉损失。他不就是《小行星力学》这部有名的书的作者吗?这部书在科学界有其权威性。这样的人是可诽谤的吗?信口开河的医生和被人诽谤的教授——这就是你们两人将分别得到的称号。他可真是个天才,华生。可是,只要那些爪牙们弄不死我,我们终究会得胜的。"

"我希望能看到那一天。"我真诚地欢呼着,"如果你刚才提到勃洛克……""噢,不错,这个勃洛克是整个链条中比较关键的一环,他离那个庞然大物比较近。但勃洛克并不是十分坚固的一环——这只是你我之间这么说罢了。就我所预料到的来说,他是这个链条中的致命弱点。"

"如果一环薄弱,全局又怎能无懈可击呢?""太对了,亲爱的华生。因此,勃洛克就是我们破案的关键了。他还起码有点正义感,而且我曾经暗地里送给他几张十镑的钞票,在这些恰到好处的奖励下,他有一两次事先给我送来了有用的情报,它的价值在于它能使我预防罪行的发生,而不是在事情发生后才去惩办罪犯。我确定,如果现在有密码对照,我感到这还是那种有价值的信。"福尔摩斯把信平摊在空盘子上,我起身走到他身后,低头注视着那些稀奇古怪的文字,它们是这样排列的:

534　C2　13　127　36　31　4　17　21　41
DOUGLAS　109　293　5　37　BIRLSTONE
26　BIRLSTONE　9　47　171

"福尔摩斯,你能从这些字中获得什么信息呢?"

"显而易见,这是想用来传递秘密消息的。"

"可是没有密码本,这密码信又有什么用呢?"

"在这种情况下,是没有一点儿用处的。"

"'在这种情况下'是什么意思?"

"因为许多密码在我看来,就像报纸通告栏里的内容一样简单易懂。当人

恐怖谷

的智力面对一些简单的东西时,让人感到的只是有趣而不是厌倦。但这次不同往常,很明显它指的是某本书中某页上的某些词。要是我不知道是哪本书的哪一页,那我就无能为力了。"

"那么,道格拉斯(DOUGLAS)和伯尔斯通(BIRLSTONE)两个词又代表什么呢?""自然是因为这本书上找不到这两个词。""那他为什么不指出是哪本书呢?""亲爱的华生,如果你是机智而狡黠的人,你就不会把密码信和密码本放在同一信封里。因为信件一旦投递错了,那就彻底失败了。但像这样做,只能在两封信都出错的情况下,才能出乱子。我们的第二封信现在该到了,如果这封信不是向我们做出解释的,那会使我感到奇怪的。"果然不出福尔摩斯所料,几分钟后,仆人比利进来了,送来了我们所期待的那封信。

"是同一个人写的,"福尔摩斯打开信封时说道,"竟然有落款,"当他打开信笺的时候,兴高采烈地接着说,"喂,先生,咱们有进展了。"可是他读完信后,双眉紧蹙,面部表情变得凝重起来。"哎呀,华生,看来我们会失望了。但愿上帝保佑这个勃洛克不会有危险。"

亲爱的福尔摩斯先生:

  这件事我必须停止了。太危险了,他怀疑我了,我看得出来。我把通信地址写完,打算把密码索引送给你时,没想到他竟突然来了。多亏我把它盖住了。如果他看到了,我就有大麻烦了。但我已经看到他怀疑的目光。请烧掉上次寄去的密码信,那封信现在对你毫无用处了。

弗莱德·勃洛克

福尔摩斯坐在那儿,不停地用手摆弄着这封信,紧锁眉头,凝视着壁炉。"也许这只是他的作贼心虚。他自认为是贼党中的叛徒,所以惧怕那个人的眼神。"福尔摩斯终于说道。

"据我猜想,那个人应该是莫里亚蒂教授吧?""没错!对于他们那伙人来说,只要提到'他',都知道是谁。他们全部听命于'他'。""可是他还能怎样呢?""哼,这倒是个大问题。试想,当一个有黑社会撑腰的欧洲第一流智囊与你作对时,还有什么是不可能发生的呢?现在请你把信纸上的笔迹和信封上的比较一下,你会发现,咱们亲爱的勃洛克显然是被吓坏了。这种差别告诉我们,

信封上的字是那个人突然来访前写的,所以清楚而有力;可是信纸上的字显然是慌乱时匆忙涂上去的,所以会潦草得难以辨认。""我要是他,索性放下不管就是了,又何必写这封信呢?""如果他这样做,我会去追问他,他反而会更麻烦。""对,"我说,"那是自然的,"我拿起那封密码信,皱着眉头仔细看着,"重大秘密就在眼前,可就是无法揭开这层面纱,这简直要把人逼疯了!"

歇洛克·福尔摩斯推开一口未动的早餐,点着了他冷静思考时的伙伴——那只烟斗。"我感觉非常奇怪,"他仰靠在椅背上,凝望着天花板,说道,"也许你那非凡的才智,遗漏了一些东西。我们应该用一种单纯思维来考虑这一问题。对这个人而言,密码本是一本书。咱们就从这点入手吧。""这是一点没把握的出发点啊。""那么咱们把范围缩小一点吧。当我全神贯注去剖析它时,这件事似乎变得简单了。至于这本书,它是否已给我们提供了一丝可供参考的线索呢?""根本没有。""嗯,嗯,未必就毫无希望。这封密码信,开始是一个大'534',我们可以假设它是密码出处的页数。那么这本书一定是一本很厚的书,这我们也算有所进展。关于这本厚书的种类,还有其他迹象可寻吗?第二个符号是'C2',这是什么意思呢,华生?"

"应该是说第二章了。"

"不见得,华生。我相信你会同意我的看法的:既然有了页码就不需章数了。再说,如果五百三十四页是第二章,那第一章未免太长了。""代表第几栏!"我喊道。"真高明,华生,你今天简直是才华横溢。如果它不是第几栏,那我可就真的误入歧途了。我们想象这本厚书是分两栏排印的,因为有一个词的标数是二百九十三,所以每一栏一定很长。现在我们的推理是否到头了呢?""恐怕是的。""不要小看你自己,亲爱的华生,运用你的智慧再动动你的脑筋!如果这本书是一本少见的书,他一定早已寄给我了。在他被发觉以前,他并没有寄给我书,只试图写信告诉我线索。他在信中是这样说的。这就足以表明,这本书是不难找到的,是人人都会有的一本普通的书。""这番话听起来比较有理。"

"现在我们已经把目标锁定在一本厚书上了。书分两栏排印,并且是一本常用的书。"

"圣经!"我兴奋地大声说道。"好,华生,很好!可是,如果你不见怪,我认为还不是十分准确。首先,这本书一定是莫里亚蒂党徒手中常用的书;再者,《圣经》有那么多版本,要两个版本页码都相同是不太可能的。这本书

恐怖谷

显然是版本统一的书。他确定他书上的五百三十四页就是我这本书的五百三十四页。""可是这样的书太少了。""没错,这正是关键所在。我们查找的范围又大大缩小了——那是版本统一而又人手一本的书。""肖伯纳的作品!""华生,问题还是存在的。肖伯纳的著作简练明确,所以词汇量不大。他的词汇不太容易用来传递一般消息,所以其著作可以被排除。同理,字典也不太适合。此外还有什么书籍呢?""年鉴!""太好了,华生!我敢肯定这次你切中要害了,就是一本年鉴!我们必须仔细考虑一下惠特克年鉴的条件。这是本十分常见的书。它有足够多的页数,分两栏排印,如果我没记错,它开始词汇简洁,但快到结尾时却罗嗦极了。"福尔摩斯从写字台上拿起这本书来,"第五百三十四页,第二栏,是很长的一栏,是谈英属印度的贸易和资源问题的。华生,请你把这些字记下来!第十三个字是'马拉塔',天啊,这真是一个不太吉利的开始。第一百二十个词是'政府',虽然这个词似乎和我们以及莫里亚蒂教授都没有太大关系,但还勉强可以。现在我们试试下一个,这个政府究竟怎样呢?天呀,竟然是'猪鬃'。亲爱的华生,这下全完了,咱们彻底失败了!"

他脱口而出的虽然是开玩笑的语气,可是他那双不断抖动的浓眉却泄露了他内心极大的失望和恼火。我也闷闷不乐地坐在那儿,浑身无力地呆望着炉火。忽然间,福尔摩斯的一声欢呼打破了令人窒息的沉默。他奔向书橱,从里面拿出第二本黄色封面的书来。

"华生,看来我们太爱赶时髦了!"他大声说道,"咱们追求时髦,所以受到应得的惩罚。今天是一月七号,我们新买了这本年鉴,而勃洛克那封信的蓝本很可能是一本旧年鉴。如果他能把信写完,他一定会说明这一点的。现在我们看看第五百三十四页都讲了些什么。第十三个词是'There',看来有希望!第一百二十七个字是'is'-'There is'(两个词连起来,是'有'的意思——译者),"在数字的时候,福尔摩斯兴奋得两眼发光,细长的手指因激动而不住地颤抖。"'danger'('危险'——译者),哈!哈!好极了!华生,把它记下来。'There is danger-may-come-very-soon-one'('危险即将降临到某人身上'——译者),接下去是'Douglas')'道格拉斯'——译者)这是个人名,接着是'rich-country-now-at-Birlstone-House-Birlstone – confidence – is – pressing'。('确信有危险即将降临到一个富有乡绅道格拉斯身上,此人现住在伯尔斯通村伯尔斯通庄园,十万火急'——译者)。你看,华生!你觉得纯推理的成就如何?如果可能的话,我真想去买一顶桂冠。"

恐怖谷

一面听着福尔摩斯破译的密码,一面把它草草记在纸上的我不禁全神贯注地凝视着这些奇怪的词句。

"他这种表达方法太古怪牵强了。"我说道。"正相反,他干得简直太妙了,"福尔摩斯说道,"你很难在一栏文字里找到你需要的能表达你意思的每一个词,所以你只能留下一些线索,让收信人用他的智慧去解谜。这封信已清楚地告诉找们,噩运就要降临在一个叫道格拉斯的人的身上了。无论这个人是谁,信上说他是一个富乡绅。他确信——他找不到'Confident'('确信')这个词,只能找到与它相近的字'Confidence'('信任')来代替——事情已经到了火烧眉毛的时候了。这就是我们的成就——看起来还是非常像样的分析工作。"

福尔摩斯好像一个真正的艺术家那样,即使在他对自己没有达到预定目标而暗自失望的时候,他还是能用一种客观欣喜的眼光看待自己较好的工作成果。当比利推开门,把苏格兰场的警官麦克唐纳领进屋来的时候,福尔摩斯还在为自己刚取得的成绩而兴奋呢。

在十八世纪八十年代末的时候,亚力克·麦克唐纳还没有蜚声全国。那时,他负责的案子办得都十分出色,作为一名青年,这样的成绩无疑是骄人的。因此,他在侦探界早已成为深受信赖的一员了。他外表高大健壮,体内仿佛蕴涵着一种无穷的力量正蓄势待发。他突出的额头和那双深邃有神的眼睛,向人们展示了他敏锐的洞察力。当他眼中闪烁着机智的光芒时,那两道浓眉也显得更加有个性。他是一个有着棱角分明的脸庞、性格倔强又充满智慧的人。他有着浓重的阿伯丁港的口音。

迄今为止,福尔摩斯已经成功地协助他办了两起案子,而福尔摩斯唯一在乎的,只是自己在解决难题的过程中所享受到的运用智慧的快乐。因此,麦克唐纳对这位天才的业余侦探怀着热爱而尊敬的心情,这使他每次遇到难题的时候,都会诚心诚意地来向福尔摩斯请教。平庸的人往往认为自己最高明,只有真正有才能的人才明白"人外有人"。麦克唐纳很有才能,他明白请教福尔摩斯并不是贬低自己。众所周知,在欧洲,无论是才能还是经验,福尔摩斯都是首屈一指的。尽管福尔摩斯不善交际,但他每次见到麦克唐纳,总是面带微笑,这足以证明他并不讨厌这个苏格兰人,甚至可以说是带有一丝欣赏和肯定的。

"你今天真早,亚力克先生,"福尔摩斯说,"我衷心希望你顺利,但恐怕是

又有什么案子让你头疼了吧?""福尔摩斯先生,我想,如果你说的是'希望',好像比'担心'更近情理些。"这个警官会意地微笑着回答,"好,喝口酒可以使身子暖和一些。谢谢,我不抽烟。我必须赶路了,在案子发生后第一时间赶到现场是最有价值的,这一点你最清楚了,但……"警官突然停下来,难以置信地瞪着桌上我草草记下密码信的那页纸。

"道格拉斯!"他结结巴巴地说,"伯尔斯通!这是怎么回事,福尔摩斯先生?哎呀,简直太神奇了!你是怎么搞到这两个名字的?""这是今早华生医生和我偶然破译的一封密码信。怎么,这两个名字有什么不对吗?"警官茫然不知所措,瞠目结舌地看看我,又看看福尔摩斯。"是这样,"他说,"今天早晨,伯尔斯通庄园的道格拉斯先生被谋杀了!"

恐怖谷

福尔摩斯的论述

福尔摩斯一定是为这种富有戏剧性的时刻而生的。如果说这个消息能让他吃惊或激动,未免有些言过其实。尽管他不残忍,但长期的过度兴奋使他变得冷漠,然而,这只是指他的感情,他依然保持着理智而敏锐的洞察力。这个简短的消息使我感到万分恐惧,可是福尔摩斯的脸上却显得沉着而冷静,就像一个化学家看着一项正在进行的试验一样。

"太意外了!"他说。

"看来这倒是在你意料之中呢!"

"亲爱的亚力克,这只是吸引了我的注意力,但绝不会让我吃惊。我为什么要吃惊呢?我只是从某处接到一封十分重要的匿名信,它警告我说某个人可能要遭遇危险。可是,一小时之内,我获悉那个人已经死了,既然危险已不能避免,它就只能引起我的注意而不会让我吃惊。"他大略地向警官叙述了一遍这封信的密码来由。麦克唐纳坐在那里,双手托着下巴,两道浓眉纠结成一团。"原来我打算今早去伯尔斯通的,"麦克唐纳说,"我之所以来就是想问一下你们是否想和我一起去。不过,现在看来,呆在伦敦似乎是更好的办法。"

"我倒不这样认为。"福尔摩斯说。"真是活见鬼,福尔摩斯先生!"警官忍不住大声喊道,"一两天内,'伯尔斯通之谜'就刊载在各大报纸上了。可是在案件发生之前就有人在伦敦预料到了,又怎能称之为谜呢?只要我们能捉住这个人,一切不就水落石出了吗?""这是自然,可是麦克唐纳先生,你是否已经想好了如何让这个所谓的勃洛克落网呢?"

麦克唐纳把福尔摩斯递给他的那封信翻过来说:"嗯,是从肯波威尔寄来的,但并没有什么意义。名字还是假的,自然对我们不会有任何帮助。对了,你不是说你曾给他送过钱吗?""送过两次。""怎样给他的?""把钱寄到肯波威尔邮局。""难道你没有去留意是谁来取钱吗?""没有。"显然警官对此十分不理解,他诧异地问:"为什么?""这是信用问题。他第一次写信给我时,我曾经许诺不去追查他的行踪。""你认为他是受人指使的吗?""是的。""就

福尔摩斯探案全集

是你对我提过的那位教授吗?""正是。"

警官麦克唐纳微微一笑,他瞥了我一眼,眼皮不停地眨动着:"毫不相瞒,福尔摩斯先生,我们调查部认为你对这位教授有些偏见。我已亲自调查过这件事,他绝对是一个令人敬佩的、学问渊博的人!""我很高兴你们竟赏识起这位天才来了。""老兄,人们无法不佩服他啊!在我听到你的看法以后,我就决心去看看他。我想不起来当时为什么我们会谈到日蚀这个问题。他那时拿出一个反光灯和一个地球仪,一下子就把原理说得简单易懂了。他借给了我一本书,不怕你笑话,虽然我受过很好的教育,但仍是不太能看懂。他面容瘦削,头发灰白,说话时神态严肃,简直就像一位极为虔诚的牧师。在我们分手的时候,他把手放在我肩上,那感觉就像父亲送给你最真挚的祝福一样。"

福尔摩斯格格地笑着,一边搓手,一边说道:"好极了!好极了!麦克唐纳,我的朋友,如果我没猜错,这次极富兴致、感人至深的会见大概是在教授的书屋进行的吧?""是这样。""一个很精致的房间,对吧?""非常精致——可以说是华丽,福尔摩斯先生。""你是坐在他写字台对面吗?""正是如此。""太阳照着你的眼睛,而他的脸则在暗处,是不是?""嗯,那是晚上,可是我记得当时灯光照着我的脸。""当然了。不知你是否留意在教授座位上方的墙上挂着一幅画?""我没错过任何地方,福尔摩斯先生。我想这是我跟你学到的本领之一。那张画的主角是一名年轻的女子,以手托腮,斜睨着人。那是让·巴普蒂斯特·格罗兹的油画。"麦克唐纳努力装着很感兴趣的样子。

"让·巴普蒂斯特·格罗兹,"福尔摩斯双手指尖相抵,身子向后靠在椅背上,喃喃说道,"他是一位法国著名画家,在十八世纪中后期可以说是名声响亮,当然这只是指他的画。和他同时代的人中格罗兹声誉很高,但现在似乎比以前还要高些。"警官显然是被弄糊涂了,他茫然不解地问:"我们是不是应该……""没错,我们不正在讨论这件事情吗?"福尔摩斯打断他的话,"我所说的事与伯尔斯通之谜有着直接且极为重要的关系,甚至可以说是揭开谜底的关键所在。"

麦克唐纳求助似地望着我,勉强地笑着说:"可是,福尔摩斯先生,你的思维跳跃跨度是否太大了呢?这中间似乎少了两个环节,这使我有些摸不着头脑——这个已死的画家究竟会与这件案子有何关系呢?""对于侦探来说,一切

恐怖谷

知识都是破案的法宝。"福尔摩斯指出,"一八六五年,格罗兹一幅名为'牧羊少女'的油画在拍卖时,以一百二十万法郎——合四万以上英镑的价格成交。虽然这是一件小事,但足以让你深入地思考一番。"警官正在洗耳恭听,显然,这番话已引起了他的思考。

"应该值得你注意的是,"福尔摩斯继续说下去,"从几本可靠的参考书来看,一名教授的薪水每年七百镑。""那么他根本就买不起。""对啊,他是不可能买得起的。""嗯,这是值得关注的,"警官若有所思地说,"请你接着讲下去吧,福尔摩斯先生,你所说的简直是太吸引人了。"

福尔摩斯笑了笑。他像一个真正的艺术家,当别人发自内心地钦佩赞扬他时,他总是感到无比温暖。他这时问道:"到伯尔斯通去的事呢?""还有时间呢,"警官瞅了一下表说,"我有一辆马车等在门口,到维多利亚车站连二十分钟都用不了。可是讲到这幅画,我记得你跟我说过你从未见过莫里亚蒂教授。""对,我从未见过他。""那你怎么知道他房间里的情形呢?""啊,是这样的。我去过他房中三次,有两次用不同借口等候他,在他回来之前,就离开了。至于第三次嘛,真不方便对你这个官方侦探讲。那是最后一次,我私自大略检查了一下他的文件,有了意想不到的结果。""你发现了什么可疑的东西吗?""什么也没有,这正是出乎我意料的原因。无论如何,你现在已经知道这幅画能证明什么了。它说明莫里亚蒂是一个非常有钱的人。他如何搞到这些财富的呢?他还没有结婚,他的弟弟不过是英格兰西部一个车站的站长。教授的年薪是七百镑,但他却拥有一张格罗兹的油画。""嗯?""这样一推论,自然就明白了。""你的意思是说他通过许多非法收入来聚敛起自己的庞大财富吗?"

"对,当然也还有许多蛛丝马迹,都似乎通向整张网的中心,而这个毒虫却安安静静地在那里潜伏着。我只需提到一个格罗兹,因为其他的你已经亲眼见到了。""是的,福尔摩斯先生,对你刚才所说的我承认非常有趣,甚至是太奇妙了。不过,如果你能把意思再明确一下就更好了——他从哪儿赚到那么多钱?造假币,还是盗窃?""你看过关于乔森·怀德的故事吗?""嗯,好像有点印象。他是一本小说里的人物吧!我向来不大喜欢小说里的侦探。他们总是不让读者知道他们办案的方法和原因。在我看来,那只能算是运气,而不是真正的办案。"

恐怖谷

"乔森·怀德既不是侦探,也不是小说中的人物。他是现实生活中的人,只不过他生在上个世纪,大概一七五〇年,是一名罪犯头子。""我是一个切合实际的人。所以,他对我没有什么帮助。"

"麦克先生,你现在最实际的事就是应该闭门读书三个月,每天读十二个小时犯罪史。任何事物都是循环往复的——包括莫里亚蒂教授在内。乔森·怀德是伦敦犯罪集团的幕后首脑,他依靠狡诈的头脑和组织势力从中收取百分之十五的佣金。时代的车轮在转,同一根辐条必会转回来。所以,过去发生的事,将来也会发生。对于莫里亚蒂的事,我想你会感兴趣的。""你讲的都是我的兴趣所在。"

"我偶然发现这条锁链中的第一个环节——锁链连接着一个罪孽深重的人物和上百个打手、扒手、诈骗犯以及坑蒙拐骗的赌棍等一些小角色,这中间自然还夹杂着一些五花八门的罪行。给他们当参谋的是塞巴斯汀·莫伦上校,可是国法对这位'军师'和莫里亚蒂本人却毫无办法。你想知道莫里亚蒂给他多少钱吗?""我很感兴趣。"

"一年六千镑,这是他费尽心机的代价,这是美国的商业原则。我是在一个很偶然的情况下了解到这一详情的。这比一个首相的收入还要多。通过这一点我们就可以想象莫里亚蒂究竟有多少财产以及他从事的阴谋有多大了。另外一点:我搜集了一些莫里亚蒂一些用来支付家庭开支的看似正常的普通支票,这些支票是从六家不同的银行支取的,这会使你想到些什么呢?""当然,非常奇怪,可是你得出什么结论呢?"

"他不愿让别人知道他有多少钱,更不愿成为别人的话题。我坚信他开了至少二十个银行账户。他的大部分财产很可能存在国外德意志银行或者是利翁内信贷银行。以后当你能有一两年空闲时间的时候,莫里亚蒂绝对值得你好好研究一下。"麦克唐纳兴趣浓厚地听出了神,看来这番话给他留下了极为深刻的印象。现在他那种讲究实际的苏格兰人性格又使他马上转回到当前的案子上来。

"无论如何,他当然可以存在任何一家银行的,"麦克唐纳说,"你这些饶有兴味的轶闻,害得我都离题了。福尔摩斯先生,真正重要的是你所说的:正如你从勃洛克的那封信中了解到的,这个教授似乎和这个案子有点儿关系。我们能结合这个案子再前进一步吗?"

"我们不妨推测一下犯罪动机。根据所了解的情况来看,这件凶杀案似乎

福尔摩斯探案全集

有些莫名其妙。现在,假定犯罪的起因正像我们所怀疑的那样,也许有两种不同的动机。首先,我可以告诉你,莫里亚蒂用铁的纪律来统治他的手下。在他的纪律中,背叛的唯一下场就是死亡。我们可以假想道格拉斯曾背叛过他,而他即将到来的厄运却被另一个手下——勃洛克知道了。继之而来的就是对他的惩戒,而且这个惩戒也就会被所有的人都知道——这只是让他的部下更深刻感受死亡的恐惧。""好!这是一种看法,福尔摩斯先生。""另一种看法就是惨案是按照凶杀的一般手段由莫里亚蒂一手策划。那里是否遭到抢劫?""这好像没有。""如果这样,那么第二种假设就比较接近实际,可能性也大些。莫里亚蒂可能是在参与分赃的条件下参加策划的。再者就是有人不惜用重金叫他谋划这一罪恶勾当。两种假设都有可能。但是,不管是前者还是后者或者还有什么第三种原因,咱们也必须去伯尔斯通寻找蛛丝马迹。这个人对我来说太熟悉了,他绝不会留下任何把柄来让咱们有迹可寻。"

"看来,咱们非要去伯尔斯通不可了!"麦克唐纳从椅子上跳起来,大声说道,"哎呀!现在已经太晚了。先生们,我只能给你们五分钟时间准备,就这样吧。""这对我们来说已经足够了。"福尔摩斯跳起来,一边快速脱下睡衣换上外套,一边说,"等我们上路后,请你尽可能详尽地把一切情况告诉我。"

"一切情况"少得令人失望,但它却足以使我们更加重视这个案子,摆在我们面前的无疑是值得一位专家关注的一道难题。当福尔摩斯倾听那少得可怜但却极其重要的细节时,他面露喜色,两只瘦长的手不住地搓弄着。漫长而无聊的"蛰伏期"终于熬过去了,眼下英雄终于有了用武之地,当天才们的头脑不能被善加利用时,连它们的主人也会感到厌倦,再灵敏的机器若不经常运转也会生锈的。

歇洛克·福尔摩斯遇到了他感兴趣的案子,他的两眼由于期待和兴奋泛着光彩,苍白的双颊微现红晕,急于探求真相的面庞神采奕奕。他坐在车上,上身前倾,全神贯注地倾听麦克唐纳介绍这个案子的主要情况,而这个案子正等着他到苏塞克斯去解决呢。警官向我们解释说,他是根据清晨送牛奶的火车带给他的一份简略的报告讲的。地方官怀特·梅森是他的好友,在需要他们帮助的时候,麦克唐纳的消息要比苏格兰场来得快得多。这种比较棘手的无头公案,一般需要大城市的专家来解决。

亲爱的麦克唐纳警官(他念给我们的信上这样说):

恐怖谷

　　这信是写给你个人的，另有公文送到警署。请打电报通知我你到达的时间及车次，以便我去迎候。如果我脱不开身，也会派人去接。这件案子十分重要，请你务必火速赶来。如果你能和福尔摩斯先生一同前来，那是再好不过了。他会对此十分感兴趣的。如果不是其中有一个死人，我们就会以为全部案子会戏剧性地解决了呢。哎呀，好一个不寻常的案子啊！

"你的朋友似乎并不笨。"福尔摩斯说道。

"是的，先生，在我看来，怀特·梅森是个不知疲倦的人。"

"好，你还有话要说吗？"

"咱们遇到他后，就会知道全部详情了。"

"那么，你是如何知道这桩凶杀案的？"

"那是信后附的正式报告上说的。报告上没有用'惨遭'这两个字，因为它不是一个公认的正式术语，只是说死者叫杰克·道格拉斯，因被火枪击中头部而死；案发的时间是昨晚午夜时分；还说这案件很明显是一桩谋杀案，不过还没有拘捕任何人。这起案件十分复杂离奇。福尔摩斯先生，这就是目前我们所知道的全部情况。"

"那么，麦克先生，如果可以的话，我们就谈到这里。证据不足就妄下结论，对破案工作有百害而无一利。当前浮出水面的只是伦敦的一个大智囊和苏塞克斯的死者，我们下一步要做的正是查清这两者之间的关系。"

伯尔斯通的悲剧

现在,请允许我先向您描述一下我们到达案发地点以前所发生的事情(这是我们事后知道的),至于那些无关紧要的人物暂时先放在一边。

伯尔斯通位于苏塞克斯郡北部边缘地区的一个小村庄,这里沿袭着几百年的传统——由砖木混合搭建的房屋,但近年来由于环境优越,一些富户陆续移居此地,他们的别墅在丛林中若隐若现。当地人认为这些丛林是维尔德大森林的边缘,大森林伸展到北部白垩丘陵地,变得越来越稀疏了。随着人口的不断增加,一些辅助性设施也相应开设起来,因此小镇的前景一片光明。伯尔斯通很快会从一个古老的小村落发展成一个现代化城镇。伯尔斯通是一个相当大的农村地区的中心,因为由此向东到肯特郡边区大约十里左右,有一个市镇滕布里奇威尔斯。

距村镇半英里左右,有一座以高大的山毛榉树而闻名的古老园林——伯尔斯通庄园。这个年代久远的古堡一部分兴建于第一次十字军东征时代,当时休葛·戴·坎波斯在钦赐的庄园中心建立起一座小型的城堡。这座城堡在一五四三年毁于火灾。直到詹姆士一世时代,才在这座封建城堡的废墟上又建起一座砖瓦房,甚至连旧城堡四角被熏黑的基石也被利用上了。

庄园的建筑有许多山墙和菱形小格玻璃窗,仍保持着十七世纪初始建时的面貌。用于护卫城堡的两道护城河,外河因干涸已被辟为菜园。那道内河却依然存在,尽管现在只剩下几英尺深了,宽度却还有四十英尺,环绕着整个庄园。由于有一条蜿蜒不绝的小河流经这里,因此也算是流水不腐。庄园大楼底层的窗户离水面还不到一英尺。

进入庄园的必经之路是一座吊桥。吊桥的铁链和绞盘早已生锈、毁坏。但是,这座庄园的新主人竟奇迹般地将它修复得完好如初,使吊桥可以正常地晚上吊起,早晨放下。仿佛回到了旧时的封建时代,一到晚上,整个庄园就变成了一座孤岛——这一点和即将轰动整个英国的这一案件有直接的关系。

这所房子已荒废多年了,道格拉斯买下它的时候,已有随时坍塌的危险了。这个家庭只有两口人,就是杰克·道格拉斯和他的夫人。从各方面来说,

恐怖谷

道格拉斯都是一个不平凡的人。他大概五十岁左右，大大的下巴，面容粗犷，留着灰白的小胡子，瘦长而结实的身材，尤其是他那双透着智慧的灰眼睛，显示着他的机智敏锐不减当年。他总是喜气洋洋，和蔼可亲。但从他有点不拘礼节的举止行为中，似乎可以看出他曾经历过远远低于目前社会阶层的生活。

然而，尽管那些颇有教养的邻居们对他颇感好奇和谨慎，但由于他对当地的一切福利事业极为热心，并且十分积极地参加当地人举办的各种集会，再加上他拥有一副圆润男高音的嘹亮歌喉，而且常常喜欢满足大家的要求给人们高歌一曲，所以道格拉斯很快便在村民中树立起威信。他看起来很富有，据说是从加利福尼亚州的金矿赚来的。通过和他及其夫人的谈话，人们可以获悉道格拉斯曾在美国生活过。

由于道格拉斯为人豪爽，喜好结交朋友，所以他的人缘非常好，而他那临危不惧、冷静自若的精神状态更使他的声望与日俱增。尽管他的骑术不是很高明，但每次的狩猎集会他都应邀参加，而且以惊人的毅力与别人竞争，靠着自己的决心，他不但坚持下来，竟也不落人后。有一次教区牧师的住宅起火，在本地的消防队宣告无法扑救之后，他仍义无反顾地冲进火窟，无所畏惧地抢救财物，从而名声显露。因此，杰克·道格拉斯虽然初来乍到，却已无人不知了。

他的夫人也赢得了当地人的爱戴。按照英国人的习惯，一个客居他乡的外来人，如果未经介绍，不会有人主动去拜访。但她是一个性格孤僻的人，所以这对她并没有太大影响。而且，她专注于照顾丈夫和料理家务。据传她是英国人，在伦敦与丧偶不久的道格拉斯相逢。高高的身材，性感的肤色，轻盈的体态，处处显出她是一名美丽的女子。两人之间二十岁的差距似乎并未影响他们的幸福。

然而，有些知道内情的人说，他们之间也存在一些猜疑，因为道格拉斯夫人对她丈夫过去的生活可以说是知之甚少。少数心思缜密的人发现，每逢道格拉斯过晚回家，道格拉斯夫人就坐立不安，有些神经紧张。偏僻的乡村似乎是流言蜚语的最佳导体，庄园主夫人这一举动自然是最佳话题，而此事发生后，更成为人们议论的话题，因此就与众不同了。

还有一个人，说实话，他只是这里的一名客人，但由于案件发生时他也在场，因此在人们的言谈中，他的名字就特别显眼了。这个人名叫塞西尔·詹姆斯·巴克，是汉普斯特德郡黑尔斯洛基市人。

福尔摩斯探案全集

在这里谁都认识塞西尔·巴克，因为他是庄园的常客，而且还颇受欢迎。塞西尔·巴克是唯一了解道格拉斯底细的人。巴克本人是个英国人，但是据他自己说，他和道格拉斯是在美洲认识的，而且十分明确的是，在那里两人的关系就已经很密切了。据说巴克是一个拥有大量财产的单身汉。

他最多四十五岁，要比道格拉斯年轻许多，身材高大笔直，膀大腰圆，脸刮得十分干净，脸形像一个职业拳击家，浓重的黑眉毛，一双目光逼人的黑眼睛，不需别人的协助，就能从敌人中杀出一条血路来。他既不喜欢骑马，也不喜欢狩猎，但却喜欢叼着烟斗，沿着古老的村子转来转去，要不就与主人一起，主人不在时就与女主人一起，驾车出游欣赏乡村美景，以此来度过闲暇时光。

"他是一个性情随和、慷慨大方的绅士，"管家艾姆斯说，"但是，哎呀！我从不敢顶撞他！"巴克与道格拉斯非常亲密，与道格拉斯夫人也一样友爱——可是道格拉斯对这种友谊似乎十分恼怒，甚至连仆人们也不止一次地觉察到了。他是祸事发生时，这个家庭中的第三个人物。

老宅子里还有另一些居民，但只要了解一下艾姆斯和艾伦太太就够了——大管家艾姆斯是个严谨、勤劳而又彬彬有礼的人；而艾伦太太则是个健康而快乐的人，她协助女主人管理日常家务。宅中其余六个仆人就和一月六日晚上的事件一点关系也没有了。

夜里十一点四十五分时，当地小小的警察所就接到了第一次报警。这个警察所由来自苏塞克斯保安队的威尔逊警官主管。塞西尔·巴克不能控制地冲向警察所的门，拼命敲响警钟。他上气不接下气地报告："庄园里发生了惨案，杰克·道格拉斯被人杀害了。"他匆忙赶回庄园，过了一会儿——大约十二点多一点儿，警官在向上级紧急报告发生凶案后也赶到了犯罪现场。

警官到达庄园时，发现吊桥已经放下，城堡内灯火通明，从天而降的灾难使全家陷入了极大的悲痛和无措的混乱中。面色苍白的仆人们彼此紧挨着站在大厅里，受惊过度的管家只知道僵立在门口，无意识地搓着双手，看着颇为镇静的巴克打开门领警官进来。这时，本村热心且医术高超的医生伍德也赶到了。三个人一起走进令人感到悲痛的房间，回过神的管家也紧随而来，并随手关上门，以免女仆们被可怕的场面吓着。

死者仰面倒在屋子中央，四肢摊开，身上穿一件桃红色晨衣，里面是睡衣，脚穿毡拖鞋。医生跪在他旁边，把桌上的油灯拿了下来。只需一眼，医

恐怖谷

生就已明白,受害者已经没有希望了。他伤势惨重,胸前横着一件稀奇古怪的武器——一支从扳机往前被锯断了一英尺的火枪。凶手为了使枪具备更大的杀伤力,将两个扳机用铁丝缚在一起以便同时发射。显然,是近距离射击,因为全部火药都轰到脸上,整个头几乎粉碎。

这样性质严重的凶杀案突然摆在乡村警官面前,使他不知所措,没有勇气承担。"在长官没来之前,我们不要破坏现场。"他惊慌失措地凝视着尸身可怕的头颅,说道。"到目前为止,一切均保持原样,"塞西尔·巴克说道,"我发誓,你们所看到的一切和我发现时完全一样。""这事何时发生的?"警官掏出笔记本来问道。

"当时正是十一点半,我还没有上床休息。我听到枪声时,正坐在卧室壁炉旁取暖。枪声并不很响——好像被什么捂住了似的。我急忙冲下楼来,跑到那间屋子时,前后也就半分钟。""那时门开着吗?""是的,门开着。可怜的道格拉斯倒在地上,桌上的蜡烛仍在燃着。"

"你谁也没看见吗?""没有。随后,道格拉斯太太走下楼来,因为怕她看到这种惨象而心生恐惧,我急忙拦着她,不让她进屋,而让艾伦太太扶她上楼。艾姆斯来了,我们又重新回到那屋里。"

"可是我听说吊桥一直都没有放下来。"

"是的,吊桥是吊着的,后来是我把它放下来的。"

"那么凶手怎么可能逃走呢!道格拉斯先生一定是自杀的。"

"我们一开始也是这样想的,不过你看!"巴克拉开窗帘,露出已经完全打开的玻璃长窗,"你再看看这个!"他把灯拿低些,照着窗台上的血迹,像一只长统靴底的印痕,"凶手逃走前曾经站在这里。"

"你认为凶手是蹚过护城河逃走的吗?""不错!""可是,你是在案发后半分钟就赶到屋里来的,凶手必然还在水里。"

"我毫不怀疑这点。可是当时的情况跟刚才一样,窗帘遮住了窗户,我根本就没注意这点。然后我就听到道格拉斯太太的脚步声,我赶紧去阻止她,就把时间耽误了。""实在太可怕了!"医生不忍目睹破碎的头颅和四周的斑斑血迹,说道,"从伯尔斯通火车撞车事件以来,我还没见过这样恐怖的场面呢。""不过,我看,"警官说道,他那迟缓的、乡巴佬似的思路仍不能脱离大敞四开的窗户,"你说有一个人蹚过护城河逃走,这一点是讲得通的。但是值得怀疑的是,既然吊桥已经吊起来了,他是怎么走进来的呢?""啊,问题就

在这里啊。"巴克说道。"吊桥是几点钟吊起来的呢?""六点钟左右。"管家艾姆斯回答道。"我听说,"警官说道,"吊桥通常在日薄西山的时候吊起来,在这个季节,日落应该是在四点半左右,而不会是六点钟。"

"道格拉斯太太请客人们吃茶点,"艾姆斯说道,"客人们全都走后,我才亲手把吊桥吊起来。"

"如此说来,"警官说道,"我们不妨假设有人从外面进来,且是在六点钟之前进来的。他藏在屋里直到十一点以后,道格拉斯先生进来为止。""正是这样!每天晚上道格拉斯先生都要在庄园里巡视一番。他通常都是先察看烛火是否正常然后才去上床睡觉。可是当他来到这间屋子时,那个等着他的人马上向他开枪,然后丢下火枪,越过窗子逃走了。我是这样认为的;除此以外,没有任何其他解释能比这更合情理的了。"

警官从死者身旁地板上发现一张卡片,上面字迹潦草地写着两个姓名开头大写字母"V.V.",下面是数字"341"。

"这是什么?"警官举着卡片问道。巴克好奇地看着卡片。"我从未注意到这个,"巴克说道,"肯定是凶手留下来的。"

"V.V.——341。这到底是什么意思呢?"警官不停地把名片来回翻着,就好像他的头脑在快速运转一样。"V.V.是什么?可能是人名的开头大写字母。医生,你发现了什么?"壁炉前地毯上躺着一把大号的坚固而精致的铁锤。

塞西亚·巴克指了指壁炉台上的铜头钉盒子说道:"昨天道格拉斯先生是用它来换油画的,我亲眼见他把这张画挂在上面的。""我们最好还是让铁锤放在那儿吧,"警官茫然不解,摇着头说道,"看来只有请头脑机敏的伦敦侦探来调查这个案子了。"他举起了灯,缓缓地绕着屋子走着。"喂!"警官突然兴奋地把窗帘拉向一旁,大声说道,"窗帘是几点钟拉上的呢?""在点起灯的时候,"管家回答道,"大概刚过四点钟。"

"我们可以确定,有人曾经藏在这里。"警官又把灯拿低了。在墙角处,有非常明显的长统靴子的泥迹。"我敢肯定,巴克先生,这就完全证实了你的推测。看来,凶手是四点钟以后、六点钟以前赶在吊桥没吊起来的时候溜进屋里,藏到窗帘后面的。他来到这间屋子,这里除了窗帘后面并无其他可藏身的地方,这一切看来十分明显。看样子,他是在盗窃室内财物的时候,被道格拉斯先生撞见,于是他就杀人灭口,然后逃之夭夭。""我也是这样想

恐怖谷

的,"巴克说道,"不过,我说,我们现在是不是应该赶在凶手逃远之前彻底搜查一下村子呢?"

警官想了一下,说道:"早晨六点钟以前没有火车,所以他决不可能乘火车逃走。如果人们在街上看到一个两腿水淋淋的人,一定会印象深刻的。不过在我交班之前,我一定要守在这里。你们在水落石出以前,也是不能走开的。"伍德医生拿起灯,开始仔细地检查尸体。"这是什么记号?"他问道,"这会和案情有关系吗?"

死尸的右臂直到臂肘都是裸露在外面的。大约在前臂中间的地方,有一个奇特的褐色图形标记,圆圈内有一个三角形,灰白的皮肤映衬着痕迹突起的怪标记,显得恐怖而醒目。"这不是纹身,"伍德医生仔细察看着标记说道,"我从未见过像这样的标记。这个人为什么会有像牲口身上的烙印一样的疤痕呢?""我不知道这代表什么,不过近十年间我曾多次看到他臂上的这个标记。"塞西尔·巴克说道。"我也看到过,"管家说道,"每当主人挽起衣袖,我就看到那个标记。我一直不知道那究竟是怎么回事吗?""看来,这个标记并没有什么特殊含义,"警官说,"为什么与这案子有关的每一件事都这么怪。你们能告诉我这究竟是怎么回事吗?"管家指着死者伸出的手,惊呼起来:"他的结婚戒指被拿走了!"他不可置信地惊叫起来。"什么?""是的,我确定!主人左手小指上总戴着纯金结婚戒指,上面再戴着带有天然块金的戒指,中指上戴着盘蛇形戒指。现在其他两枚戒指还在,只有结婚戒指没有了。"

"他说得对。"巴克说道。"你是说他把结婚戒指戴在另一只戒指下面吗?"警官问道。

"一直都是这样。""也就是说,凶手首先要把你说的那个天然块金戒指取下来,再取下结婚戒指,然后再把块金戒指套上去。""应该是这样。"

这位尽忠职守的乡村警官不由得摇摇头,他说:"依我看还是找伦敦方面帮忙吧,愈快愈好。怀特·梅森是一个精明人,当地案件没有怀特·梅森是应付不了的。他马上就要到这里来协助我们了。不怕你们笑话,对于这样的案子,以我的能力是无能为力的,所以我们只能寄希望于伦敦方面能把案子调查到底。"

福尔摩斯探案全集

黑 暗

凌晨三点钟，在接到伯尔斯通警官威尔逊的紧急电报后，苏塞克斯的探长便火速乘坐轻便马车从总部赶来，差点累死一匹马。他通过清晨五点四十分的那趟火车把报告送到了苏格兰场。中午十二点钟他已在伯尔斯通车站迎候我们了。怀特·梅森先生安详文静，穿一件宽大的花呢外套，红润的脸刮得很干净，他那两条微弯却有力的腿支撑着微胖的身体，脚上带绊扣的高筒靴子使他显得更加精神。他看起来像个矮小的庄稼汉，又像个退休的猎场看守人，你说他像哪种人都行，但就是不像一名刑事警官。

"麦克唐纳先生，这真是一件非同寻常的案子。"怀特·梅森不断重复着这句话，"新闻界的人像苍蝇盯着面包一样注意着这件事。我希望在他们把一切弄混乱之前，咱们能把咱们的工作做完。在我的记忆中，还没有遇到过类似的案子呢。福尔摩斯先生，你一定会对某些情况感兴趣的，否则就是我弄错了。华生医生，还有你，因为在我们结束工作之前，是需要医生的意见的。除了韦斯特维尔阿姆兹旅店，已经没有其他可以住的地方了，不过据说房子还不错，也比较干净。仆人会给你们把行李送去的。先生们，随我来，好吗？"

这位苏塞克斯的侦探，显然是非常活跃而又和蔼可亲的人。十分钟后，我们就到了住所，又一个十分钟以后，我们已经坐在小旅店的休息室里，开始讨论案子了。这些我已经在前面交代过了。麦克唐纳有时做些记录，福尔摩斯坐在那里，保持着吃惊和钦佩的面部表情，那专心倾听的样子就像虚心请教的学生一样。

"奇怪！"在听了案情介绍以后，福尔摩斯说，"太奇怪了！这是我碰到的最奇怪的案子了。"

"福尔摩斯先生，我已经料到您会有这种反应，"怀特·梅森非常兴奋地说，"我们在苏塞克斯终于有了机会了。今早三四点左右我拼着老命赶来，我所了解的全部情况都告诉你了。这里根本没有我能马上做的事，因为警官威尔逊已调查得差不多了，早知道我就不这么急地赶来了。不过，对于调查结

果，在经过查对研究后，我还是加了点个人的意见。""你对此有什么看法呢？"福尔摩斯迫不及待地问。

"在伍德医生的帮助下，我先仔细检查了铁锤，但没有发现使用暴力的痕迹。我最初猜测，或许它是道格拉斯先生自卫的武器，那样在把锤子丢到地毯上以前，就会留下痕迹，可是我一无所获。""可是，这并不能说明什么，"警官麦克唐纳说道，"以前有过许多使用铁锤的凶杀案，铁锤上什么痕迹也没有留下啊。""是的，这并不能说明铁锤与此案无关。不过若能发现一些痕迹，那是再好不过了，但事实很让我失望。接着我又检查了一下枪支，这是支大号铅弹火枪。正如警官威尔逊所说，扳机绑在一起，因此只要扣动后面一个扳机，两个枪筒就会一起发射。可以看出，不管是谁使用这一方法，必定是下定决心要置对方于死地。这支断枪不超过二英尺长，可以轻松地藏在大衣里而不被发现。枪上虽没发现制造者的全名，可是我在两支枪间的凹槽上发现了'PEN'这三个字母。名字的其他字母被锯掉了。"

"那个'P'是一个花体的大写字母，而'E'和'N'则相对小一些，对吗？"福尔摩斯问道。"非常对。""这是宾夕法尼亚小型武器制造公司的产品，是美国一家著名的工厂。"福尔摩斯说。怀特·梅森紧盯着他，就好像一个小小的农村开业医生望着哈利街的医疗专家一样，而这个专家可以治疗世上一切的疑难杂症。

"福尔摩斯先生，你所说的对我们太有价值了。奇怪！奇怪！难道你能记住世界上所有军火制造厂的名字吗？"福尔摩斯挥挥手，不想谈这个问题。"这支枪肯定是一支美洲火枪，"怀特·梅森继续说道，"我似乎看到过记载，这种火枪在美洲某些地区使用。先不管枪管上的名字是什么，我认为凶手是一个美国人。"麦克唐纳摇了摇头说道："老兄，你有点儿太超前了。我们根本还没有证据能证明有外人进来呢。"

"这敞开的窗户、窗台上的血迹、奇怪的名片、墙角的长统靴印及这支火枪又怎么解释呢？""那一切都是可以伪造的。道格拉斯先生是个美国人，或者说曾长期住在美国。巴克先生也是如此。你根本就不需要找别的美国人来为你见到的美国人做阐释。""那个管家艾姆斯……""他可靠吗？""他在查尔斯·辰道斯爵士那里干过十年，十分可靠。五年前道格拉斯买下这座花园时他就到这里来了。在这期间他从没见过这样一支枪。""枪管被截断后，这支枪已经非常便于隐藏了，任何箱子都装得下。他如何肯定没见过这样的枪

呢?""可是,不管怎样,我确信他没有说谎。"那个天生固执的苏格兰人摇了摇头。

"我还是不相信有外人到房子里来过。希望你再考虑一下,"麦克唐纳的阿伯丁口音变得更重了,那是他辩论处于下风的标志,"假设这支枪是由一个外人从外面带来的,并且他做了一连串的怪事。请你想想,你这种假设会产生什么样的后果。这简直是太不可思议了!这完全不合逻辑。福尔摩斯先生,请你根据所听到的一切来做个公正的判断吧。"

"好的,麦克,谈谈你的想法吧。"福尔摩斯以一种非常公平的口气说。

"戒指和卡片足以证明凶手——如果他存在的话——不是盗窃,而是出于私怨而有预谋的凶杀。好,有一个人偷偷进入屋中,想要进行谋杀。如果他不是很愚蠢的话,他应懂得房子周围有护城河,要逃跑是很难的。什么样的武器最适合呢?无疑是世界上声音最小的武器。只有这样他才能在大功告成之后,迅速跳出窗户,顺利蹚过护城河,在无人发现的情况下逃跑。这是合乎常理的,可是他明知枪声会把全庄园的人都吸引到出事地点,他多半也跑不掉了,难道这合乎逻辑吗?福尔摩斯先生,你相信吗?""好,你的理由十分充分,"福尔摩斯若有所思地回答道,"证据确实不够充足。怀特·梅森先生,请问,你当时是否马上到护城河对岸调查有没有人蹚水上岸的痕迹?""福尔摩斯先生,没有什么发现。但对面是石岸,很难留下什么痕迹。""一点足迹或手印也没有吗?""是的。""哈!怀特·梅森先生,你不认为我们应马上到庄园去吗?在那里我们会得到启示的。"

"福尔摩斯先生,本应该是这样的,可我总认为应该在去以前让你全部了解清楚。我想,要是有什么触犯了你……"怀特·梅森犹豫不定地看着这位同行说。"我以前和福尔摩斯先生一起办过案子,"警官麦克唐纳说道,"他是一个光明磊落的人。"福尔摩斯微笑着回答:"我只是按我个人的理解去做。我办案的初衷,只是为了协助警方伸张正义。我从不想争些什么,但除非他们先不与我合作,否则我一定会尽力合作的。同时,怀特·梅森先生,我要自始至终享有一种权利,那就是我不希望有别人干涉我办案的思路,我会在我认为适当的时间交出我的成果。"

"我们十分荣幸你能加入到我们中间。我们一定会知无不言,言无不尽。"怀特·梅森热诚地说,"华生医生,请跟我来。你知道,我们都希望在您的书里能找到自己的名字呢。"

恐怖谷

我们行走在古雅的乡村街道上，大街两侧有一行截梢的榆树。远处是一对年代久远的石柱，那是过去伯尔斯通两个后脚立起的石狮，但已被岁月侵蚀得斑驳变色，布满青苔，原有的东西已不复原形。顺着弯曲的车道往前走不远，四周全是草地和栎树，只有在英国农村才能看到这种景致。然后是一个急转弯，眼前出现了一片建于詹姆士一世时期的古别墅，这些长长的低矮的建筑物的砖都已成了暗褐色。还有一个旧式的花园，两旁的紫杉树修剪得整整齐齐。我们走到庄园附近就看到了一座木吊桥和如玉带般优美宽阔的护城河，一平如镜的河水在冬日阳光的照射下发出水银般晶亮的光芒。

时光如梭，这座古老的庄园已经有三百多年的历史了，它是几百年来人事变幻、沧桑离分的有力见证。奇妙的是，现在从这些历史悠久的墙上似乎会看出犯罪的先兆。那些怪异高耸的屋顶以及奇怪的突出的山墙，似乎是所有阴谋的掩护所。那些阴森的窗户和前面一片暗淡的颜色及水流冲刷的景象，这一切都为惨案的发生渲染了恰如其分的氛围。

"就是吊桥右边那一扇窗户，如昨晚发现时一样地开着。"怀特·梅森指着说道。"这扇窗户要想钻一个人过去可够困难的啊。""也许这个人不胖。这是显而易见的，福尔摩斯先生。你和我就完全可以挤进去。"福尔摩斯走到护城河，望着对面。然后他又检查了突出的石岸及后面的草地。"福尔摩斯先生，我已仔细看过了，"怀特·梅森说道，"可这里什么也没有，没有任何有人曾经上过岸的痕迹。再说，他怎么会粗心地留下痕迹呢？""是啊，他不会那么笨的。护城河水总是这样浑浊吗？""一般是这种颜色。因为河水流下来的时候，总是夹杂着泥沙的。""河水有多深？""岸边大约两英尺左右，中间有三英尺深。"

"看来，这个人在蹚过护城河时是不会被淹死了。""不会的，就是小孩也不会淹死的。"我们走过吊桥，管家艾姆斯把我们迎了进去，他看起来是一个骨瘦如柴而又脾气古怪的人。这个可怜的老人因惊吓而浑身微颤，瘦削的面孔毫无血色。乡村警官威尔逊是个身材魁梧、面容凝重和心情抑郁的人，仍然守在现场屋中。医生已经离开了。

"威尔逊警官，有什么新发现吗？"怀特·梅森问道。"没有，先生。""好，你已经很辛苦了，请你先回去休息。如有需要，我们会派人去请你的。管家最好等在门外，让他通知塞西尔·巴克先生、道格拉斯太太和女管家，我们有些疑问需要他们帮助解答。先生们，现在请先听听我的看法，然后你

们再发表自己的见解。"

这个乡村里的专家给我留下了深刻的印象。他是个真才实干的人,同时拥有冷静缜密的头脑和丰富的经验。凭这些,他在本行业里,应当是很有发展的。福尔摩斯听得十分地专注,没有一丝不耐烦或轻蔑的表情。"第一个问题,就是这案子到底是自杀还是他杀?先生们,是不是?如果是自杀,那么我们一定会想到,这个人先把结婚戒指摘下藏起来,然后穿着睡衣,走到这里,在窗帘后面的墙角上踩上泥印,造成一种有人在这里等候他的假象,再打开窗户,把血迹弄到……""我们根本不会这样想的。"麦克唐纳说道。"所以这一定是他杀,而我们首先需要搞清楚的就是,凶手是外来人呢,还是庄园里面的人?"

"好,让我们听听你的看法。""很难确定是哪种可能,但必是其中之一。我们先假定是庄园里的一个或几个人作的案。夜虽然很深了,但人们还没休息的时候,他们在这里抓到了死者,然后用这种十分古怪而且声音最大的武器去作案,搞得尽人皆知,而武器又是从来都没在庄园内出现的。这理由看来很难成立,对吗?""是啊,不该这样。""这里的人都说,在听到枪声后的一分钟内,住宅里所有的人都奔跑而至。虽然塞西尔·巴克先生自称是第一个赶到的,但艾姆斯和所有的仆人也都到了。难道在如此短的时间内,罪犯竟能做出在墙角留脚印、打开窗户、在窗台上留血迹、从死者手指上取结婚戒指等等那许多事么?这简直是太不可思议了!"

"你分析得很在理,我倒与你的看法相近。"福尔摩斯说道。"好,那么,我们再分析假设是外人作的案。可是仍存在许多问题。不过,还是存在一定的可能性的。这个人是在四点半到六点钟之间进入庄园的,也就是说,在吊桥吊起的这段时间里。曾经来过一些客人,房门是打开的,所以这个人很顺利地溜了进来。这有两种可能:一是凶手只是一般的盗窃犯,二是他和道格拉斯先生之间有一些私人恩怨。既然道格拉斯先生大半辈子都住在美洲,而这支猎枪又像是一种美国武器,那么,看来后一种的可能性比较大。他第一眼看到这间屋子时,就毫不犹豫地溜了进去。他藏在窗帘后面直到夜晚十一点以后。这时,道格拉斯先生进到屋里。据道格拉斯太太说,两人分开没有几分钟,枪声就传来了。所以即使真的有过谈话,时间也很短。""那支蜡烛就是证据。"福尔摩斯说道。

"不错,蜡烛只燃了不到半英寸。可见是道格拉斯先生把蜡烛放到桌上后才遇

恐怖谷

害的。否则，蜡烛一定会掉在地上。这说明在他刚走进屋时没有遭到袭击。巴克先生到这里后，把灯点上，熄灭了蜡烛。"

"这一点十分清楚。"

"好，现在我们不妨依此设想一下当时的情形。道格拉斯先生走进屋来，放下蜡烛。一个人手拿着枪从窗帘后面走出来向他要那只结婚戒指——鬼才知道这是为什么，不过肯定是这样。道格拉斯先生把戒指给他了。然后两人展开了一场搏斗，进而凶手以如此凶残可怕的方式开枪打死了道格拉斯先生。其间，道格拉斯可能拿起过后来我们在地上找到的那只铁锤。事后，凶手丢下枪，可能在不经意间滑落了这张写着'V.V.341'的奇怪的卡片，然后从这扇窗户逃了出去，并在塞西尔·巴克先生发现之前，蹚过护城河逃跑了。福尔摩斯先生，你认为这样说怎样？""你说得非常有趣，只是可信度低了些。"

"老兄，这简直是信口胡说，没有比这更离谱的了。"麦克唐纳大声喊道，"不管是谁杀害了道格拉斯，我都可以清楚地证明，他不是用这种办法作的案。他为什么选择一条轻易会被切断的退路？又为什么在希望人不知鬼不觉地逃跑的心理下，还选择用响声很大的火枪作案？喂，福尔摩斯先生，既然你说怀特·梅森先生的推论可信度低了些，那你就应该指点指点我们。"

在漫长的讨论过程里，福尔摩斯只是静静地坐着，一语不发，但没错过他们说的每一个字，那双敏锐的眼睛也不时地四处打量。

"麦克先生，我想再找些线索，然后再进行推论，"福尔摩斯跪在死尸旁边，说道，"哎呀！这伤处确实吓人啊。能不能请管家进来一下。……艾姆斯，我听说你常看到道格拉斯先生前臂上的一个奇怪的标记，是一个圆圈套着三角形的烙印，是吗？"

"先生，我常常看到。""你从未听人说起它所代表的意义吗？""我并没有印象，先生。""这是用火热的铁烙上去的，这一定会承受巨大的痛苦。艾姆斯，我发现道格拉斯先生下巴上贴着一小块药膏。在他生前，你注意到了吗？""是的，先生，他昨天早晨刮脸时刮破的。""他经常刮破脸吗？""先生，几乎没有过。"福尔摩斯说道："这一定是有原因的！当然，并不排除巧合的可能性，但另一方面也反映出他内心紧张，可能他已经预感到要发生危险了。艾姆斯，昨天你发现主人有什么不对劲儿吗？"

"先生，我总感到他十分地激动，而且，有点坐立不安。""哈！看来这并不是一场意料之外的谋杀。我已经看到一线曙光了，是吗？亲爱的亚力克，

福尔摩斯探案全集

或许你还有什么疑问？""没有，福尔摩斯先生，你不愧是个经验丰富的人。""好，下面就是这张古怪的卡片了。这是一张粗纸硬卡片。你们庄园里有这样的卡片吗？""我想没有。"福尔摩斯走到写字台前，从每一个墨水瓶里蘸些墨水洒到吸墨纸上。

"这张卡片不是在这里写的，"福尔摩斯说道，"这里的墨水都是黑色的，而那张卡片上的字却稍微带些紫色，而且是用笔尖较粗的笔写的，而这里的笔尖都是细的。我认为，这张卡片是事先写好后带进来的。艾姆斯，你明白这上面写的是什么吗？""对不起，先生，我一点都不明白。""麦克先生，你的看法呢？""我认为这和死者前臂上的标记有类似的意义，可能是某个秘密集团的名称。""我也是这样想的。"怀特·梅森说道。

"好，我们暂时当它是一个合理的假设。由此出发，试试看我们能解决多少疑点。那个团体派来的人设法溜进庄园，趁道格拉斯先生不备开枪轰碎了他的脑袋，然后蹚过护城河逃跑了。他之所以在死者身旁留下这张卡片，只是为了在此案见报后，他的同伙能清楚地知道仇已经报了。也就是说，卡片只是一个标记。这些事情都是连贯的。可是，有的是武器，他为什么仅选择了这种火枪呢？"

"是啊。"

"还有，那丢失的戒指又该怎么解释呢？"

"对呀。"

"现在已经两点多了，为什么凶手还逍遥法外呢？一定是天亮以后，所有的警察都把目标定在一个浑身湿透的外来人的身上。""福尔摩斯先生，是这样。""看来他们已经错过了他了。因为如果他在附近有个藏身之处，或者早已准备好一套干爽的衣服，他是不会被注意到的。"福尔摩斯走到窗边，用放大镜察看窗台上的血迹，说道，"很显然这是一个鞋印，很宽——也许是八字脚。真怪呀，不管是谁看了这个脚印，都会说这双鞋的鞋底式样不错。可是，当然了，很不清楚。旁边这桌子底下是什么呢？""是道格拉斯先生的哑铃。"艾姆斯说道。"哑铃？怎么只有一个？另外那个哑铃在哪儿？"

"我不知道，福尔摩斯先生。也许本来就只有一只，这东西我好长时间未看到了。""一只哑铃……"福尔摩斯若有所思地说着，可是没等他说完就响起了一阵急剧的敲门声。一个身材高大、肤色黝黑、精明能干、脸刮得十分干净的人出现在门口。我一下子就猜出来了，这就是我听人说过的塞西

恐怖谷

尔·巴克。他用傲慢的疑问目光迅速看了大家一眼。"对不起，打扰你们了，"巴克说道，"不过，我想诸位应该会对最新的情况感兴趣的。""凶手落网了吗？""没有这么容易。但是那家伙在慌乱中扔下了他的自行车，幸运的是我们发现了它。请随我来，就在大厅外一百码的地方。"

几个仆人和几个闲人正站在马车道上查看那辆自行车，车子是在常青树丛里被发现的，显然是被人藏起来的。这是一辆拉奇·威特伏兹牌的自行车，已经十分破旧了。从沾满泥浆的车身来看，似乎长途跋涉过。车座后面的工具袋里只有扳子和油壶，却没有任何关于车主的线索。

"如果这些东西都曾被登记、编号，对警方就会有很大帮助，"警官说道，"能找到这些东西，对我们来说已经很庆幸了。至少，我们对他不再是一无所知——起码我们可以查到他是从哪儿来的。奇怪的是凶手为什么要弃车逃跑呢？毕竟骑车要比跑步快得多。福尔摩斯先生，案子似乎还没有什么进展。""真的是这样吗？"福尔摩斯若有所思地答道，"我看未必！"

福尔摩斯探案全集

剧中人

等我们折回屋内,怀特·梅森问道:"这间屋子该检查的地方,全检查完了吗?""基本上完了。"警官麦克唐纳回答道,福尔摩斯也点了点头。"那么,我们是否听听其他人的证词?就在这里吧,艾姆斯,请你先来给我们讲讲。"

管家的叙述简单、明了,给人一种诚实可靠的印象。他是五年前道格拉斯刚到伯尔斯通时到这里做事的。他印象中的道格拉斯是一个在美洲致富的有钱的绅士。道格拉斯先生是一位和蔼可亲、非常体贴人的主人,艾姆斯对于这一点看来不十分习惯。他认为道格拉斯先生是他见过的最大胆的人,他从未见过他的主人有受惊吓的迹象。道格拉斯先生之所以叫人每晚把吊桥拉起,只是因为他喜欢保持这种古老的习俗。道格拉斯先生很少离开村子,不过,在被害的前一天,曾到滕布里奇威尔斯市去买过东西。那天,艾姆斯发现道格拉斯先生一反常态,看起来坐卧不安,情绪变得极为激动,容易发火。案发那天晚上,艾姆斯还未就寝,正在房屋后面的餐具室里收拾银器,忽然听到铃声大作。由于餐具室在庄园的最后面,中间隔着一条长廊和几道门,所以他根本就没有听到枪声。艾伦太太也是听到急促的铃声,赶忙跑出来的,他们一齐跑到前厅。在他们匆忙赶到楼下时,艾姆斯看到女主人正从楼梯上走下来,是的,走下来。艾姆斯总觉得道格拉斯太太看起来并不惊慌。到楼下后,巴克先生就从书房里冲了出来,他极力劝阻道格拉斯太太,请她回到楼上去。

"看在上帝的面上,你赶快回自己房里去吧!"巴克先生喊道,"对于杰克的死,你根本就无能为力。看在上帝的面上,快回去吧!"在巴克先生的劝说下,道格拉斯太太上楼去了。她没有歇斯底里地哭喊尖叫。女管家艾伦太太陪她上楼留在卧室里。艾姆斯和巴克先生回到书房,看到了屋内的一切情况。那时烛火已经熄灭了,可是油灯还点着呢。他们从窗里向外望去,但月黑风高,什么也看不见,听不着。后来他们跑到大厅,艾姆斯放下吊桥,巴克先生就匆匆地赶到警署去了。这就是管家艾姆斯的简要证词。

恐怖谷

女管家艾伦太太的说法,也不过只是进一步证实了与她共事的男管家的证词。女管家的卧室距离前厅要更近一些,她正准备睡觉,忽听一阵铃声大作。书房离得很远,再加上她耳朵有点儿聋了,所以她并没有听到枪声。她只记得一种类似于很大的关门的声音,这至少在铃响半小时前。艾姆斯赶到前厅后,她是和他一起去的。她看到神情激动的巴克先生面色苍白地从书房走出来。当他看到走下楼的道格拉斯夫人时,巴克先生拦住了她,劝她回到楼上。道格拉斯太太似乎说了些什么,但她并没有听清。

"扶她上去,陪着她。"巴克先生对艾伦太太说道。所以艾伦太太把道格拉斯太太扶到卧室,并竭尽全力安慰她。道格拉斯太太似乎受到了极大的惊吓,浑身战栗,但再也没说要下楼去。她双手抱头,身着睡衣,坐在卧室的壁炉旁边。艾伦太太几乎整个夜晚陪着她。至于其他仆人都住在庄园最后面的地方,所以没有听见任何声音,直到警察快来的时候,他们才惊恐地知道出了事。

女管家艾伦太太仍然处在过度悲伤和吃惊的状态中,因此,并没有提供什么新线索。

随后,是目击者塞西尔·巴克先生的叙述。对那晚发生的事情,除了他已经告诉警察的那些,并无多少新的补充。根据窗台上的血迹,他可以确定凶手是跳窗逃走的。而且,因吊桥已经拉起来,把唯一的出路也给截断了。但他却不明白,如果自行车是刺客的,他为什么不骑车逃走呢?河水最深只有三英尺,他根本就不可能淹死。

巴克先生认为,对凶手,他有一种十分明确的看法。道格拉斯平日寡言少语,从来不对别人讲述他过去的生活经历。只知道当他还十分年轻的时候,就从爱尔兰移居到美洲。在他日渐富裕的时候,巴克在加利福尼亚州和他初次相识,后来他们合伙在该州一个叫做贝尼托坎营的地方经营矿业。就在事业取得成功的时候,道格拉斯却突然把它变卖,举身迁往英国。那时他的太太已经去世了。巴克随后也把产业变卖了,迁到伦敦来住。这使他们的友谊又回到了从前的程度。他总认为似乎有一种火烧眉毛的危险在威胁着他的朋友。巴克先生料想一定有个什么秘密团体,或是说一个十分严密、纪律森严的组织,一直在追杀道格拉斯,而且不达目的绝不罢休。尽管道格拉斯从未提起过和什么团体结过仇怨,但他的只言片语使巴克有了这种认识。他推测这张卡片上的字一定和那个秘密团体有关。"你在加利福尼亚和道格拉斯一起

住了多长时间?"警官麦克唐纳问道。

"五年。"

"你说,他那时是一个单身汉?"

"是的,他的妻子已经去世了。"

"你知道前妻的来历吗?"

"我只记得他说过她是德国血统,我看到过她的相片,是一个很美丽的女子。就在我和道格拉斯认识的前一年,她得伤寒病死去了。"

"你是否知道道格拉斯过去和美国的某一地区有密切关系?"

"他生前到过很多地方。他似乎对芝加哥很熟悉,他告诉过我他曾在那里做过事。我还听他提过产煤和产铁的一些地区。"

"他是政治家吗?这个秘密团体和政治有关系吗?"

"不,他对政治根本不感兴趣。"

"你认为他犯过罪吗?"

"这是不可思议的,我从来没有见过像他这样善良正直的人。"

"他在加利福尼亚州时,生活上有什么异于常人的地方吗?"

"他十分喜欢到山里我们的矿区工作,他似乎不太喜欢和生人接触,所以我才首先想到有人在追踪他。后来,他突然不告而别赶到欧洲去了,我更加坚信不疑了。他可能接到过某种警告,他离开后的一星期内,有五六个人向我打听过他。""是些什么人呢?""嗯,那是一群面无表情,让人感到发冷的人。他们来到矿区,打听道格拉斯在什么地方。我对他们说,道格拉斯已经去欧洲了,具体是什么地方我也不清楚。可以看出,他们并不是他的朋友。"

"这些人也是加利福尼亚人吧?""这个,我不太了解,不熟悉加利福尼亚人的特征。但他们确实都是美国人,不过他们不是矿工。我不知道也不想知道他们是谁,只希望他们赶快消失。""那是很久以前的事了吧?""快七年了。"

"再加上你们在加利福尼亚住了五年,这么说,这件事至少是十一年前的事了?""是的。""看来这其中的仇恨一定是不共戴天的,否则不会过了这么长的时间,还铭记在心。""我觉得这是道格拉斯一生都摆脱不了的梦魇。""不过,你想,为什么一个人已经预感到有危险要降临到他身上,还不向警方求助呢?""也许别人是帮不上他什么忙的。有一件事你们应当知道,他出门总是带着武器。他向来是枪不离身的,但不幸的是,他昨晚只穿着睡衣,手

恐怖谷

枪可能留在了卧室里。我猜想,他一定以为吊桥一吊起来,就安全了。"麦克唐纳说道:"我希望再把年代弄清楚些。道格拉斯离开加利福尼亚州整六年了,而你在第二年就随之而来了,是吗?""是的。"

"他再婚已经有五年了。你是在他结婚前后回来的吧。"

"大约在他结婚前一个月。我还是他的男傧相呢。"

"道格拉斯夫人结婚以前,你是否认识她?"

"不认识。我已经有十年未回过英国了。"

"但从那以后,你们之间就非常熟了吧?"巴克严肃地望着侦探。"从那时起,我常常和她见面,"巴克回答道,"我和她见面,是因为你不可能对一个朋友的妻子避而不见。假如这使你产生什么想象……""巴克先生,我什么也没有想象。我并没有冒犯你的意思,对于与此案有关的每一件事,我都有责任查清楚。""这已经很无礼了。"巴克怒气冲冲地答道。"这只不过是我们必须弄清的事实,而这对我们大家都有好处的。对于你和道格拉斯夫人的关系,道格拉斯先生赞成吗?"巴克脸上更加没有血色了,两只有力的大手痉挛似地紧紧握在一起。"你有什么权力问这样的问题!"他大声喊道,"这和他的死又有什么关系呢?""当然有关,所以我一定要问!"

"那么,我不想回答。""你当然有权不回答。但你要明白,你这样做本身就是一种回答。因为你如果真的心胸坦荡,你就不会拒绝回答了。"

巴克绷着脸站了一会儿,皱着那双浓眉,苦苦地思索着。然后他又微笑着抬起头来说道:"嗯,无论如何,诸位是在执行公事,我应该尽力合作的。只希望你们不要再去盘问道格拉斯夫人了,她的精神压力已经够大了。我可以告诉你们,嫉妒心是可怜的道格拉斯唯一的缺点。他对我非常友好——作为朋友没有人比他对我更友好的了。他对妻子的爱情也非常专一。他真心并且经常派人去请我来。可是每当他的妻子和我有共同语言的时候,他就会勃然大怒,醋意大发,一些最粗野的话就会脱口而出。我曾多次为此发誓不再到这里来。但事后,他又会写信自我忏悔,请我原谅他,我也不好再计较什么了。先生们,我最想说的是,道格拉斯夫人是天下最爱丈夫、最忠于丈夫的妻子,而我也敢说自己是最忠诚的朋友。"

这番话洋溢着真挚的感情,让人感动至深,但这并没有转移麦克唐纳的注意力,他仍坚持问道:"你知道死者的结婚戒指被人从手上拿走了吧?""看起来是这样。"巴克说道。"你说'看起来'是什么意思?这是你亲眼所见不

是吗?"此时的巴克似乎有些惊慌失措和犹疑不定。他说道:"我的意思是也许是他自己把戒指取下来的呢。""不管是谁把戒指拿走了,总之戒指不见了是一个事实,因此我们不禁会想到:这婚姻是否与此案有什么关联呢?"巴克耸了耸他那宽阔的肩膀。"我不能硬说它使人想起什么,"巴克答道,"可是如果你的这种暗示会对道格拉斯夫人的名誉有任何不利影响的话……"一瞬间,巴克的双目燃起了怒火,然后他极力控制自己的怒气,"那么,你们的思路就完全错了,这就是我想说的。""我想,我没有什么事要问了。"麦克唐纳冷冷地说道。

"还有一个小问题,"歇洛克·福尔摩斯提问道,"当你走进这间屋子的时候,只有桌子上点着一支蜡烛,是吗?"

"对,是这样。""你是从烛光中看清这一切的吗?""对。""你就马上按铃求助了吗?""对。""他们来得很快吗?""不到一分钟就全来了。""可是他们来的时候,看到蜡烛已经熄灭,油灯已经点上了,这难道不奇怪吗?"这句话显然使巴克愣了一下。

"福尔摩斯先生,我看不出这有什么奇怪的,"停了一下,他才答道,"屋子里光线很暗,我认为亮一些会更好。正好桌子上有盏灯,我就把灯点上了。""你把蜡烛吹灭了吗?""是的。"福尔摩斯不再提问了。巴克镇定地看了我们每个人一眼,转身走了出去。我觉得,他的行为似乎有一定的逆反对立的心理。

警官麦克唐纳派人给道格拉斯夫人送去一张纸条,说他将到她卧室去拜访,可是她却要求在餐厅接待我们。门开了,走进一位年约三十、身材修长、容貌秀美的女子,这就是道格拉斯夫人。她一言不发,看起来冷静沉着。她的脸颊瘦削,面色苍白,还是受过极大打击的人的模样,但她并没有我最初认为的那样悲痛和茫然无助。她看起来镇静自若,那双纤秀的手并没有颤抖。她用那双充满着哀怨的眼睛扫视了我们一眼。突然的问话打破了满室的静谧:"你们有什么发现吗?""道格拉斯夫人,我们一定竭尽全力去调查,"麦克唐纳说道,"你可以放心,我们不会放过任何细节的。"

"钱不是问题,"她毫无表情,口气平淡地说道,"我要求你们尽全力去查清。"

"也许您能给我们提供一些有用的线索。"

"这我不敢保证,但我会把我所知道的一切都告诉你们的。"

恐怖谷

"据巴克先生讲,您实际上并没到过案发现场,是这样吗?"

"是的,巴克苦苦恳求我回到楼上的卧室里去。"

"那么,一听到枪声,你就马上下楼了吗?"

"是的,我穿上睡衣就下楼了。"

"从你听到枪声,到巴克先生在楼下阻拦你,这中间大约有多长时间?""我想大概两分钟吧,你要知道那时候很少有人会去计算时间的。巴克先生恳求我不要进去,他说我是无能为力的。后来,女管家艾伦太太就把我扶回楼上了。在我看来这简直就是一场噩梦。""你能不能大致上告诉我们,你在你丈夫下楼多长时间就听到枪声?"

"不,我说不清楚。因为他是从更衣室下楼的,我没有听到他走出去。出于安全方面的顾虑,他每天晚上都会在庄园里巡视一周。他唯一害怕的就是发生火灾。""道格拉斯夫人,你和你丈夫是在英国认识的,对不对?""对,我们已经结婚五年了。""他对你提过他曾在美洲发生过什么危险吗?"道格拉斯夫人认真地思索了一会儿才答道:"对,我总觉得有一种危险在时刻威胁着他,但他从不与我商量。需要说明的是,我们夫妻之间十分恩爱,无所不谈,所以他不告诉我,并不是因为他不信任我,而是他不想让我担心。他认为如果我知道了,就会惊慌不安,所以他就默不作声了。""那你是怎么知道的呢?"道格拉斯夫人脸上掠过一丝笑容,说道——"丈夫在保守秘密,一个深爱着她丈夫的女人怎么会对此一点察觉都没有呢?我是从许多方面得知的——从他避而不谈他在美洲生活的某些片段;从他采取的某些防范措施;从他偶尔流露出来的只言片语;从他对某些不速之客的过分注意等等。我可以肯定,他完全知道他那些有势力的仇人正追着他不放,所以他时刻处于戒备状态。因为我深信这一点,所以这几年来,只要他回来得比预料的晚,我就非常害怕。"

"我可以问一句吗?"福尔摩斯说道,"哪些话引起了你的注意呢?""'恐怖谷',"妇人回答道,"这就是我追问他时,他用的词儿。他说:'我一直都无法摆脱"恐怖谷",难道"恐怖谷"要折磨我一辈子吗?'他有一次还说:'也许我们会被纠缠一生的。'""你想必问过他,'恐怖谷'是什么意思吧?""我问过他,可是每次一提起,他的脸色就极为难看,不停地摇头说:'我们两人中有一个被它左右已经很糟糕了。但愿上帝保佑,这不会落到你的头上。'我唯一敢肯定的是这个山谷是他曾经住过的一个真正的山谷,并且在那期间一定发生了某些可怕的事情。我知道的就这些,希望对你们有用。"

福尔摩斯探案全集

"他曾经提到过某人的名字吗？""提到过。三年前，他在一次打猎集会中受了伤，大病一场，发高烧时，他不断用既愤怒又恐怖的声音说起一个名字。那个名字好像叫麦金蒂——身主麦金蒂。等他病好了，我问他谁是麦金蒂，他是谁的身主？他边笑边答道，'上帝保佑，他可管不着我的身体。'这就是全部情况。我想，这个麦金蒂一定与'恐怖谷'有很大的关系。""还有，"警官麦克唐纳说道，"据说你是在伦敦一家公寓里和道格拉斯先生相识并订婚的，是吗？你们有什么恋爱过程，或者婚事有什么秘密吗？""当然有恋爱过程，但并不神秘。""他有情敌吗？""没有，那时我还没有男朋友。""我想你已经知道了，他的结婚戒指被人拿走了。这件事和你有什么关系吗？如果是他以前的仇人杀了他，那么，为什么会拿走他的结婚戒指呢？"在那一刹那间，我发誓道格拉斯夫人唇边掠过一丝微笑。

"这我实在说不上，"她回答道，"这真的十分离奇古怪。""好，我们不耽误你了，非常抱歉在这种时候还来打扰你。"麦克唐纳说道，"当然，如果以后我们遇到什么疑问，希望你不介意我们的再次造访。"她在站起来时，仍用刚才那轻柔而带有疑问的目光扫了我们一眼，似乎在问："你们怎么看待我说的一切？"那目光是那么明显，仿佛这个问题她已提了出来一样。然后她鞠了一个躬，长裙拖地，走了出去。"她真是一个美丽的女人——一个非常美丽的女人，"关上门以后，麦克唐纳沉思地说道，"巴克看来是一个颇吸引女人的男子，他是这里的常客，同时承认死者是个爱吃醋的人，而他清楚明白道格拉斯的醋意何来。还有我们不能忽视戒指不见的这一问题，对这个从死者手中夺走结婚戒指的人……福尔摩斯先生，你怎么看？"

我的朋友坐在那儿，两手托着下巴，陷入沉思。这时他站起身来，拉了一下叫人铃。

"艾姆斯，"当管家走进来时，福尔摩斯说道，"塞西尔·巴克先生现在在哪儿？""我去看看，先生。"

一会儿艾姆斯回来了，说巴克先生在花园里。"艾姆斯，你可记得昨晚你见到巴克先生时，他脚上穿的什么？""记得，福尔摩斯先生，他穿的是一双拖鞋。他说要去报警时，我才把长统靴子交给他。""现在这双拖鞋在什么地方？""在大厅的椅子底下。"

"很好，艾姆斯，我们要分清哪些是巴克先生的脚印，哪些是凶手留下的，这当然十分重要了。""是的，先生。我确定我看到那双拖鞋已被血染了，

恐怖谷

包括我的在内。""从当时的实际情况来看,那是不可避免的。很好,艾姆斯,如果我们要找你,我们会再拉铃的。"几分钟以后,我们来到书房里。福尔摩斯已经从大厅里拿来了那双鞋底沾有黑色血迹的毡拖鞋。

"奇怪!"福尔摩斯站在窗前,在阳光下仔细察看那双拖鞋,自言自语道,"简直是太奇怪了!"福尔摩斯像猫似的猛跳过去,俯身把一只拖鞋放在窗台的血迹上——完全吻合。他回头朝着几个同事笑了笑。

麦克唐纳兴奋得有点儿手舞足蹈了,他用那特殊的口音喋喋不休起来。他大声喊道:"老兄!答案已经很明显了!是巴克自己印在窗上的。这比别的靴印要宽得多,我想你就是如此才说是一双八字脚。不过,这到底在搞什么鬼呢,福尔摩斯先生,这是什么把戏呢?""是啊,这是什么把戏呢?"福尔摩斯沉思地重复着麦克唐纳的话。怀特·梅森抿嘴轻轻地笑着,由于掩饰不住内心那种得意的心情,两只胖手又耐不住寂寞地搓着,同时兴奋地叫道:"果真不出我所料,这桩案子真不简单啊!"

福尔摩斯探案全集

一线光明

　　由于这三个人还要去调查许多细节，于是我只能独自回到我们暂居的乡村旅店。在回去以前，我在这古色古香的花园里散了散步。在庄园侧翼的花园周围环绕着一排排被修剪得奇形怪状的古老的紫杉，园里是一片草坪，草坪中间有一个古式的日晷仪。园中景色宜人，让人心旷神怡，松弛了我原本十分紧张的神经。在这样清雅幽静的环境里，可以让人忘掉那间阴森的书房和血肉模糊的尸体，只把它当做一场噩梦。然而，正当我全身心沉浸在鸟语花香之中时，突然遇到了一件事，使那件惨案又回到我的头脑中，并感到一丝不妙。

　　我刚才说过，花园四周点缀着一排排的紫杉。在距庄园楼房最远的那一边，稠密的紫杉形成一道树篱，遮住了后面的长条石凳，从楼房这方是看不见的。我走近那个地方，就听到有人说话，先是一个男人的声音，随后是一个女人娇柔的笑声。我诧异地走到树篱的尽头，对方并没有看到我，使我吃惊的是，我看到的竟是相谈甚欢的道格拉斯夫人和巴克，而她的表情则让我很是怀疑。在餐厅里，她是那么娴静而又拘谨；而现在，她撤去了一切的伪装，脸上因欢乐而散发出熠熠的光彩，双眼含着浓浓的笑意。巴克坐在那里，向前倾着身子，两手交握在一起，双肘支在膝上，英俊的面孔同样蓄满了笑意。看到我以后，他俩迅速地戴上严肃的面具，但为时已晚。他俩匆匆说了一两句话，巴克就起身走到我身旁，说道："请原谅，先生，你是华生医生？"

　　我冷淡地向他点了点头，我保证他们能感到我内心对他们的不满。"我们猜可能是你，因为你和歇洛克·福尔摩斯先生的友情是无人不知的。你可愿意过来和道格拉斯夫人说会儿话吗？"

　　我脸色阴沉地随他走过去，死者的妻子竟在他的花园的灌木丛后面和他最信任的男友谈笑风声。我很冷淡地向这个女人打了个招呼。在餐厅时，我曾对于她的不幸和悲痛而感到难过，可现在，我只能视而不见她那祈求的目光了。"也许你认为我是一个冷酷无情、铁石心肠的人吧？"道格拉斯夫人说道。我耸了耸双肩，说道："这与我并无关系。"

福尔摩斯探案全集

"也许你了解我以后,你会公平对待我的……""华生医生根本不需要了解什么,"巴克急忙说道,"他不是亲口说过与他无关吗?""不错,"我说道,"那我就先行一步了,我还想再散一会儿步。""华生先生,请等一等,"妇人大声喊道,声音里含着恳求,"我想问你一个问题,这个答案对我至关重要,而你的答案是再权威不过了。对于福尔摩斯先生以及他和警署的关系,您是再清楚不过了。假如有人把一件事秘密地告诉他,他必须要告诉警官们吗?"

"对,问题就在这里,"巴克也很恳切地说道,"他能否独立处理问题呢?""我不知道该不该谈这样一个问题。""我求你,我恳求你告诉我,华生医生,你的答案对我们很重要,只要您指点我们一下,对我们就是最大的帮助了。"她那诚恳的声音似乎使我忘掉了她轻浮的举动,只想满足她的要求。"福尔摩斯先生是一个独立的私家侦探,"我说道,"他能独立自主,并运用自己的智力来解决问题。当然,他会尽力协助和他一同办案的官方人员捉拿罪犯。我能说的只有这些了,其他的希望你亲自去问福尔摩斯先生本人。"说着,我礼节性地抬了一下帽子就走开了。等我走到树篱尽头,他们仍然坐在那里热烈地谈论着;十分明显,他们是在议论我适才的回答,因为我看到他们的眼睛一直在盯着我。

福尔摩斯和其他两名侦探在庄园里讨论案情,直到五点钟左右才回来,我叫人给他端上茶点,他狼吞虎咽地吃起来。

当我把这件事告诉福尔摩斯时,他说道:"我不想知道他们的什么隐私。其实,华生,也根本没有什么隐私。当我们有确凿的证据将他们拘捕以后,我们就会知道这些'隐私'了。""你觉得这件事会导致这样的结果吗?"

福尔摩斯异常兴奋且幽默地说道:"我亲爱的华生,等我吃掉这第四个鸡蛋,我会告诉你全部情况的,虽然离水落石出的时候还很远。不过,当我们追查到了那个丢失的哑铃的时候……"

"那个哑铃!?""哎呀,华生,难道你不认为,这个案子的关键就在于那个丢失的哑铃吗?好了,好了,你也用不着灰心丧气,我只是跟你说说,我想即使是那两个侦探,也不会注意到这件小事的。只有一个哑铃!华生,想想,一个运动员会只有一个哑铃吗?那可会造成脊椎弯曲的呀!不正常啊,华生,不正常啊!"他坐在那里,大口吃着面包,带着一种兴灾乐祸的表情注视着我那副苦思冥想的狼狈模样。看来福尔摩斯已经胸有成竹了,否则他不

恐怖谷

会食欲大增。我清楚地记得他那些寝食难安的日子,当他被疑难问题困惑住的时候,他就会全身心地投入,食不甘味,而他原本就瘦削的面容会益发消瘦。最后,坐在这家老式乡村旅馆的炉火旁,福尔摩斯点着了烟斗,貌似随意地谈起了案子。这与其说是深思熟虑的讲述,不如说是自言自语的回忆。

"华生,我们一开始就接触到一个离奇的、不折不扣的弥天大谎,我们就从这里着手。巴克所说的话完全是撒谎,道格拉斯夫人证实了巴克的话,这说明她也是一名撒谎者。他们两个都撒谎,而且是串通一气的。所以我们现在迫切要查清楚他们为什么要撒谎?他们极力隐瞒的真相是什么呢?华生,我们一定要查出真相。我是如何确定他们在撒谎呢?因为他们的谎话完全违背了事实,而且捏造得十分拙劣。试想一想吧!依他们所说,凶手杀人后,在不到一分钟的时间内摘去婚戒,再把另一枚戒指套回原处,这显然是不可能的,更何况他得把这张奇怪的卡片放在死者身旁。你也可能会争辩说,那指环也许是在他被害以前被摘下去的。可是,华生,我非常相信你的判断能力,因此我想你是不会这么说的。从蜡烛燃烧的长短上可以判断出,死者和凶手会面的时间不会太长。我们知道道格拉斯不是胆小鬼,他是那种稍经威吓就自动交出结婚戒指的人吗?我们能想象他竟然会交出结婚戒指吗?不,不会的,华生,我深信在灯点着以后,凶手和死者单独相处了一段。

"作案手段明显是枪杀。所以,开枪的时间比他们所说的要早很多,这不会错。因此,我们面临的是一种蓄意合谋,是巴克和道格拉斯夫人这两个听到枪声的人干的。首先,当有证据证明巴克为了给警方造成假相,而故意在窗台上印上血迹时,任何人都会认为这一案件肯定会与他有关。现在,我们必须弄清楚一个问题:道格拉斯先生是在什么时候被杀的呢?十点半的时候,仆人们还在屋内忙碌着,所以谋杀肯定不是在这之前发生的。十点四十五分,仆人们都回到了住处,只有艾姆斯还留在餐具室。下午你离开以后,我曾做了一些试验,发现只要房门都关上,麦克唐纳在书房不管发出多大声音,我在餐具室里也一点都听不到。

"然而,女管家的卧室离走廊并不远,如果声音非常响,在其间是可以模糊地听到的。本案凶手是从近距离射击的,因此火枪的声音不会很响,但在寂静的夜晚艾伦太太在卧室是可以听到的。艾伦太太告诉我们她有些耳聋,但她还是提到在铃声响起半小时以前,她听到"砰"的一声像关门的声音。警报发出前半小时是十点四十五分。我敢保证她听到的就是枪声,那才是真

正的行凶时间。如果这是事实，就必须查清一个问题：如果凶手只是巴克和道格拉斯夫人，那么他们在十点四十五分听到枪声下楼后，为什么不马上报警呢？直到他们拉铃叫来仆人的这段时间里，他们都干了些什么呢？这就是摆在我们面前的问题。查明了这个问题，就向问题的解决前进了几步。"

"我也相信，"我说道，"他们一定是同谋，道格拉斯夫人在丈夫死后不到几小时，竟与别的男人在一起说说笑笑，她一定是个毫无心肝的人。"

"不错。即使在她回答我们的问题时，也不像是一个失去丈夫的悲痛欲绝的妻子。华生，你清楚我不是一个崇拜女性的人。可是我的生活经验告诉我，那种在别人的劝说下就可以对丈夫的尸体不管不问的妻子，丈夫在她的心目中是不重要的。华生，要是我娶妻的话，我们一定会有很深的感情，起码当我的尸体躺在离她不远的地方时，她绝不会跟管家妇走开。他们的谎话是如此地漏洞百出，即使是外行，也会因为没有出现妇女悲伤欲绝的场面而感到怀疑。单凭这一点，我便认定这是预谋。"

"那么，你认定巴克和道格拉斯夫人就是杀人凶手了？"

"你问得太直接了，"福尔摩斯向我挥舞着烟斗说，"就像对我射来的子弹一样。要是你认为是道格拉斯夫人和巴克合谋策划并隐瞒真相杀死了死者，那么我举双手赞成——他们准是这样干的。不过你似乎还有些混淆，现在我们再来清理一下脑中的思路吧。我们不妨大胆设想一下他们两个人早已有了私情，所以自然想除掉两人间的障碍。这种假设似乎不能成立，因为通过对庄园中所有人的周密调查，都没有证据，但却可以证明夫妇俩恩爱无比。"

"我敢说这都是假的！"我想起花园中那张美丽含笑的面孔，说道。"好，至少他们使人这样认为。然而，假定他们在表面上蒙蔽了所有的人，实际上他们诡计多端，而且图谋杀害道格拉斯。碰巧道格拉斯正面临着某种危险……""我们听到的只是他们的一面之词啊。"

福尔摩斯沉思着，说道："我知道，华生，你简要地说明了你的意见，就是从一开始他们说的每件事都是假的。按照你的逻辑，所有这一切，包括危险、秘密团体、'恐怖谷'、'麦金蒂'等等都是虚构出来的。好啊，这也算是一种不错的归纳。它会让我们得到什么结论呢？他们利用这些来开脱罪名。然后，他们为了配合这种说法，伪造了一系列假证物——那辆自行车、窗台上的血迹以及尸体上的卡片，至于卡片可能就是在屋里写好的。所有这一切都符合你的假设，华生。可是，有一个问题似乎难以解释：为什么他们从所

恐怖谷

有武器中偏偏选了一支截短的火枪,而且又是美国火枪呢?他们难道不知道火枪的射击声会惊动这屋里的其他人吗?毕竟像艾伦太太那样把枪声当做关门声是太偶然了。华生,难道你认为那对所谓的罪犯会这么蠢吗?"

"我承认对这些我也无法解释。""还有,如果妻子和她的情人合谋杀死她的丈夫,难道他们会以一种炫耀的方式拿走婚戒,让自己大白于天下吗?华生,难道你认为这可能吗?""不,这是不可能的。""再说,丢下一辆藏在外边的自行车会有什么价值吗?即使再愚蠢的人也明白逃跑时自行车要比两条腿有用得多。"

"我想不出怎样才能解释。""然而,对于一系列互相联系的事件来说,人类的智力一定会对此做出解释。我来指一条可能的思路吧,不管它对还是不对,就当这是一次智力练习。这仅是一种想象,不过,没有大胆的想象,又怎么会发现真相呢?我们可以假定,在道格拉斯的生活中有一些不可告人的隐私,而这正是他被人暗杀的原因。我们设想凶手是个从外面来的仇人,由于一些无法解释的理由,这个仇人拿走了死者的结婚戒指。他第一次结婚时可能就已经与人结怨了,而正因如此,才拿走他的结婚戒指。在这个仇人逃跑以前,巴克和道格拉斯夫人来到屋中。凶手威胁他们,如果他被捕,那么,一件耸人听闻的丑事就会大白于天下。为了一己之利,他们放走了凶手。他们神不知鬼不觉地放下吊桥,接着又拉上去了,所以他把自行车藏到一个隐蔽的地方。目前为止,我们只能做这些推测,对吧?"

"对,毫无疑问,这是有可能的。"我稍有保留地说。"华生,我们一定要清楚这件案子的极为特殊性。现在我们来继续我们的推测。这一对不一定是罪犯的人,在凶手逃离后,意识到自己似乎处于十分被动的局面。他们很难说明自己不是凶手,又不能证明不是从犯,于是他们笨拙地应付这种状况。巴克用他沾了血迹的拖鞋在窗台上做了脚印,伪装凶手逃走的痕迹。他们肯定都听到了枪声,但只在他们安排好一切后,才拉铃报警。不过距案发已经过去整整半个小时了。"

"你打算如何证明这一切呢?""好,如果凶手是外来人,那么等他被捕归案后,就是最有力的证据了。如果不是……科学是无所不能的,我想,最好的办法就是我能在书房独自呆一晚。""什么!"

"我现在就去,这对我会有很大帮助的。我已经和那个受人尊敬的管家艾姆斯商量过了,他不是巴克的心腹。我要坐在那间屋里,室中的气氛也许能

给我带来一些灵感。亲爱的华生,你想笑就笑吧,我是笃信守护神的。好,等着瞧吧。对了,你有一把大雨伞吧?带来了吗?""在这儿。"

"好,希望你可以借我用一下。"

"当然可以,不过,你认为它会有用吗?如果有什么危险……"

"不会有事的,我亲爱的华生,否则,我就会找你帮忙了。可是我一定要借这把伞用一下。现在,我只能等候那些正在滕布里奇威尔斯市调查自行车主人的侦探们回来。"

黄昏时分,警官麦克唐纳和怀特·梅森调查回来了。从他们兴高采烈的表情可以看出这次调查有很大收获。"伙计,我承认我以前认为根本就没有外来人,"麦克唐纳说道,"不过现在看来是我错了。这一趟我不但认出了自行车,而且还调查到车主的外貌特征。看来是收获颇丰啊。""听你们的意思好像马上就可以破案了,我诚心地恭喜你们。"福尔摩斯说道。

"好,我是从这个事实开始调查的:道格拉斯先生曾经到过滕布里奇威尔斯市,从那天起,他就显得心神不宁了。也就是在那里,他嗅到了危险的气息。我们想,也许那个人是从滕布里奇威尔斯市骑自行车来的。我们带着自行车到各个旅馆去询问,自行车马上被伊格尔商业旅馆的经理认出来了,说车主是一个名叫哈格雷夫的人。他两天前在那里开过房间,他带着一个小提箱和这辆自行车。登记簿说明他来自伦敦,但并没有明确地址。手提箱和里面的东西都是英国货,但他本人却是地道的美国人。""很好,很好,"福尔摩斯高兴地说道,"你们才是脚踏实地在工作,而华生和我却只是坐在这里凭空想象。亚力克,这的确是一次教训呢,是得多做些实际的工作啊。"

"当然,这话很对,福尔摩斯先生。"警官麦克唐纳满意地说道。"这不也还是你的推测吗?"我提醒说。

"那也说不准。不过,让我们听听结果如何吧,亚力克。有什么线索可以查清这个人吗?""很明显,他异常小心谨慎提防别人认出他来。旅馆中他的房间里既没有文件也没有书信,衣服上也没有标记。他卧室桌上有一张本郡的自行车路线图。昨天早晨,早饭过后,他骑自行车离开旅馆,直到我们前去查问,他都没有再出现过。""福尔摩斯先生,这正是我感到困惑不解的地方,"怀特·梅森说道,"如果这个人想装做若无其事的样子,他就必须返回旅馆,像一名普通的游客一样呆在那里。他应当清楚,像现在这种情况,警察必然会把他的失踪和凶杀案联系在一起。"

恐怖谷

"他肯定会这样想的,显然他是机智的,否则我们不会到现在还没有捉到他。他到底长得什么样?"麦克唐纳查看了一下笔记本说:"我已经把了解到的都记下来了。他们似乎说得不够详细,不过那些茶房、管事的和女侍者们所说的基本一致。那家伙大概五十岁左右,身高五英尺九英寸,头发已有些灰白,淡灰色的胡子,鹰钩鼻子,有着一张令人生畏、杀气腾腾的面孔。"

"好,别说了,这根本就是道格拉斯本人,"福尔摩斯说道,"道格拉斯正好是五十多岁,须发灰白,身高差不多。你还得到什么情况了?""他身穿厚重的灰衣服和一件双排扣夹克,外套黄色短大衣,头戴便帽。""有那支火枪的情况吗?""这支火枪不到二英尺长,可以藏在他的手提箱里,他也可以轻松地将它放在大衣里,随身携带。"

"你认为这些情况同这件案子有什么关系?""噢,福尔摩斯先生,"麦克唐纳说道,"你可以相信我,我听到这些情况以后,在五分钟之内就发出了电报。我们捉住这个人后,就可以做出更准确的判断了。不过,就在这件案子毫无头绪的时候,我们却有了很大的进展。我们知道一个自称哈格雷夫的美国人两天前来到滕布里奇威尔斯市,随身携带一辆自行车和一只装着已经被截短的火枪的手提箱。这说明他是有行凶目的来到这座城市的。昨天早晨他把火枪藏在大衣里,骑自行车来到这个地方。据了解,并没有人注意到他,因为路上骑自行车的人很多,而且到庄园的路并不穿过村子。然后他马上把自行车藏在人们找到车的那片树丛里,也有可能他躲在那里,监视着整个庄园,等候道格拉斯先生走出来。咱们曾说过,在屋里使用火枪很奇怪。他也明白,所以他最初是打算在户外使用的。这有一个很大的优点,因为它会百发百中,而且在英国爱好射击运动的人聚居的地方,枪声是不会引起人们的注意的。"

"一切都很清楚了!"福尔摩斯说道。"可是,道格拉斯先生没有出来。凶手只好到庄园内去作案。于是他藏好自行车,在暮色降临的时候走近庄园。他发现吊桥是放下来的,附近一个人也没有。他就趁机潜进庄园,幸运的是,他并没有被人发现。他选择他第一眼看到的屋子溜了进去,藏到窗帘后面。从那个地方,他看到吊桥已经拉起来了,他知道,唯一的生路就是蹚过那条河。到了十一点一刻,道格拉斯先生走进房来。他按原定计划开枪打死道格拉斯先生后就逃跑了。他知道,旅馆的人会说出他的自行车特征来,这对他是不利的,于是他把自行车遗弃在此,然后通过别的方法回到伦敦,或者是到他预先安排好

的某一安全隐身地去。福尔摩斯先生，我说得如何？""很好，麦克先生，针对目前的情况，你说得很好，也非常清楚。结局就是这样。我的结论是：道格拉斯夫人和巴克先生两人合谋掩盖事实真相，因此作案时间应提早半个小时；他们很有可能自己放下吊桥帮助凶手逃跑，然后伪造凶手逃跑的假相；或者凶手是在他们进屋后才逃跑的。这是我对案子前一半情况的判断。"

这两个侦探摇了摇头。"但是，福尔摩斯先生，如果这一切都是真的，那么我们就越发不明所以了。"这个伦敦警官说道。

"而且是越发难于理解了，"怀特·梅森补充说道，"道格拉斯夫人一生中从未离开过英国，她为何庇护一名来自美洲的凶手呢？"

"我承认有些疑点，"福尔摩斯说道，"我今晚上要亲自去调查一下，可能会对案情的进展有帮助。""福尔摩斯先生，我们能帮你的忙吗？""不，不用！我的要求非常简单。只要天色漆黑再加上华生医生的雨伞就行了。还有忠实的艾姆斯，毫无疑问，他会给我提供很多方便的。我始终在思考一个问题：为什么一个运动员要违背常理，用单个哑铃来锻炼身体？"半夜时候，独自去调查的福尔摩斯回来了。我们住的屋子里有两张床，这已经是这家乡村小旅馆给我们的最大优待了。那时我已入睡，是他进门的声音惊醒了我。"哦，福尔摩斯，"我喃喃地说道，"你发现什么新情况了吗？"

他站在我身边，手里拿着蜡烛，默然不语，然后他那高大而瘦削的身影向我俯过来。"华生，"他小声说道，"你不觉得和一个神经错乱、头脑失去控制的人住在一个房间里，是很恐怖的吗？""当然不觉得。"我惊讶地回答道。"啊，运气还可以。"他说道，然后就一夜无语。

恐怖谷

谜　底

第二天吃过早饭以后，我们便到了当地警察局，看见警官麦克唐纳和怀特·梅森正在警官的小会客室里忙碌着。他们面前的桌子上堆满了书信和电报，他们正在细心地整理和摘录，其中有三份已经放在旁边了。

"还在追踪那个骑自行车的暴徒吗？"福尔摩斯兴致盎然地问道，"是否发现了什么最新的消息？"麦克唐纳沮丧地指了指他那一大堆信件，说道："目前从莱切斯特、诺丁汉、南安普敦、德比、东汉姆、里士满和其他十四个地方都来了有关他的消息。其中东汉姆、莱切斯特和利物浦三处有对他明显不利的情况。可以看出，实际上他已经被警方注意到了。但不太妙的是好像全国各地都有穿着黄大衣的凶手似的。""哎呀！"福尔摩斯同情地说道，"现在，我希望你们能接受我提出的一个非常恳切的忠告。你们一定还记得当初我加入到你们中间时曾提出的条件：我不会对你们发表未经充分证实的意见；对于我自己制订出的计划，在我还没有认为它们是正确的而且自己感到满意之前，我要保留它。因此，现在我还不能告诉你们我的计划。另一方面，我说过我对你们一定会坦诚相待，如果要我眼睁睁地任你们把精力白白浪费在毫无用处的工作上，那就是我的不对了。所以现在我要向你们提出建议，我的建议就是：放弃。"麦克唐纳和怀特·梅森不可置信地望着他们这位出名的同行。

"你认为这件案子已经不可能再查下去了吗？"麦克唐纳大声说道。"我认为你们这种办案方法是事倍功半的，但我并不认为此案会悬而不决。""可是骑自行车的人是真实存在的啊。我们有他的体貌特征，他的手提箱，他的自行车。这个人一定藏在某地，我们为什么不通缉他呢？""不错，不错，毫无疑问，他藏在一个地方，而且我们肯定可以捉到他。但我不愿让你们辗转于东汉姆或是利物浦等地方，这只能是白费力气，我相信会有更好的办法。""你一定对我们有所隐瞒。这可就是你的不对了，福尔摩斯先生。"麦克唐纳生气地说。

"麦克先生，你是知道我的工作习惯的。我之所以要在短时间内保密，只

福尔摩斯探案全集

是希望能证实我所想到的细节,这很容易做到。然后我就会回伦敦,并留下所有调查成果来协助你们。否则我就太对不起你们了。因为在我破案的过程中,这是我遇到的最离奇、最富有挑战性的案子了。""我真无法理解,福尔摩斯先生。昨晚我们从滕布里奇威尔斯市回来见你的时候,你基本上赞同我们的判断。但是什么事情使你对本案的前后看法大相径庭呢?""好,既然你们这样问我,我就告诉你们。正如我所说的,我昨夜在庄园里度过了几个小时。""那么,发生了什么事?""啊!我暂且交代给你们一个非常普通的答案。顺便提一句,我曾经读过一篇简单有趣且关于这座古老庄园的介绍资料。这份资料在本地任何一家烟酒店只需一个便士就可以买到。"福尔摩斯从背心口袋里掏出一本书皮上印着这座庄园的粗糙版画的小册子。

他接着说:"亲爱的麦克先生,当你被周围这古老环境气氛所感染的时候,这本小册子会增加你的调查情趣的。请你们保存一些耐心,我可以保证,虽然这只是一篇简短的介绍资料,但是足以使我们在头脑中浮现出这座古堡的昔日盛景。请允许我给你们念上一段吧。伯尔斯通庄园始建于詹姆士一世登基后的第五年,它建造在一片古建筑的遗址上,它是尚存的詹姆士一世时代有护城河的宅邸最完善的典型……""福尔摩斯先生,不要捉弄我们了。""喷!喷!麦克先生!你们的耐心似乎被磨光了。好,既然你们对这个问题不感兴趣,我就不逐字念了。不过我告诉你们,这里说到一六四四年反对查理一世的议会党人中的一个上校在这里住过;在英国内战期间,查理一世本人曾在这里藏了一些时日;最后谈到乔治二世也来过这里;难道你们不觉得这些问题都与这幢别墅有关系吗?""我承认这一点,福尔摩斯先生,不过这与我们的事风马牛不相及啊。""真的吗?亲爱的麦克先生,咱们这一行最重要的就是眼界必须开阔。各种概念的相互作用以及知识的间接使用是非常重要的。请原谅,虽然我不是一个职业侦探,但总算比你们虚长几岁,也许经验要多一些。""我当然不否认这一点,"麦克唐纳恳切地说道,"我承认你有你的道理,可是你做起事来太拐弯抹角了。"

"好,好,我们暂且放下过去的历史,回到现实生活中来。我已说过,昨晚我曾去过庄园。我既没有见到巴克先生,也没有见到道格拉斯夫人。我认为贸然打扰是不礼貌的,但令人欣慰的是,听说这个女人的精神看起来不错,而且食欲不错地享受了一顿丰盛的晚餐。我专程去拜访了那位善良的艾姆斯

恐怖谷

先生,和他亲切地交谈了一会儿,最后他终于允许我在别人不知道的情况下,独自在书房呆一段时间。""什么?和那个死尸在一起?"我突然喊出来。"不,不,现在一切正常。麦克,听说是你许可他们这样做的。我在那间恢复原状的屋子里呆了大约一刻钟,对我大有帮助。"

"你都干了些什么呢?""噢,我只是单纯地为了寻找那只丢失的哑铃,让事情保持原来的单一性,而且我认为它在破案过程中占有重要的位置。'皇天不负苦心人',我终于找到了它。""在什么地方找到的?""啊,咱们马上就能揭去那层神秘的面纱了,只要再稍微前进一步,我就会把我所知道的一切昭告天下!"

"好,我们答应你根据自己的主张去做,"麦克唐纳说道,"不过,你为什么让我们放弃这个案子呢?""很简单,亲爱的麦克先生,因为你们一开始就没有弄清楚调查对象啊。""我们不是正在调查伯尔斯通庄园约翰·道格拉斯先生的被害案吗?""对,对,你们说得对。可是,如果你们只费神地去追查那个神秘的骑车人。那么我保证,你们会发现这是徒劳无功的。"

"那么,你说我们应当做什么呢?""如果你们愿意,让我来告诉你们应该做些什么。""好,我一向认为你那些看起来古怪的做法往往是十分有效的,我一定照你的意见去办。""怀特·梅森先生,你怎么样?"看来他们两个人的侦探方法对这位乡镇侦探来说是太陌生了,他满头雾水地看看这个,望望那个。

"好吧,如果警官麦克唐纳认为是正确的,我当然也会同意。"怀特·梅森终于说道。"好极了!"福尔摩斯说道,"好,有人曾告诉过我,从伯尔斯通小山边直到威尔德,这一路的景色十分宜人,所以你们二位最好去那里散散步。虽然我不能在这个我并不熟悉的村子中向你们推荐一家很棒的餐馆,但你们定会找到满意的餐馆享受一顿午餐。晚上,虽然很疲倦,可是却高高兴兴……"

"先生,您这个玩笑未免开得太过火了!"麦克唐纳从椅子上生气地站起来,大声叫道。"好,好,随你们怎么度过这一天都可以,"福尔摩斯说道,高兴地拍了拍麦克唐纳的肩膀,"你们想做什么就做什么,想到哪里就到哪里,不过,请你们一定在太阳落山以前回到这里来见我。务必来,麦克先生。""这听起来才像是个头脑清醒的人说的话。""我不强迫你们接受我的建

议,尽管那些都是极好的建议。只要在我需要的时候你们在这里就行了。现在,在我们分手之前,我得给巴克先生写一个便条。"

"好!""如果你愿意的话,那我就口述了。准备好了吗?"

亲爱的先生,我认为,我们必须排净护城河的水,希望能找到一些………

"这是不可能的,"麦克唐纳说道,"我已做过调查了。"
"啧,啧,我亲爱的先生!不要心急,就照我说的写,行吗?"
"好,请继续讲吧。"

……希望能找到对我们的调查有帮助的东西。我已经安排好工人第二天早上就上工,把河水引走……

"不可能!"

所以我想最好还是提前说明一下。

"现在请签名,派人四点钟左右送去。那时我们再在这间屋里会面。在这之前,我们可以自由活动。我可以向你们保证,调查肯定可以暂停了。"

太阳即将落山的时候,我们再一次碰面,福尔摩斯的表情极为严肃,两个侦探异常气愤,而我则是好奇的。"好吧,先生们,"福尔摩斯严肃地说道,"我请你们现在和我一起去考察一下全部情况,然后做出自己的判断,看看我的观察是否能证明我得出的结论合乎情理。晚间气温很低,我也不确定需要多少时间,所以请务必加些衣服。我们必须在天黑之前赶到现场。如果没什么问题的话,我们马上出发。"

庄园的花园四周围着栏杆,我们顺着花园向前一直走到一个豁口处,从此处溜进花园。暮色渐浓,我们一行人走到一片灌木丛附近,几乎对着正门和吊桥。吊桥还没有吊起。我们三人随着福尔摩斯一起蹲下藏在月桂丛后面。"我们现在应该做些什么呢?"麦克唐纳唐突地问道。"等待,只有耐心地等

恐怖谷

待，请尽量不要发出声音。"福尔摩斯答道。

"我们究竟要在这儿干什么？你是否应该对我们再坦诚一些呢？"福尔摩斯笑了，他说道："华生不止一次地说我怀着艺术家的情调创作现实生活中的剧本，只因固执地要做一次成功的演出。麦克唐纳先生，如果我们不能总使我们的演出精彩无比，恐怕连我们自己都会感到单调而无趣了吧？试问，直截了当地告发，一刀见血的严峻处决——这种结案法能演出什么好剧呢？但如果我们能运用锦囊妙计做出敏锐的推断，对即将发生的事做出精确的预测，并且能证明自己是正确的——难道这不值得我们为自己从事的事业感到自豪吗？在现在这一时刻，你们会感到猎人预期得手前的激动。如果一切都已心知肚明，怎么能激动起来呢？麦克先生，请你们再耐心一点，一切就会清楚了。"

"好吧，我倒希望我们在冻死之前，这种自豪可以实现。"这个伦敦侦探无可奈何、幽默地说道。

我们几个人都很赞同这种迫切的愿望，因为我们守候得实在太久、太难以忍受了。这座狭长而阴森的古堡完全笼罩在黑暗中，从河中升起了一股阴冷、潮湿的寒气，我们被那种锥心刺骨的冷意刺激得牙齿不住打战。大门口只有一盏灯，那间出事的书房里有一盏固定的球形灯。四处是漆黑一片，毫无声息。"到底还需要等到什么时候呢？"麦克唐纳突然问道，"我们到底等候什么呢？""我不想像你那样算计等了多长时间，"福尔摩斯非常严厉地答道，"要是罪犯的犯罪活动能像列车时刻表那样准确有序，那自然是太方便了。至于我们在守候什么……瞧，我们守候的东西来了！"

他说话间，在书房中明亮的黄色灯光的映射下，一个来回走动的人影被投到窗户上。我们隐身的月桂树丛正对着书房的窗户，相距不到一百英尺。不久，窗子"吱"的一声突然打开了，我们隐约地看到一个人的头和身子探出窗外，向暗处张望。他鬼鬼祟祟地向前方注视着，一副生怕别人看到的模样。然后他向前俯下身子，接着一阵轻微的搅动河水的声音清晰地传来，这人好像在护城河中寻找着什么。突然他像捞鱼一样捞上一个又大又圆的东西，只是在拖进窗户时，被灯光挡住了。

"马上！"福尔摩斯大声喊道，"快去！"我们三人马上站起来，运动已经麻木的四肢，摇摇晃晃地跟在福尔摩斯后面。他迅速地跑过桥去，用力拉响

门铃。门"吱拉"一声打开了,艾姆斯吃惊地站在门口,福尔摩斯一言不发地把他推到一边,我们大家也都随他一同冲进室内,冲向我们苦苦守候的那个人。油灯此刻正在塞西尔·巴克的手中,放出我们刚才所见过的光芒。我们进来时,他把灯举向我们。灯光映射在他那坚强、果敢、刮得光光的脸上,让我们清楚地看到他双眼中不断跳动的怒火。

"你们想干什么?"巴克喊道,"你们在找什么?"福尔摩斯敏锐的眼光迅速扫视了一周,然后冲向书桌下一个浸湿的包袱。"就是找这个,巴克先生,这里面裹着哑铃,包袱是你刚从护城河里捞起来的。"巴克脸上现出不可思议的神色,注视着福尔摩斯问道:"你是如何了解到这些情况的?""很简单,是我把它放到水里的嘛。""是你放到水里的?你?!"

"严谨地说'是我重新放到水里的'。"福尔摩斯说道,"麦克唐纳先生,你记得我说过缺一只哑铃的事吧,我提醒过你,可你却由于忙着别的事,而对这个可以让你得出正确结论的东西置之不理。不难想象,一间靠近河水的屋子中失去了一件很重的东西,这一定是为了将别的东西沉到水中。这种推测至少是值得检验的。艾姆斯答应我可以留在这屋中,所以说,昨晚在艾姆斯的帮助下,我用华生雨伞的伞把已把这个包袱从水中勾了出来,并已做了一番检查。

"然而,最重要的是,我们应当弄清楚是谁把包袱放到水中去的。于是,我们便宣布要在明天抽干护城河里的水,这就迫使那个隐藏包袱的人在夜深人静的时候,要把它取回来。我们至少有四个人亲眼见到是谁趁机抢先打捞这个包袱的。巴克先生,我想,你似乎有些事情应该对我们讲清楚。"歇洛克·福尔摩斯把湿包袱放在桌上的油灯旁边,打开绳索。他拿出里面的那只哑铃,把它放到另一只的旁边。然后他又拿出一双长统靴子。"你们看,这是美国式的。"福尔摩斯指着鞋尖说道,接着他拿出一柄带鞘的杀人长刀放在桌上,最后他打开的是一捆衣服,里面有一整套内衣裤、一双袜子、一身灰粗呢衣服,还有一件黄色短大衣。福尔摩斯指着说:"除了这件以外,其他衣服都是平常之物,而这件大衣似乎对我们很有启发。"

福尔摩斯把大衣举起来,用他那瘦长的手指指着大衣接着说道:"你们看,这件大衣衬里里面,有这种式样的一个口袋,很明显这是为了装那支截短了的猎枪。衣领上的商标说明它来自美国的维尔米萨镇的尼尔服饰用品店。

恐怖谷

我曾在一个修道院院长的藏书室里用一下午的时间了解到维尔米萨位于美国一个以煤铁闻名的山谷的谷口,它是一个繁荣的大城镇。巴克先生,我记得你同我谈起道格拉斯先生第一位夫人时,曾经谈到产煤地区的事。那么就不难由此得出推论:奇怪卡片的 V. V. 代表的可能就是维尔米萨山谷(Vermissa Valley),它可能就是道格拉斯曾经提过的恐怖谷,而刺客也许就来自这个山谷。这已经很清楚了。现在,巴克先生,我好像是有点抢了你说话的机会了。"

在这个伟大的侦探解说的过程中,塞西尔·巴克脸上的表情可谓怪相百出:忽而羞愤交加,忽而惊奇不已,忽而万分惊恐,忽而犹豫不定。最后他略带挖苦地回避福尔摩斯的话语,冷笑着说:"福尔摩斯先生,既然你都知道了,那就再给我们讲一点。"

"我当然能告诉你更多的情况了。但是,巴克先生,你不认为自己讲会更体面吗?""啊,是这样吗?好,我只能告诉你,如果这里真隐藏了什么秘密的话,那也不是我的隐私,想让我说出来,看来你是找错人了。"

"好,巴克先生,如果你再不合作,"麦克唐纳冷冷地说,"我们只好先拘留你,然后再正式逮捕你了。""随你们。"巴克目空一切地说。凝望着他那毅然决然的面容就会明白,即使对他动刑,他也绝不会改变主意了。然而,正在这时,一个女人的说话声,打破了这个僵局。原来,道格拉斯夫人一直在门外听我们谈话,现在她已从半开的门走进屋里来了。"塞西尔,不管后果如何,你已经为我们竭尽全力了。""不只很尽力,而且过了,"歇洛克·福尔摩斯庄重地说道,"我非常同情你,夫人,我坚决劝你信任我们,并且把我们当做知心人。也许我有过失,因为我并没有理会你通过华生给我的暗示去询问你的隐私,甚至我一开始认为你与案件有直接关系。现在我相信根本不是这么回事。然而,有许多问题还需要说明,我劝你还是请道格拉斯先生自己把这一切给我们讲一下。"

听福尔摩斯这么一说,道格拉斯夫人惊奇万状,不由得叫出声来。这时有一个人从阴暗的墙角出现并走过来,他好像从墙里冒出来一样,让我和两位侦探不由得惊叫了一声。道格拉斯夫人转过身,马上和他拥抱起来,巴克也握住了那人的一只手。"这是再好不过了,巴克,"道格拉斯重复说道,"我相信这是再好不过了。""是的,的确这样最好,道格拉斯先生,"歇洛克·福

尔摩斯说道,"我相信你会同意我们的这种说法的。"

这个人刚从黑暗的地方走向亮处,眨着那双不太适应光亮的眼睛,站在那里望着我们。这是一张让人印象深刻的面孔———双勇敢刚毅的灰色大眼睛,凸出的方下巴留着已剪短的灰白胡须,一丝幽默感若隐若现地出现在嘴角。他细细打量了我们一番,出乎我意料的是,他竟向我走来,并且递给我一个纸卷。"久闻大名,"他说道,他圆润悦耳的声音既不像英国人,也不像美国人,"你是这些人中的历史学家。好,华生医生,我敢用全部财产和你打赌,你从来没有见过你手中这样的故事资料。你可以用自己的方式表达它,不过只要有了这些事实,你的读者一定会十分感兴趣的。在我隐藏的两天中,我利用只能利用的白天的时光,将这个故事落实到纸上。至于你,可以随意使用这些材料。这就是恐怖谷的故事。""这已经是过去的事了,道格拉斯先生,"歇洛克·福尔摩斯心平气和地说道,"此时我们只希望了解现在的事情。""让我来讲给你们听,先生,"道格拉斯说道,"我说话的时候,可以吸烟吗?好,谢谢你,福尔摩斯先生。如果我没记错的话,你也喜欢吸烟。你想想看,要是你口袋里装着烟枯坐两天,却为了不暴露自己而不能吸烟,那种滋味有多难受啊!"

道格拉斯抽着福尔摩斯递给他的雪茄倚在壁炉台上,说道:"久仰了,福尔摩斯先生,可我从来没想到会有与你见面的一天。但在你还没了解这些材料以前,"道格拉斯向我手中的纸卷点头示意说,"我相信我要讲的故事对你们来说绝对是新鲜的。"警探麦克唐纳异常吃惊地注视着这个仿佛从地底下冒出来的人。

"啊,谁能告诉我这究竟是怎么回事?!"麦克唐纳终于大声说道,"如果你就是伯尔斯通庄园的杰克·道格拉斯先生,那么,那个死者是谁呢?还有,你究竟从哪儿冒出来的?我看你像玩偶匣中的玩偶一样,'嘭'一下就从地板下面弹了出来。"

"唉,麦克先生,"福尔摩斯不赞成地摇晃一下食指,"你没有读过描写国王查理一世避难的故事吗?在那年头要是没有安全的藏身之处是无法藏身的。用过的藏身之地当然还可以接着用,所以我确信这幢别墅就是道格拉斯先生的避难所。""福尔摩斯先生,你为何捉弄我们这么长时间?"麦克唐纳生气地说道,"你竟任凭我们像白痴一样去调查那些你早已心知肚明的荒谬的事情。"

恐怖谷

"不是一下子就弄清楚的,亲爱的麦克先生。昨晚我才对这件案子形成较为系统的见解。因为只有到今天晚上才能得到证实,所以我劝你和你的同事白天休息。除此以外我还能做些什么呢?当我在护城河里发现衣物包袱时,我马上清楚了,我们所看到的那个死尸根本就不是杰克·道格拉斯先生,而是从滕布里奇威尔斯市来的那个骑自行车的人。没有其他的可能了。所以必须要找到杰克·道格拉斯先生本人,最大的可能就是,他在妻子和朋友的帮助下,隐藏在别墅内一个极为隐秘的地方,然后等待最佳的逃跑时机。"

"精彩,您果然是名不虚传,"道格拉斯先生称赞道,"我本想,我已经逃脱英国法律的制裁了,因为我确定我不能忍受英国法律的裁决,而且这个机会可以使我永远摆脱那些穷追不舍的恶犬们。不过,自始至终,我问心无愧,而且我所做的事也没有不可告人的。当我把全部故事告诉你们以后,我相信你们会做出公正的裁决。警探先生,你不用警告我,我向上帝保证我说的都是事实。"

"这上面写得十分清楚,所以我就不从头开始了,"道格拉斯指着我手中的纸卷说道,"你们可以看到无数奇异荒唐的怪事,这都指向一点:有些人出于各种原因和我结怨,不惜一切代价也要弄死我。只要他们都活着,世界上就没有我安全的容身之地。他们从芝加哥追踪我到加利福尼亚,终于把我赶出了美国。在我结婚并定居在这与世无争的小村子以后,我想我可以安安稳稳地度过晚年了。

"我并没有把这些事告诉我的妻子。我为什么把她拖进这恐怖谷中呢?如果她知道了,那么她就会时刻生活在惊恐不安中。我认为她已经知道一些情况了,因为我有时无意中总要露出一两句来。不过,直到昨天你们看到她的时候,她并不知道事情的真相。她和巴克告诉你们的是他们知道的全部情况,因为案发当天晚上,时间太仓促,我根本来不及向他们细讲。现在她才知道这些事,如果我够聪明的话,我应该早些告诉她。不过,这实在是太困难了,亲爱的,"道格拉斯握了握妻子的手,"现在我做得好一些了吧。""好,先生们,在这些事发生以前,有一天我到滕布里奇威尔斯市去,在街上瞥见一个人。虽然只一瞥,可是凭借着我对这类事的经验和敏感,我可以毫不犹豫地认定他是谁。这么多年来,他一直像饿狼追驯鹿一样追着我不放,是我的仇敌中最穷凶极恶的一个。我明白宁静无波的生活要结束了,于是我回到家里

做了准备。我认为我自己完全可以应付。一八七六年,有一个时期,我的运气好,在美国是人所共知的,我丝毫也不怀疑,命运之神仍在眷顾着我。第二天,我哪儿都没有去,整天在做着准备。否则,在接近他以前,我就会被他抢先掏出火枪打死。晚上吊桥拉起以后,我的心情平静了许多,不再想这件事了。出乎我意料的是,他竟会溜进屋里等我。当我穿着睡衣进行例行巡视时,在没进书房以前,我就嗅到了一丝危险的味道。我的一生中遇到过无数次危险,每到这时,我的第六感官就会发出警告信号。我很清楚地得到了这种信号,可是我不知道为什么。当我发现窗帘下的那双长统靴子时,我就完全清楚了。

"我的手中除了一只蜡烛,什么都没有,但大开的房门使大厅的灯光清楚地照进来……这时他扑到我面前,我只见刀光一闪,急忙挥动铁锤向他猛砸过去。'当啷'一声,刀子掉在了地上。他马上异常灵活地绕着桌子跑开了。接着,他掏出了枪。我听到他把机头打开了,但还没来得及开枪,就被我死死地抓住了枪管,我们互相争夺了大约一分钟。对他来说,松手丢了枪就等于丢了命。在争夺中,枪口始终朝上。不知是谁碰到了扳机,两筒枪弹全部射到他脸上,我终于看出这是特德·鲍德温。我一直都知道是他,可照我看,他那时的样子,恐怕连他的母亲都认不出他了。我过去对大打出手已经习惯了,可是一见他这副尊容还是不免作呕。巴克匆忙赶来时,我正倚靠在桌边,接着我听到我妻子走来了,而这种场面绝不能让她看到,于是我在门口拦住了她,劝她回到楼上,并承诺会向她解释的。我对巴克只讲了一两句,他马上就看明白了,于是我们就等着其余的人随后来到,可是没有听到来人的声音。于是我们料定刚才所发生的一切只有我们三个人知道,而其他人根本什么也没听见。

"当我看到这个人卷着袖子的臂膀上露出的会党标记时,一个十分高明的主意在我头脑中浮现出来。请瞧瞧这里。"道格拉斯卷起他自己的衣袖,露出一个和死者身上一模一样的烙印——褐色圆圈里面套着一个三角形。

"就是它让我灵机一动,转眼就明白了一切。他的外形几乎和我一模一样,再没有人能认出他的面目了,该死的恶魔!我扒下他身上的身服,然后和巴克用一刻钟的时间把我的睡衣给他穿上,而他就像你们最初看到的那样躺在地上。我们把没用的东西包起来,用仅能找到的哑铃将它扔出窗外沉到

恐怖谷

水底。然后我把那张本应在我尸体上的卡片放在他的尸体旁。

"然后我把我的戒指戴到他手上，至于婚戒，"道格拉斯伸出那只肌肉发达的手来，说道，"你们自己可以看到我戴得紧极了。从结婚到现在，我从来没动过它，如果不用锉刀，根本取不下来。而我当时也没想到要这么做，所以只好让这件小事由它去了。另一方面，我拿来一块小橡皮膏贴在死者脸上，那时我的那个位置正贴着一块。福尔摩斯先生，这是你疏忽的地方。如果当时你揭开这块橡皮膏，你会发现下面的皮肤是完好无损的。好，这就是当时的情况。如果我能避过风头，然后再和我的'孀妇'一块离开这里，我的余生就会恢复往日的平静了。只要我活在世上，这些恶魔就不会让我安宁；可是如果他们在报上看到我已被暗杀身亡的消息，他们就会放弃追杀我，而我的一切麻烦也就结束了。我来不及对巴克和我的妻子解释这一切，不过他们和我心神相通，并且在全力帮助我。我和艾姆斯都知道别墅中的那个藏身之处，可他无论如何都不会把这个密室和这件事联系起来。我藏进那个密室里，其余的事就由巴克去做了。

"至于巴克做的事，我想你们都已经很清楚了。他打开窗户，把鞋印在窗台上，造成凶手越窗逃跑的假相。这是很难的，因为吊桥已经拉起，道路都已封死了。安排好一切后，他才拼命拉起铃来。以后发生的事，你们全知道了。先生们，事实就是这样，你们看着办吧。我发誓，你们听到的是全部真相。请问法律会如何处置我呢？"大家都默不作声，歇洛克·福尔摩斯打破了沉寂，说道："英国的法律是公正的，你不会被冤枉。可是我想知道他是如何查到你住在这儿的？他是怎样进入你屋里的，又藏在哪里想暗害你呢？""这我就不知道了。"

福尔摩斯的面容苍白而严肃。

"恐怕这件事还没有完呢，"福尔摩斯说道，"你会发现比法律制裁更大的危险，甚至也比你那些从美国来的仇敌更加危险。道格拉斯先生，更大的麻烦事在等着你。请听听我的忠告，不要放松警惕。"

读者们，请保持耐心！暂时随我一起远离这苏塞克斯的伯尔斯通庄园，也远离这个叫做杰克·道格拉斯的人的怪事发生的这一年。请你们和我做一次远游，退回到二十年前，向西远渡几千里，那么，我会向你们讲述一个耸人听闻、稀奇古怪的故事。你听完后，即使它是无可否认的事实，你还是很

难相信的。

不要以为我在一案未了以前,又介绍另一件案子。你们读下去就会发现事实并不是这样的。在你们听我详细讲完陈年旧事并解决完所有的哑谜以后,我们还要在贝克街这座宅子里重新会面的。在那里,这件案子像其他许多奇异事件一样,自有自己的结局。

恐怖谷

死酷党人

一个怪人

一八七五年二月四日，寒冷的天气使吉尔默敦山峡谷中积满了深雪。但是，蒸汽扫雪机的开动使铁路线保持了畅通无阻。连接煤矿和铁矿区这条长线路的夜班车，像一名不堪重负的夜行人从斯坦哥维尔平原迟缓艰难地爬上陡峭的斜坡，向维尔米萨谷口的中心区维尔米萨镇驶去。火车到这里转向下行驶，途经巴顿支路、赫尔姆代尔，到达了以农产闻名的梅尔顿县。这是单轨铁路，侧线上那些载满煤和铁矿石的货车，展现了这里丰富的矿藏。这些黑色的黄金使这个美国最偏僻的角落迁来了许多粗野的淘金者，他们使这里沸腾起来。

第一批在这里进行详细考察的开拓者无论如何也不会想到这片风景如画的草原和水草繁茂的牧场，以前竟是被黑岩石和茂密森林覆盖的不毛之地。山坡上布满了直冲云霄、遮天蔽日的密林，再往上是高耸的光秃秃的山，覆盖着皑皑白雪的巉岩屹立两侧。

这列火车经过蜿蜒曲折的山谷，正在向上缓缓地爬行着。在客车简陋的车厢里，油灯刚刚点起，一节车厢里坐着二三十个人，大多数是工人，安全度过了危险而又劳累的一天之后，坐火车回去休息。差不多有十几个人，从他们落满灰尘的面孔以及他们携带的安全灯来看，他们显然是煤矿工人。他们坐在一起吸烟，低声交谈，偶而瞥一眼坐在车厢对面的两个人，那两人穿着制服佩戴徽章，显然他们是警察。客车厢里还有几个劳动妇女，有一两个也许是当地的小业主，除此之外，在车厢的角落里独自坐着一个年轻人。这个人和我们的故事有关系，所以需要详细交代一下。

这个年轻人不超过三十岁，中等身材，气宇轩昂。一双闪烁着幽默光芒的灰色大眼睛，时常好奇地透过眼镜打量着周围的人们。可以看出他是一个

善于交际、性情坦率的人,喜欢和所有人交朋友。人们可以马上就发现他善于交际和爱说话的性格,他的脸上时常露出机智的微笑。但如果你仔细观察就会在他的双唇和嘴角上发现坚毅果敢的神色,知道这是一个思想深邃的人,这个充满年轻活力的拥有褐色头发的爱尔兰人一定会在社会中找到自己的位置的。

这个年轻人和坐在他旁边的一个矿工说了几句话,但对方话语很少而又粗鲁,使他兴味索然,他只好沉默着,闷闷不乐地凝视着逐渐沉到地平线下的太阳。逐渐变暗的天色很难使人高兴起来,山坡上闪烁着炉火的红光,矿渣和炉渣堆积如山,隐现在山坡两侧,上面耸立着煤矿的竖井。零星散落在沿线的低矮木屋的窗口里透出隐隐的灯光,只能隐约看见轮廓。沿途的停车站挤满了皮肤黝黑的乘客。

有闲阶层和有文化的人们绝不会来维尔米萨区这个产煤、铁的山谷。这儿到处是从事着粗笨劳动的粗野而健壮的工人,他们为了生存而进行着最原始的搏斗。这位年轻的旅客眺望着小城镇的荒凉景象,脸上的不快和好奇,表明这地方他并不熟悉。他不时地从口袋中掏出一封信来,看看它,在信的空白处潦草地写下一些字。有一次,他竟从身后掏出一支最大号的海军用左轮手枪,使人很难相信他这样温文尔雅的人竟会随身带着这种东西。他把手枪侧向灯光,弹轮上的铜弹闪闪发光,表明枪内装满了子弹。虽然他已尽可能地把枪放回口袋里,但仍被邻座的一个工人看到了。

"喂,老弟,"这个工人说道,"你的戒备心好像很强嘛。"年轻人不太自然地笑了笑。"是啊,"他说道,"我以前住的地方,它是必不可少的。""是什么地方这么危险?""芝加哥。""你对此地还很陌生吧?""是的。""你会发现它在这里也是很有用的。"这个工人说道。

"啊?你说的是真的吗?"年轻人很关心地问道。"你不知道这附近出过事么?""没听说有什么不正常的事。""嗨!这里出的事多极了,用不了多久你都会听烦的。你到这儿干嘛来了?""我听说只要肯吃苦的人在这里都会找到活儿干的。""你是工会里的人?""是的。""我想,你会找到活儿的。你有朋友吗?""还没有,不过会有的。"

"哦,什么办法呢?"

恐怖谷

"我是自由人会的会员，任何一个城镇都有它的分会，在分会里我肯定会交到朋友的。"这番话似乎引起了对方的高度重视。那工人充满疑虑地向车上其他人扫视了一眼，看到矿工们还在低声交谈，两个警察在打盹。他走过来，紧挨着年轻旅客坐下，伸出手来，说道："把手伸过来。"两个人握了握手对暗号。

"我看得出你没有说谎，不过还是要弄明白些好。"说罢他举起右手，放到自己的右眉边。年轻人则举起左手，放到左眉边。

"夜晚是很无聊的。"这个工人说道。"对独在异乡的人，夜晚是不愉快的。"另一个人回答说。"太好了。我是维尔米萨山谷三四一分会的斯坎伦，非常高兴在此地见到你。"

"谢谢你。我是芝加哥二十九分会的杰克·麦克莫多，身主J. H. 斯科特。我太幸运了，这么快就遇到一个弟兄。""好，附近有很多我们的人。你能看到，在这里，本会势力庞大，美国任何地方都不能和我们相比。可是我们得有许多像你这样的小伙子才成。真难想象你这样精明的会员竟然在芝加哥找不到工作。"

"我找到过很多工作呢。"麦克莫多说道。

"那你为何离开呢？"麦克莫多用嘴指了指对面的警察并且笑了笑，说道："我想他们知道了准会很高兴的。"

斯坎伦同情地哼了一声。"有什么麻烦吗？"他低声问道。

"很麻烦。"

"是犯罪行为吗？"

"不只这些。"

"不是杀人吧？"

"谈这样的事还太早，"麦克莫多说道，"我离开芝加哥自然有充分的理由，你不要多管闲事了。你是什么人？为什么对这件事追问不停呢？"麦克莫多灰色的双眸透过眼镜突然露出愤怒的凶光。"好了，老兄，别见怪。人们不会认为你做过什么坏事的。你现在要去哪儿？""到维尔米萨。""还有两站。你准备住哪儿呢？"麦克莫多掏出一个信封来，把它凑近昏暗的油灯。"这是我在芝加哥的一个熟人给我介绍的一家公寓，地址是谢里登街，雅各布·塞

夫特。""噢,我不知道这个公寓,我对维尔米萨并不熟悉。我住在霍布森领地,马上就要到了。在告别以前,我要给你一个建议。如果你在维尔米萨遇到难处,你可以直接到工会去找首领麦金蒂。他是维尔米萨分会的身主,在这里,没有什么事是布莱克·杰克·麦金蒂解决不了的。再见,老弟,我相信我们早晚会在会里见面的。不过别忘了我说的:你一旦遇到困难,就去找首领麦金蒂。"

斯坎伦下车了,麦克莫多又重新陷入沉思。黑暗已经完全笼罩了大地,高炉喷出的火焰嘶叫着、跳跃着,在黑暗中放肆地发出刺眼的光芒。在红光映照中,一些黑色的身影在随着起重机或卷扬机的动作,在铿锵声与轰鸣声中劳作着。

"我想地狱就是这个样子。"有人说道。麦克莫多转回身来,看到一个警察动了动身子,望着外面炉火映照的荒原。"从这一点来说,"另一个警察说道,"我认为地狱一定像这个样子,那里的魔鬼未必比我们知道的还要坏。"他转向麦克莫多问道:"年轻人,我想你刚到这地方吧?""嗯,那又怎么样?"麦克莫多有点粗暴无礼。

"是这样,先生,我劝你交朋友要小心谨慎。我要是你,我不会刚开始就和迈克·斯坎伦那一帮人交朋友。"

"我和谁交朋友,干你屁事!"麦克莫多厉声说道。他的声音惊动了车厢内所有的人,大家都吃惊地注视着他们。"我求你帮助我了吗?你以为我是个笨蛋,不听你的劝告就什么也干不了?有人跟你说话你再说话,如果我是你呀,早就靠边儿站了!"他咬牙切齿地冲向警察,像是一只发怒欲咬人的狗。

这两个老练、温厚的警察大吃一惊,他们没想到自己友好的表示竟遭到对方如此强烈的拒绝。"别见怪!先生,"一个警察说道,"我们是看你初到此地,为了你好,才对你提出警告的。"麦克莫多无情地怒喊道:"收起你们的警告吧!你们天下乌鸦一般黑,没有人会需要你们的警告的。""我们不久就会再见面的,"一个警察冷笑着说道,"我要是法官的话,我敢说你可算是百里挑一的人了。"

"我也有同感,"另一个警察说,"我想我们会再见面的。""别以为你们

恐怖谷

会吓倒我,我不怕!"麦克莫多大声喊道,"我的名字叫杰克·麦克莫多,知道吗?你们可以在维尔米萨谢里登街的雅各布·塞夫特公寓找到我,不管白天晚上,我都敢见你们这帮家伙,绝不会躲开的。你们别搞错了。"矿工们低声议论着这个新来的人的大胆行动,对他给予极大的同情和称赞,两个警察无可奈何地耸耸肩,又互相小声交谈。

几分钟以后,火车驶进一个灯光暗淡的车站,维尔米萨是这条铁路线上最大的城镇,所以这里有一片旷地。麦克莫多提起皮革旅行包,正准备走向暗处,一个矿工走上前来。"哎呀,老兄,你刚才说得太棒了。"他钦佩地说,"听你讲话,真是痛快。我给你领路,请允许我帮你拿旅行包,回我家正好经过塞夫特公寓。"他们从月台走过时,其他的矿工都纷纷友好地向麦克莫多道晚安,用敬重的目光瞅着他。所以,在麦克莫多还没有立足此地时,这个捣乱分子就已经名满维尔米萨了。

乡村是恐怖的地方,可是从某种程度上来说,城镇更加使人感到沉闷。这狭长的山谷,给人的却是一种阴沉壮观的感觉,熊熊烈火映红了大半个天空,在巨大的坑道旁堆积而成的小山上,勤劳勇敢的人们创造了不朽的业绩。可城镇却显得丑陋而肮脏:来来往往的车辆把宽阔的大街轧出许多泥泞不堪的车辙;人行道狭窄而坎坷不平;街道旁的房屋都有临街的阳台,在煤气灯暗淡的灯火的映照下,显得肮脏而又杂乱无章。麦克莫多和那矿工走近了市中心,一排店铺灯火通明,酒馆、赌场更是灯光辉煌,矿工们把他们的血汗钱扔进一个个无底洞。

"这就是工会,"这个向导指着一家高大且像旅社的酒馆说道,"杰克·麦金蒂是这里的首领。"

"他是一个怎样的人?"麦克莫多问道。

"怎么!你从没听过他的大名吗?"

"我初来此地,怎么会听说过他呢?"

"噢,我以为工会里的人全知道他的名字呢。他的名字经常上报纸呢。"

"为什么呢?""啊,"这个矿工压低了声音,"出了些事呗。""什么事?""天哪,先生,我说句话,希望你不要生气。你真是个怪人,在这里只有死酷党人的事才是尽人皆知的。""我好像在芝加哥听说过死酷党人。是一伙杀人

凶手,不是吗?""嘘,别再说了!求求你!"这个矿工惶惑不安地站在那里,张大惶恐的双眼注视着他的同伴,大声说道,"伙计,你要是不想送命就不要讲这样的话。许多人因为比这还小的事都已经把命送了。"

"我只是听说的,其实我什么也不知道。""不过,我不能说你听到的不是事实。"这个人一面说,一面像害怕被别人看到似的忐忑不安地打量着四周,并紧盯着暗处不放,"如果是凶杀的话,天知道有多少凶杀案。但你千万别把这些和杰克·麦金蒂联系在一起,任何议论他都会知道,而他是绝不会轻易放过议论他的人的。好,街后的那一座就是你要找的房子。你会发现房主老雅各布·塞夫特是一个诚实的大好人。"

"多谢,"麦克莫多和他的新朋友握手告别时说道。他提着旅行包,步履沉重地走向那所住宅,走到门前,用力敲门。

门马上打开了,门内站着的人大出他的意料。她是一个年轻貌美的德国型女子,金黄的头发映衬着晶莹剔透的肌肤,一双乌黑美丽的大眼睛,惊奇地打量着来客,娇羞腼腆使她那白皙的脸儿泛出美丽的红晕。在门口明亮街灯的映照下,麦克莫多觉得自己好像被这从未见过的美丽风姿震慑住了:她与周围污秽阴暗的环境形成了鲜明的对照,益加动人;她就宛如在黑煤渣堆上凭空生出的一支空谷幽兰那么令人惊叹!他神魂颠倒、目瞪口呆地站在那里,最后这女子打破了沉默。"我还以为是父亲呢,"她娇声说道,略微带点德国口音,"你是来找他的吗?他到镇上去了,我正等他回来呢。"

但这个矜持的来访者仍满心爱慕地痴痴凝视着她,那女子在这种灼热目光的注视下心慌意乱地低下了头。"不是,小姐,"麦克莫多终于开口说道,"我不急着找他,是有人介绍我到你家来住。我觉得这个建议非常好,现在我更加确定这一点了。""你也决定得太快了。"女子微笑着说。

"除了瞎子以外任何人都会这样决定的。"麦克莫多答道。她听到这赞美的话语,嫣然一笑。"先生,请进来,"她说道,"我叫伊蒂·塞夫特,是塞夫特先生的女儿。母亲早已去世,由我料理家务。你可以坐在前厅炉旁,我父亲一会儿就会回来。啊,他来了,什么事你和他说吧。"

一个老人从小路上慢慢走来。麦克莫多简单地向他说明了来意,说自己

恐怖谷

是由在芝加哥一个叫墨菲的人介绍到这儿来的,这个地址是另一个人告诉墨菲的。老塞夫特完全答应下来。麦克莫多无条件同意了一切条件,对房费也毫不吝啬,他好像很富有,预付了每周七美元的膳宿费。于是这个公然自称逃犯的麦克莫多,开始住在塞夫特家里。这看似普通的第一步引出的是漫长而充满风波的生活,这出剧的落幕则是在远在天涯的异国。

福尔摩斯探案全集

身 主

麦克莫多很快就使自己出了名。他走到哪里,马上会被人认出来。不到一周,麦克莫多已经变成塞夫特寓所的新闻人物。这里有十到十二个寄宿者,不过他们只是普通的工人或店员,并且与这个年轻的爱尔兰人的脾气有很大差异。晚上,他们一起谈话时,麦克莫多总是谈笑风生,语出不凡,他的歌声尤具魅力。他似乎天生赋有使周围的人心情舒畅的办法,使人不由自主地将他当做挚友。但他在显出超人智力的时候又会突如其来地暴怒,就像那次在火车上一样让人生畏。在他眼里,法律和一切执法者全部一钱不值,这使他的一部分同宿人感到高兴,另一些人则惊恐不安。

一开始,他就做得极其明显,公然赞美说,从看到房主之女的美貌容颜和娴雅风姿起,她就占据了他的心房。他是一个行动派的人,第二天他就向姑娘表诉衷情,并不断地对她说爱她,对她那些让他灰心丧气的话完全置之不理。"还有什么人呢!"他大声说道,"好,让他倒霉吧!让他小心点吧!我是绝不会把我一生的幸福和全身心去爱的人拱手让人的!现在你可以说'不',但我还年轻,我一定会等到你对我说'行'的那一刻!"

麦克莫多是一个十分有手段的求婚者,他有一张爱尔兰人花言巧语的嘴巴和一套随机应变、聪明机智的手段。他那丰富的经验和难以捉摸的魅力,颇得女性的欢心,她最终掉入他编织的爱情大网中。他谈起他的出生地莫纳根郡那些可爱的山谷,谈到引发人无限幻想的岛屿、低矮的小山和绿油油的湖边草地,在这种到处是污秽肮脏的地方去想象那种迷人的景色,会使人感到一种超乎现实的美妙。

然后他把话题转移到北方城市的生活。他熟悉底特律和密西安州一些伐木区新兴的市镇,最后在芝加哥的一家锯木厂里工作。然后就含蓄地说到风流韵事,说到在那个大都会里遇到的离奇而又隐秘的奇事,这些都是言语所不能表达的。他有时忽然若有所思地远离话题,使话题突然转到一个神奇的世界,有时又回到这沉闷而荒凉的山谷里。而伊蒂静静地听他讲述,她那双乌黑的大眼里随着讲述者故事的发展变化,闪现着时而兴奋、时而怜悯的光

彩,这一切使两颗心自然迅速地贴在了一起。

麦克莫多曾受过良好教育,因此他很快就找到了一个记账员的临时工作。这占去了他大部分的白天时间,自然无暇去向自由人分会的身主报到。直到一天晚上,他在火车上认识的旅伴迈克·斯坎伦来拜访,才提醒了他。斯坎伦是个身材矮小、面容清瘦、眼睛乌黑、胆小如鼠的人,又看到麦克莫多使他很高兴。喝了几杯威士忌酒以后,斯坎伦说明了来意。"喂,麦克莫多,"斯坎伦说道,"我记得你的住址,所以冒昧地来找你,让我奇怪的是,你为什么到现在还不去拜访身主麦金蒂呢?"

"啊,我正在找事做,太忙了。""我劝你还是尽快找时间去拜访他一下!天哪,伙计,你到这里以后,竟没有马上到工会去登记姓名,真是疯了!要是得罪了他,唉,就说到这儿吧!"麦克莫多有点惊奇,说道:"斯坎伦,我入会已经好几年了,可我从来没听到会员有这样一项义务。"

"或许在芝加哥不是这样。"

"嗯,但是社团是一样的。"

"是吗?"斯坎伦久久地凝视着他,一道凶光在其眼中闪现。

"不是吗?"

"希望你能在一个月内给我讲清楚这些事。我听说我下车后你和警察争吵过。"

"你是怎么知道的?"

"啊,任何事在这里都传得很快。"

"嗯,不错。我把我对这帮家伙的看法告诉了他们。"

"天哪,麦金蒂会很欣赏你的!"

"什么?他也恨这些警察吗?"麦克莫多迸发出一阵笑声。"去看他吧,伙计,"斯坎伦临走时对麦克莫多说道,"如果你再不去的话,他就要恨你而不恨警察了。现在请你听我的劝告,立即去看他吧!"

恰巧就在这天晚上,发生了一个十分紧急的情况,使麦克莫多不得不这样去做。也许是因为他对伊蒂日益明显的关心被这个好心的德国房东逐渐觉察出来。不管什么原因,反正房东把这个年轻人叫到自己房中,开门见山地谈到正题上来。

"先生,依我看来,"他说道,"你有点爱上我的伊蒂了,是吗?还是我误会了?""不,您并没有猜错,正是这样。"年轻人答道。"那么我就不瞒着你

了，这是没有用处的。在你以前，已经有人缠上她了。""她也跟我这么说过。""你应当相信她说的都是真的。不过，你知道这个人是谁了吗？""没有，我问过她，可是她不告诉我。""我猜她就不会告诉你，这个小丫头。也许她怕把你吓跑吧。""吓跑！"麦克莫多一下子火冒三丈。"啊，不错，我的朋友！你怕他根本就不是一种羞耻。这个人是特德·鲍德温。""这恶魔是什么人？""他是死酷党的一个头目。""死酷党！以前我听说过。为什么每次提到死酷党大家都是窃窃私语，一副胆战心惊的样子？你们都怕什么呢？死酷党到底是些什么人呢？"房东像每个人谈起那个恐怖组织一样，本能地压低了声音。"死酷党，"他说道，"就是自由人会。"年轻人大吃一惊，说道："不可能！我就是一个自由人会会员。""什么！我要是早知道你是这种人，我决不会让你住在我这儿——即使你每星期给我一百美元，我也不会同意。"

"这个自由人会有什么坏处呢？会章的宗旨是博爱和增进友谊啊。"

"其他地方可能是这样的，在这里却截然相反！"

"它在这里是什么样的呢？""是一个暗杀组织。"麦克莫多不相信地笑了笑，问道："你凭什么这么说呢？""凭什么！这里的五十桩暗杀事件就是证据！像米尔曼和范肖斯特，还有尼科森一家，老海姆先生，小比利·詹姆斯以及其他一些人不都是证据吗？这里哪个人不了解死酷党的底细？""喂！"麦克莫多诚恳地说道，"如果你不收回你所说的话或向我道歉，我是不会搬走的。请你站在我的立场上为我想一想，我是一个外地人，我是这个社团的一分子，虽然它在全国范围内都有分社团，但在我心中它是纯洁的。现在，正当我打算加入这里的组织时，你却告诉我说它是一个暗杀组织，叫做'死酷党'。我认为你该向我道歉，要不那样的话，就请你解释明白，塞夫特先生。"

"我只能告诉你，这是世人皆知的，先生。自由人会的首领，就是死酷党的首领。他们是一体的，你得罪了一个，另一个就会报复你。证据简直是太多了。""这仅仅是一些流言蜚语！我要的是证据！"麦克莫多说道。

"如果你在这里继续住下去，你就会找到证据的。不过，我忘了你也是其中的一员了，你很快就会被他们同化的。对不起，先生，我不希望你再住在这里了，请住到别处去吧。一个死酷党人纠缠我的伊蒂，而我不敢拒绝，这已经够麻烦了，我还能再收另一个当我的房客吗？真的，明天就请你离开吧。"麦克莫多知道，自己马上就要被迫离开这个温馨舒适的住处了，而最让

恐怖谷

他痛苦的还是他不得不与他心爱的姑娘分离。就在这天晚上,他发现伊蒂独自一人坐在屋里,便向她倾诉了自己的心事。

"尽管你父亲已下了逐客令,"麦克莫多说道,"我并不在乎我的住处问题。不过,伊蒂,你知道吗?虽然我们只认识了一个星期,但我的生活中已经不能没有你了,离开你我怎么生活啊!""啊,别说了,麦克莫多先生!别这么说!"姑娘说道,"我不是已经告诉过你了吗?你来得太迟了。已经有一个人先向我求婚了,即使我并没有答应他,但我绝不能再嫁给别人了。"

"伊蒂,我要是先向你求婚,那就可以了吗?"姑娘双手掩着脸,呜咽地说:"天哪,我多么希望是这样啊!"麦克莫多当即跪在她的面前,大声说道:"看在上帝面上,伊蒂,请你答应我吧!难道你忍心让那不甘愿的诺言毁了我们一生的幸福吗?我心爱的,就照你的心意办吧!你要明白,你刚才所说的话要比任何诺言都可靠。"麦克莫多用两只健壮有力的褐色大手握住伊蒂柔滑的双手,说道:"说一声'你是我的'吧,让我们同心合力对付一切的艰难险阻。""我们离开这儿?""不,就留在这儿。""不,不,杰克!"她投进麦克莫多的怀抱,说道:"决不能在这儿。你能带我远走高飞吗?"麦克莫多脸上一时现出犹豫不定的样子,可是最后还是显露出坚决果敢的神色来。"不,我们还是留下来,"他说道,"伊蒂,我们寸步不离,我会保护你的。""为什么我们不远走高飞呢?""不行,伊蒂,我不能离开这儿。""为什么呢?""这会让我觉得自己是被人赶走的,那就永远也抬不起头来了。再说,这儿又有什么可怕的呢?别忘了,我们是生活在一个自由国家里的自由人,如果我们真心相爱,又有谁能从中作梗呢?"

"你不了解,杰克,你对这里太不了解了。你还不了解这个鲍德温,你也不了解麦金蒂和他的死酷党。""是的,我不了解他们,但我不怕他们,我也不相信他们!"麦克莫多说道,"再粗野的人我都见过,亲爱的,结果不是我怕他们,而是他们怕我。相信我,伊蒂。乍看起来这简直是发疯!如果你父亲所说的都是真的,他们在这里肆无忌惮,大家也都知道他们,为什么不让法律去制裁他们呢?请你回答我这个问题,伊蒂!"

"因为没有人敢出面对证,作证就等于丧命。还因为他们的同党很多,总是出来作假证说被告和某案某案没有关系。杰克,我保证你会明白一切的!我早知道美国的每家报纸对这方面都有过报道。""不错,我确实也看到过一些,可我认为这都是编造出来的。也许是事出有因吧,或许他们是在被冤枉的情况下才不得不这么做。""唉,杰克,我不想听你这么说!他也是这么说的——那个人!"

"鲍德温——他也这么说吗?是吗?""就因为这个,我才讨厌他。啊,杰克,我所说的都是实话,我打心眼儿里讨厌他,可是又害怕他。我为我自己而怕他,不过,主要是为我父亲,我才怕他。我知道,如果我跟他说实话,我们父女就没有好日子过了,所以我才半真半假地敷衍他。只有我们三个人一起远走高飞,杰克,只有这样,我们才有希望,永远摆脱这些恶人的势力。"麦克莫多脸上又显出踌躇不决的神色,后来又斩钉截铁地说:"伊蒂,你和你的父亲都不会有事的。要说恶人,只要我俩还活着,你会发现,我才是最心狠手辣的人呢。"

"不,不,杰克!我完全相信你。"麦克莫多苦笑道:"天啊,你太不了解我了!亲爱的,我所经历的那些事,是你那纯洁的灵魂所不能想象的。咦,谁来了?"这时门突然打开了,一个面目清秀、衣着华丽的年轻人像主人一样大摇大摆地走了进来。他的年龄和体形同麦克莫多差不多,头戴一顶大沿黑毡帽,进门时甚至连帽子都不摘,一双凶狠的眼睛和鹰钩鼻子使那张漂亮的面孔显得盛气凌人。此时他正恼怒地瞪着坐在火炉旁的这对青年男女,伊蒂马上跳起来,显得无所适从,局促不安。

"我很高兴你来,鲍德温先生,"她说道,"你来得比我想的要早一些。过来坐吧。"鲍德温盛气凌人地站在那里看着麦克莫多。"这是谁?"他无礼傲慢地问道。"鲍德温先生,这是我的朋友,新房客麦克莫多先生。麦克莫多先生,这是鲍德温先生。"两个年轻人相互敌视地点点头。"也许伊蒂小姐已经把我俩的事告诉你了吧?"鲍德温说道。

"我不知道你俩的关系。"

"你不知道吗?好,我可以告诉你,这个姑娘是我的,现在你该明白了。你看今晚天气很好,散步去吧。""谢谢你,我并不打算去散步。""你不走吗?"那人一双凶狠的眼睛几乎要喷出火来,"也许你有决斗的心思吧,房客先生?""有!"麦克莫多一跃而起,大声喊道,"你这句话让我再开心不过了!""看在上帝面上,杰克!看在上帝面上!"可怜的伊蒂心慌意乱地喊道,"唉,杰克,杰克,他会杀死你的!""啊,叫他'杰克',是吗?"鲍德温危险地眯起眼睛,"你们已经这么亲热了吗?啊?""噢,特德,求求你,保留一点理智与仁慈吧!看在我的面上,特德,如果你爱我,发发善心饶了他吧!"

福尔摩斯探案全集

"我想,伊蒂,如果你让我们两个人单独留下,事情很快就会解决的。"麦克莫多平静地说道,"要不然,鲍德温先生,我们一起到街上去怎样?今晚月色不错,附近有许多空地。""干掉你简直是脏了我的手,"他的对手说道,"在我结果你以前,你会后悔到这里来的。""那我们还等什么呢?"麦克莫多喊道。

"等我通知你时间,先生,你等着瞧吧。请看看这里!"鲍德温突然挽起袖子,指了指前臂上烙着的一个怪标记:一个圆圈里面套个三角形,"你知道这代表什么吗?""我不知道,也不想知道!""好,你会知道的,我发誓。准备后事吧。也许亲爱的伊蒂会给你讲得很清楚。说到你,伊蒂,你要跪着来见我,听见了吗?丫头!双膝跪下!到时我会让你为自己所做的事情付出代价的!"他狂怒地瞪了他们两个一眼,转身就走,门"砰"的一声在他身后关上了。麦克莫多和姑娘静静地站了一会儿,然后她伸开双臂紧紧地拥抱了他,传递出她的不安和恐惧。

"噢,杰克,你真勇敢啊!可是这会让你没命的,你赶快逃走!今天晚上,杰克,今天晚上就走!这是你唯一的活路了。他那凶狠的眼睛告诉我他一定不会放过你的,你无论如何都对付不了那么多人。再说,他们身后还有首领麦金蒂和分会的一切势力。"麦克莫多拉住她的双手,吻了吻她,温柔地把她扶到椅子上坐下来。

"亲爱的,请不要为我担心,我也是自由人会的会员。这一点我已经告诉你父亲了,所以你不要认为我很完美,也许我比那些人还要凶残。现在你已经知道我是什么人了,或许你以后会恨我的。""恨你?杰克!只要我活着,我就永远不会恨你的。我听说只有这里的自由人会是一伙凶残无比的人,因此你怎么会是坏人呢?可是你既然是一个自由人会会员,杰克,为什么你不去拜访一下麦金蒂呢?噢,赶快,杰克,赶快!你要先下手为强,要不然,他们是不会放过你的。"

"我也这样想,"麦克莫多说道,"我现在就去办。告诉你父亲让我今晚住在这里,明早我就会另找别的住处。"

麦金蒂酒馆是镇上一切无赖都喜爱的乐园,因此常常是人满为患的。麦金蒂很受爱戴,因为他爽朗粗犷的假面具将他的真面目掩饰得很好。不过,真正人尽皆知的是他的凶狠,不仅全镇,甚至整个山谷以及两侧山上方圆三十英里以内的人没有不怕他的。就凭这个,他的酒吧间挤满了急于巴结讨好

恐怖谷

他的人。

人们都知道他的心狠手辣。除了那些黑暗势力以外，麦金蒂还是一个政府高级官员、市议会议员、路政长官，这是那些流氓地痞为了在他手下得到庇护，才把他选进政府去的。苛捐杂税多如牛毛；社会公益事业没人管理，乃至声名狼藉；对查账人大加贿赂，让账目蒙混过关；正派的市民对他们明目张胆的敲诈勒索都又恨又怕，个个噤若寒蝉。就这样，年复一年，首领麦金蒂佩戴的钻石别针变得愈来愈炫人眼目，他胸前晃动的金表链也越来越重，他在镇上开的酒馆也愈来愈大，几乎占据了市场一侧。

麦克莫多推开了酒馆那时髦的店门，走到人群中。酒馆里人声鼎沸，雾气腾腾，酒气冲天，灯火通明，四面墙上巨大而光耀炫目的镜子使大厅看起来更加宽敞且耀眼夺目。一些穿短袖衬衫的侍者忙得不可开交，为那些站在宽阔的金属柜台旁的游民懒汉调配饮料。在酒店另一头的柜台旁，倚着一个身材高大、健硕无比的人。他的嘴上斜斜地叼着一支雪茄，这不是别人，正是大名鼎鼎的麦金蒂。他黝黑的脸上长满了胡子，一头浓黑凌乱的长发直披到衣领上。他的肤色像意大利人一样黝黑，他的双眼黑得吓人，傲慢地斜视着，看起来极具危险性。他的体形匀称，相貌堂堂，直率爽朗，而这一切与他伪装出来的快乐诚恳的样子极吻合。即使他说话很粗鲁，人们也会说他是一个心地善良、真诚坦率的人。只有当他那双阴沉而残忍的乌黑眼睛对准一个人时，才会使对方畏缩成一团，让你感到你面对的是一个危险的人，他的内心深处隐藏着胆量、狡诈和危险，而这些足以使人致命。

麦克莫多仔细地打量了麦金蒂，像往常一样，他满不在乎，胆气逼人地挤上前去，推开那一小撮在他周围极尽谄媚之能事的人——他们附和他说着平淡至极的笑话，捧腹大笑。年轻的来客一双威武的灰色眼睛透过眼镜无所畏惧地注视着那双闪着严厉与冷酷的乌黑双眸。"喂，年轻人。我不记得你是谁了。""我是新来的，麦金蒂先生。""你难道没有称呼一位绅士高贵头衔的习惯吗？""他是参议员麦金蒂先生，年轻人。"人群中一个声音说道。"很抱歉，参议员。我初来此地，不太懂规矩，可是有人要我来见你。"

"瞧，你要见的人就在这儿。在你看来，我是怎样的一个人呢？""哦，现在下结论还早。但愿你的心胸能像你的身体一样宏伟，你的灵魂能像你看上去一样善良，那么我就别无他求了。"麦克莫多说道。"哎呀，你竟有一个爱尔兰人的巧舌，"这个酒馆的主人大声说道，不明白自己是在迁就来客的无礼

放肆,还是为了维护自己的尊严,"那你认为我的外表很不错了。""当然。"麦克莫多说道。"有人让你来见我?""是的。""谁?""是维尔米萨三百四十一分会的斯坎伦兄弟。参议员先生,我祝你健康,并为我们的友谊而干杯。"麦克莫多翘起小拇指拿起一杯酒,把它举到嘴边,一饮而尽。麦金蒂盯着麦克莫多,浓黑的双眉扬起来。

"噢,倒像那么回事,是吗?"麦金蒂说道,"我还需要更细密的考查,你叫……""麦克莫多。""麦克莫多先生,我们绝不轻信别人对我们说的话,也并不草率收人,你还没有过关。请随我到酒吧间后面去一下。"两人走进一间四周摆满酒桶的小房间。麦金蒂小心地关上门,坐在酒桶上,沉思着咬着雪茄,一双眼睛不停地打量着对方,默默地坐了两分钟。

麦克莫多微笑着任他审视,一只手插在大衣口袋里,另一只手捻着他的褐色小胡子。麦金蒂突然弯下腰,抽出一支样式吓人的手枪。"喂,我的伙计,"麦金蒂说道,"除非你是活得不耐烦了,否则你就别跟我耍花样。"

麦克莫多郑重其事地回答说:"作为一位自由人分会的身主以这种方式招待一位外来的弟兄,似乎不太礼貌。"

"喂,我正想让你证明自己的身份呢,"麦金蒂说道,"如果你证明不了,那就别怪我了。你在哪里入会的?"

"芝加哥第二十九分会。"

"什么时候?"

"一八七二年六月二十四日。"

"谁是身主?"

"詹姆斯·H·斯特科。"

"你们地区的议长是谁?"

"巴塞洛谬·威尔逊。"

"嗬!看来你比较能言善辩。你在那儿做什么?"

"像你一样,做工,只不过是件不起眼的差事。"

"你回答得倒挺快啊。"

"我总是对答如流的。"

"不知你办事是否也一样快?"

"认识我的人都晓得我有这个能耐。"

"好,不久就会让你大显身手的。对于此地分会的情况,你听到了什

恐怖谷

么吗?"

"我听说它广结天下好汉。"

"你说的不错,麦克莫多先生。你为什么离开芝加哥呢?"

"对不起,这事不便告诉你。"

麦金蒂睁大眼睛,从来没有人对他这样无礼过,他不由感到新鲜有趣,于是问道:"你为什么不愿告诉我呢?"

"因为弟兄们对自己人不说谎。"

"那么这事一定是不可告人的了。"

"也可以这么说。"

"喂,先生,你不认为作为一个身主,就能接受一个不肯说出自己底细的人入会吧。"

麦克莫多现出犹豫的样子,然后从内衣口袋里掏出一张剪下来的旧报纸,说道:"你会替我保密吗?"

"你要是再对我说这样的话,我就给你几记耳光。"麦金蒂发火说。"请不要生气,参议员先生,"麦克莫多和顺地说道,"我应当向你道歉,希望你能明白我必须万分小心。好,我知道在你手下十分安全。请看这剪报吧。"

麦金蒂大略地浏览了一下这份报道:一八七四年一月上旬,在芝加哥市场街雷克酒店,一个叫乔纳斯·平托的被人杀害。

"你做的?"麦金蒂把剪报还回去,问道。麦克莫多点点头。"为什么?""我帮助山姆大叔私铸金币。虽然我造的金币成色不太好,可也不错,而且成本很低。这个叫平托的人帮我推销伪币……""做什么?""啊,就是说让伪币流通使用。后来他说要告密,也许他确实告过密,我毫不犹豫地杀死了他,就逃到这煤矿区来了。""为什么逃来这里呢?""因为我听说杀人犯在此地是不太引人注目的。"

麦金蒂笑道:"你以为有这么多的罪名会让你在这里受到欢迎吗?""差不多。"麦克莫多答道。"好,看来你很有前途。喂,你还能铸伪币吗?"麦克莫多从衣袋里掏出六个金币来,说道:"你认为这个怎么样?""让我见识一下吧!"麦金蒂伸出毛茸茸的大手,把金币举到灯前细看,"简直可以以假乱真!不错,我看你是一个大有作为的弟兄。麦克莫多朋友,为了求得自保,我们当中必须得有几名狠角色,如果我们没有反抗能力,那可就没有立足之地了。"

福尔摩斯探案全集

"好,我会和大家共同进退的。""我看你很有胆量。即使我刚才拿手枪对着你的时候,也没见你胆怯退缩。""那时危险的并不是我。""那么,是谁呢?""是你。"麦克莫多露出他粗呢上装口袋里一把张开机头的手枪,说道,"它一直在瞄准你。我不认为开起枪来我会吃亏。"麦金蒂先是满脸通红,接着爆发出一阵大笑。

"哈哈哈!"他说道,"多年没见像你这样可怕而具有挑战性的家伙了。我想你一定会成为分会的光荣……喂,你来干什么?我想单独和这位先生谈五分钟。为什么你非要打扰我们呢?"酒吧间的侍者惶恐地站在那里,报告说:"很抱歉,参议员先生。不过特德·鲍德温先生说他一定要见你。"

实际上已用不着侍者通报了,因为这个人凶恶的面孔已紧随侍者之后出现在门口。他一把推出侍者,关上门。"看来,"他怒视了麦克莫多一眼,说道,"你倒是恶人先告状了,是不是?参议员先生,关于这个人,我有话对你说。""那就当着我的面说吧。"麦克莫多大声说道。

"我什么时候说,怎么说,是我自己的事。""啧,啧!"麦金蒂从酒桶上跳下来说道,"这绝对不行。鲍德温,我们不能以这种方式去待一名新兄弟。伸出你的手来,朋友,和他讲和吧。""不可能!"鲍德温暴怒地说道。"假如他认为我得罪了他,我可以和他决斗,"麦克莫多说道,"采取何种方式随他选择。嗯,参议员先生,你是身主,就请你公断吧。""怎么回事?""因为一个年轻姑娘,我认为她有选择情人的自由。"

"她怎么敢这样!"鲍德温叫道。"既然要选的是我们分会里的两个弟兄,我认为她可以这样做。"首领说道。"啊,这就是你的公断,是不是?""对,是这样,特德·鲍德温,"麦金蒂凶恶地盯着他说道,"你认为有什么不对吗?""你竟然为了一个初次见面的人而抛弃一个五年来同生共死的兄弟?你不会永远是身主的,杰克·麦金蒂,老天有眼,下一次再选举时…"

麦金蒂突然如饿虎扑食一般把他推到一只酒桶上去,一只手掐住鲍德温的脖子。要不是麦克莫多阻拦,盛怒之下的麦金蒂准会把鲍德温扼死的。"慢着,参议员先生!看在上帝面上,请手下留情!"麦克莫多把他拉住。麦金蒂松开手,死里逃生的鲍德温早已吓得面无人色,浑身颤抖,坐在他刚才撞着的酒桶上。"特德·鲍德温,你满意了吧,这么多天来你要的不就是这个吗?"麦金蒂气呼呼地喘着,大声叫道,"也许你认为能取我而代之,但只要我还是这里的首领,我绝不允许有人公然违抗我的公断。""我并没有违抗你啊。"鲍

德温用手抚摸着咽喉,咕咕哝哝地说道。

"好,那么,"麦金蒂变成很高兴的样子,高声说道,"大家算是化干戈为玉帛了。"说完他从架子上取下一瓶香槟酒来,打开瓶塞。"那么,"麦金蒂把酒倒满三只高脚杯,继续道,"让我们为了友谊而干杯吧。今后,你们要清楚,我们是朋友,不能再心存介蒂。现在,我的好朋友,特德·鲍德温,你听到我的话了吗?你还生气吗?"

"阴云依然存在。""不久阳光会驱散阴云的。""我发誓,但愿如此。"他们饮了酒。麦金蒂得意地搓着双手高声喊道:"现在误会已经解释清楚了。你们以后都要遵守分会纪律。鲍德温兄弟,会中严格的规章,我想你是清楚的;麦克莫多兄弟,如果你不想倒霉,就千万别自找麻烦。""我保证,我不会主动去找麻烦的,"麦克莫多把手向鲍德温伸过去,说道,"我会主动和人争吵,吵过就忘掉;因为我们爱尔兰人比较容易冲动,但过去的事情我是不会放在心上的。"

在麦金蒂凶狠目光的逼视下,鲍德温只好和麦克莫多敷衍地握握手。可是,他那心不甘情不愿的面容显然说明:麦克莫多刚才说的话,并未使他感动。麦金蒂拍了拍他们两人的肩膀。"唉!这些女人!"麦金蒂大声说道,"要是我们的两个弟兄之间总这样夹着一个女人,那就该倒霉了。好,这既然不能由一个身主来做决定,就由那个姑娘去选择吧。我想上帝也会这么做的。咳,没有这些女人我们的麻烦就已经够多的了。好吧,麦克莫多兄弟,你可以加入第三百四十一分会。与其他分会不同的是,我们有自己的规章制度。星期六晚上我们会召开一次会议,如果你来参加,你就可以与我们共享维尔米萨山谷的一切权利!"

福尔摩斯探案全集

维尔米萨三百四十一分会

这天晚上发生了那一连串的事件,到了第二天,麦克莫多便从雅各布·塞夫特老人家里搬到镇子尽头处寡妇麦克娜·玛拉家中去住。他搬来后不久,他最早结识的朋友斯坎伦也搬到了维尔米萨,于是两人便住在了一起。这里没有别的房客,女房东是一个很随和的爱尔兰老妇人,一点儿都不过问他们的事。所以他们说话、行动都很自由,这对于心怀隐私的人而言真是再好不过了。

塞夫特对麦克莫多挺不错,他高兴的时候,就请麦克莫多到他家吃饭,所以麦克莫多和伊蒂的来往并没有中止。随着时间的推移,他们来往得反而比往常更亲密而频繁了。

麦克莫多觉得他的新居很安全,便在卧室中开始铸起伪币来,并同意在绝对保密的条件下,允许分会中的一些弟兄们前来观看。在每个弟兄离开时,口袋里都装上一些伪币,这些伪币铸造得十分精致,当真币使用简直是毫不困难,而且绝无危险。麦克莫多有了这件绝技,却还要屈身去做工,这在他的会友看来实在是难以理解。麦克莫多告诉每一个问他的人说,如果他没有一个表面上的工作,警察一定会怀疑他的。一个警察确实已经盯上了麦克莫多,但巧合的是,这并没给这个不幸的小伙子带来一丝危险,反而使他名声大振。自从那天找到麦金蒂挑明身份以后,麦克莫多几乎每晚都到他的酒馆去,和一些"哥儿们"喝酒聊天。这是对那些出没此地的一伙危险人物的尊称。麦克莫多刚毅果敢的性格和无所顾忌的作风,在全体弟兄中早已深得人心。有一次,麦克莫多在酒吧间的一场"自由式"拳击赛中轻松地打败了对手,武力上的胜利在这些粗野之辈中是最被看重和敬佩的。然而,另一件小事使麦克莫多在众人中更加提高了声望。

一天晚上,人们正在欢呼畅饮,一个人突然推门而入。他身穿一套朴素的蓝制服,头戴一顶煤铁矿警察的尖顶帽子。矿区内不断发生有组织的暴行,

恐怖谷

而普通警察可以说是束手无策,铁路局和矿主们便招募人员组成煤铁矿警察这一特别机构,用以补充普通警察的不足。这个警察的出现,使场面霎时安静下来,人们都用好奇的眼神看着他。不过在美国各州,警察和罪犯之间的关系是很特殊的,因此,麦金蒂站在柜台后面,坦然自若地望着这个混在人群中的警察。

"今晚天气真冷,来点纯威士忌酒。"警察说道,"参议员先生,我们以前没见过面吧?""你是新来的队长吗?"麦金蒂问道。"不错,我治安之余是来拜访你的,希望您和其他首领能协助我们来共同维护本镇治安。我的名字叫马文,是煤铁矿警察队长。"

"我们这里很好,不用你们来维持,马文队长。"麦金蒂冷冷地说道,"我们镇上有自己的警察,用不着什么进口货。你们这些被资本家雇来的爪牙,除了用手中的武器来对付老百姓以外,还有什么能耐呢?""好,好,我们不争论这个,"警官和气地说道,"看来我们的看法是不能统一起来了,那只好各行其路,各负其责了。"他喝完了酒,转身要走,忽然眼光落到杰克·麦克莫多的脸上,麦克莫多正站在近处怒视着他。

"噢,看哪!"马文队长上下打量了麦克莫多一番,大声喊道,"这里有一个老相识。"麦克莫多走过他身旁,说道:"我这一生可没有幸和任何一个可恶的警察做过朋友。""相识并不一定是朋友,"警察队长咧嘴笑着,"你是芝加哥的杰克·麦克莫多,一点也不错,不要抵赖。"

麦克莫多耸了耸肩膀。"我用不着抵赖,"麦克莫多说道,"我为我的名字感到骄傲和自豪!""不管怎样,你干了些好事!""你是什么意思?"麦克莫多握紧拳头,怒吼道。"不,不,杰克,你不要冲动。我到这该死的煤矿以前,是芝加哥的一个警官,对于芝加哥的恶棍无赖,我是再熟悉不过了。"麦克莫多把脸沉下来,喝道:"你就是化成灰我也认得,你是芝加哥警察总署的马文!"

"正是我。我还没有忘记那里乔纳斯·平托被枪杀的事。""我并没有杀他。""你没有吗?难道证据还不够确凿吗?好,那人一死对你可大有好处,不然,你早就因铸造和使用伪币罪被捕入狱了。得了,这些事既然只是你知我知的,就让它们过去吧,这已经不是我份内的事了,也许是我多嘴了。只要他们找不到对你不利的证据,芝加哥又会向你敞开怀抱了。"

福尔摩斯探案全集

"我在哪儿都会过得很好。""喂，我透露消息给你，你虽不一定要谢我，但也不必像一条怒不可遏的狗一样。""好，我真感谢你的好意。"麦克莫多有点嘲讽地说道。"只要你老老实实做人，我就不声张出去，"警察队长说道，"可是，上帝作证，如果你再不安分守己，我就不敢保证了！祝你晚安，也祝你晚安，参议员先生。"马文离开了酒吧间。这事不久就使麦克莫多成了当地的英雄，因为人们对麦克莫多在芝加哥的过去早就十分好奇了。麦克莫多平常对人们的询问总是一笑置之，好像怕人家硬给自己加上伟大的英名似的。可是现在人们的猜测被证实了。更多的无业游民围着这位"英雄"，并亲切地同他握手。从此以后，麦克莫多更加无所顾忌了。他似乎千杯不醉，可是，有一晚要不是斯坎伦搀扶他回家，这位颇负盛誉的英雄就只好在酒吧间里过夜了。

星期六晚上，麦克莫多被介绍入会。他以为自己是芝加哥的老会员，可以不需任何仪式就直接入会。但在维尔米萨，每一个申请入会的人都要经过一个十分有特点的特殊仪式。集会是在工会楼里一间专供举行此种仪式的宽大房间里进行的，维尔米萨有六十多个人聚集在这里。由于山谷中和山谷两边都有它们的分会，所以只来了部分会员。这些人员是流通的，每当要干什么为非作歹的勾当时，就会由当地的生面孔去做。至少有五百名会员散布在整个煤矿区。

在空旷的会议室里，人们围坐在一张长桌旁。旁边另一张桌子上摆满了酒瓶子和玻璃杯，早已引得一些会员垂涎欲滴了。坐在首席的麦金蒂蓬乱的黑发上戴着一顶平顶黑绒帽，脖子上围着一条主教举行仪式用的圣带，看上去，他仿佛是一个主持恶魔仪典的祭司。麦金蒂左右两旁是会中地位较高的人，其中就有生性凶残而面貌俊秀的特德·鲍德温。他们每个人都戴着表明其身份职位的绶带或者是徽章。余下的都是十八岁到二十五岁的青年，对于长者的命令，他们必须竭尽全力无任何条件地去执行。长者中许多人从面貌上可以看出是些生性凶残、无法无天的人。不过他们中也有些普通的成员看起来是那么热情和坦荡，任何人都难以想像，他们竟是一群杀人不眨眼的凶手。他们的道德败坏到了极点，并以干的坏事为荣，并且异常崇拜那些所谓"干得漂亮"的出名人物。

恐怖谷

正是基于这种变态的性格,他们疯狂地去杀害那些与他们无害无关的一些素不相识的人,并把这当做勇敢而又侠义的事情。在事后,他们竞相描述被害人的惨叫声和身体扭曲的形状,并争论是谁打得最致命。开始,在他们安排做坏事时,还有点保密,可是在他们讲这些事时,就肆无忌惮了;因为法律对他们根本构不成任何威胁。因为,一是没有一个人敢出面作证控告他们,二是他们有无数随叫随到的假证人,还舍得花大价钱来聘请州内最有才干的律师做辩护人。十年来,他们无所顾忌,为所欲为,但却无一个人被定罪。死酷党人的唯一危险,是来自他们的受害者,因为尽管受害者常常是猝不及防或者是势单力薄,但他们有时为了自卫也会给他们以严厉的打击。

有人警告过麦克莫多,说他即将受到严峻的考验,可是没有人告诉他是什么考验。两个表情庄重的兄弟将他领到外室。与会者嘈杂的讨论声透过隔板墙若有若无地传来。有一两次提到他的名字,麦克莫多知道大家正在讨论他的入会问题。这时,一个斜挎黄绿双色肩带的内部保安走了进来,说道:"身主有令,将他缚住双臂,蒙住双眼后领进去。"

有三个人便脱下麦克莫多的外衣,卷起他右臂的衣袖,用一条绳子迅速地捆住他的双肘,然后又把一顶厚厚的黑帽子扣到他的头上,遮住了麦克莫多的双眼,于是他在黑暗中被引入集会厅。黑暗使麦克莫多觉得万分难耐。他只听到一片沙沙声和周围人们的低语声,接着麦金蒂的声音穿过他双耳上蒙着的东西响了起来:"杰克·麦克莫多,你是自由人会的老会员吗?"麦克莫多点点头。

"你是属于芝加哥第二十九分会吗?"

麦克莫多又点了点头。

"夜晚是令人烦闷的。"对方说道。

"是的,对旅行的异乡人,是不愉快的。"麦克莫多答道。

"阴云密布。"

"对,暴风雨即将来临。"

"众位弟兄们可满意吗?"身主问道。

传来一阵赞同的窃窃低语声。

"兄弟,根据你的暗语和对答,我们知道你确实是一个自己人。"麦金蒂

说道,"不过你应该知道在本地,我们有一定的仪式,一定的责任。你做好准备了吗?"

"是的。"

"你是一个坚定勇敢的人吗?"

"对。"

"那就请你向前迈一大步。"这时,麦克莫多感到有两个尖锐的东西直抵在双目上。这证明,如果他向前迈步,他就有可能双目失明。但麦克莫多依然鼓起勇气坚定地向前大步走去,于是那压在眼上的东西退缩开了,传来了一阵低低的喝彩声。"他是一个坚定勇敢的人。"那个声音说道,"你能忍受苦痛吗?""我不会输给别人的。"麦克莫多答道。

"那就试一试!"麦克莫多感觉前臂一阵难以忍受的灼痛感,他努力克制自己不出声。这种突然的灼痛几乎使他昏厥过去,但他紧咬嘴唇,握紧双手,借以掩盖他的极度痛苦。

"再厉害些我也能忍受。"麦克莫多说道。这使他赢得了一片高声的喝彩。一个初来的人获得如此好评,在这个分会中还是从未有过的。罩在他头上的帽子被摘掉了,大家纷纷过来拍着他的后背向他道喜。他在弟兄们的一片祝贺声中,眨眨眼微笑着站在那里。

"还有最后一句话,麦克莫多兄弟,"麦金蒂说道,"你既已宣誓效忠本会并保守秘密,你就应该清楚,如果违背誓言,就只有死路一条。"

"我知道。"麦克莫多说道。

"那么你在任何情况下,都效忠身主么?"

"我接受。"

"那么我代表维尔米萨三百四十一分会,欢迎你入会,享有本会的特权,参与本会辩论。斯坎伦兄弟,把酒摆在桌上,我们要敬这位名不虚传的兄弟一杯!"有人把外衣拿给麦克莫多,但麦克莫多在穿上外衣以前,看了看仍如针扎般疼痛的右臂。前臂上烙有一个圆圈,里面套个三角形,烙印深而发红,像是烙铁留下的痕迹。他身旁的一两个人卷起了袖子,露出自己的标记。"每个人都有这种标记,"一个人说道,"但很少有人像你这样勇敢地挺过来。"

"这并没有什么。"麦克莫多说道,臂上火烧火燎的疼痛仍阵阵袭来。当

恐怖谷

入会仪式结束,而酒也喝光了以后,开始讨论会中事务。麦克莫多本以为像芝加哥那种场合一样无聊,但越听他越惊奇。

"议事日程的第一件事是,"麦金蒂说道,"读一封从默顿县第二百四十九分会身主温德尔处发来的信。他说:

亲爱的先生:

我们邻区勒尔斯特玛斯煤矿的矿主安德烈·雷应该消失。你们该记得去年秋季你们和警察发生纠葛,我们曾派两个弟兄去帮忙的事。请你们派两个得力的人前来,分会司库希金斯负责接待他们,你有他的地址,希金斯会告诉他们如何行事。

你的朋友 J. W. 温德尔

"我们需要帮忙的时候,温德尔从未拒绝过我们,照理我们也不能拒绝他,"麦金蒂停顿了一下,他那阴沉、恶毒的双眼向室内四下打量了一番,问道,"谁自愿前往?"几个年轻人举起手来。身主看着他们,赞同地笑了。

"你可以去,老虎科马克。希望你能像上次一样不出差错,并且干得利落漂亮。还有你,威尔逊。""我没有手枪。"这个十几岁的孩子说道。"你这是第一次,是不是?好,你应该尽早积累经验,这是一个不错的开端。至于手枪,它离你并不遥远,不然就是我错了。如果你们在星期一报到,时间足够了。你们回来时,一定会受到热烈欢迎。""这次可有报酬吗?"科马克问道。他是一个体格结实、面孔黝黑、面貌狰狞的年轻人,与"老虎"这个绰号十分符合的是,他是个极为凶狠残暴的人。"不用担心报酬。你们这次是为了荣誉而战。事成后,也许有一点零头给你们。"

"那个人究竟有什么罪呢?"年轻的威尔逊问道。"当然,这个问题不是你应该问的。他们那里已经对他做出了判决,那就不关我们的事了。我们只是负责执行他们的决定而已,正如他们来替我们行事一样。说起这个,下星期默顿分会就有两个弟兄到我们这里来行事。""他们是谁呢?"一个人问道。"你最好不要问。如果你什么也不知道,你做证的时候就不会惹出什么麻烦。不过他们的手法一向利落,应该不会出什么问题。"

福尔摩斯探案全集

"还有!"特德·鲍德温叫道,"有些事该了结一下。上星期,工头布莱克竟然解雇了我们三个兄弟,看来是他领受教训的时候了。""领受什么?"麦克莫多低声向邻座的人问道。"给他一颗大号子弹完事!"那人大笑起来,高声说道,"你认为我们的办法怎样?兄弟。"作为这个罪恶社团中的一个分子,麦克莫多的灵魂似乎已被这种精神所同化。"我很喜欢它,"麦克莫多说道,"这正是我们的用武之地啊!"四周的人不由得对他的话大加称赞。

"怎么回事?"坐在桌子那一端的黑大汉身主问道。"先生,这位新来的兄弟似乎十分赞同我们的办法。"

麦克莫多马上站起来说道:"我发誓,尊敬的身主,如果有需要的地方,我会以能为本会出力为荣。"大家对此都高声喝彩,好像地平线上升起一轮朝阳。可是对一些年长的会员来说,这种成就似乎来得太快了点。

"我认为,"一个灰白胡须面如鹫鹰的老人,坐在身主的旁边,是书记哈拉威,他说道,"分会很高兴有麦克莫多这样的兄弟,但你现在应该等待。""是的,我也这样认为,我一定遵命。"麦克莫多说。

"兄弟,会有你大显身手的时候,"身主说,"我们已经知道你是一个愿意出力的人,对你的能力我们也深信不疑。今夜有一件小事,如果你愿意,你可以助一臂之力。""我更愿意做价值大一些的事。""无论如何,为了你能了解我们团体的主张,今晚你应该去。今后我还要宣布这主张。同时,"他看了一下议事日程,说道,"我还有几件事要在会上讲。第一点,我要了解一下我们在银行的存款情况,应该给吉姆·卡纳威的寡妻发抚恤金,卡纳威是因公殉身的,照顾好她是我们的责任。""吉姆是在上个月去刺杀马利克里克的切斯特·韦尔科克斯时反遭毒手的。"麦克莫多邻座的人告诉他说。

"现在存款很多,"司库面前放着银行存款本,报告说,"近来这些商行十分大方。马克斯·林德公司付给的五百元还未动用。沃尔克兄弟本已送来了一百元,可我认为他们应出五百元,就自己做主把钱退给了他们。如果星期三我听不到回信,他们的卷扬机传动装置就会发生故障。去年我们烧毁了他们的碎石机,他们才有些开窍。西部煤业公司交来了年度捐献。我们的钱足够去应付一切开支。""阿尔奇·斯温登怎么样?"一个弟兄问道。

"他已变卖产业,离开本区了。这个老不死的,给我们留下一张纸条,上

恐怖谷

面说，他宁肯在纽约做一个自由的清道夫，也不愿做一个受尽敲诈勒索的大矿主。我想他一定跑得远远的了。"一个脸刮得干干净净的老年人，慈眉善目，从桌子的另一端站起来。

"司库先生，"他问道，"请问，是谁买下了那个人的矿产？"

"莫里斯兄弟，他的矿产被州里和默顿县铁路公司买下了。"

"去年托德曼和李氏的矿山是被谁买去的？"

"也是这家公司。"

"曼森铁矿、舒曼铁矿、范德尔铁矿以及阿特任德铁矿，最近都出让了，又是被谁家买去的？""这些铁矿都被西吉尔默顿矿业总公司买去了。""我不明白，莫里斯兄弟，"麦金蒂说道，"谁买走了矿产与我们有什么关系呢？"

"我十分敬重你，尊敬的身主，但我认为这与我们有很大的关系。这种现象大概维持十年了。这些小资本家都被我们逐渐赶跑了。结果怎样呢？取而代之的是在纽约或费城都有董事的一些大公司，而他们根本无视于我们的恫吓。我们虽然能赶走他们在本地的工头，但他们会派别的人来，这只会给我们自己招致危险。那些无钱无势的小资本家根本就危害不到我们，只要我们不要过于苛刻地压榨他们，给他们留一丝喘息的余地，他们就可以在我们的势力范围内继续留下来。可是如果这些大公司发觉我们妨碍他们和他们的利益，他们会想尽一切办法，不惜血本来斗垮我们并将我们告上法庭。"

听到这些颇有见地的话，大家安静下来，一个个神情沮丧，面色忧郁。他们一直横行无忌，从未遭到过挫折，以至于根本不曾想到自己会得到什么报应。然而，莫里斯的想法足以让他们中最嚣张的人感到扫兴和沮丧。"我奉劝各位，"莫里斯继续说道，"对小资本家应该宽容一些。如果有朝一日他们全被逼走了，对我们社团的势力将是一个致命的打击。"

令人沮丧的话是不受欢迎的。莫里斯说完刚刚落座，就听到有人在大声怒叱。麦金蒂双眉紧皱，郁郁不快地站起身来。"莫里斯兄弟，"麦金蒂说道，"你总是给我们泼冷水。只要我们会众齐心协力，在美国就没有对头。不错，我们不是经常在法庭上和人较量么？那些大公司迟早会发觉，与和我们斗争相比，他们像小公司一样付款给我们将是最明智的选择。现在，弟兄们，"麦金蒂说话时，取下他的平顶绒帽和圣带，"今晚的会就进行到这儿了，只有一

件小事要在散会前再提一下。现在是兄弟们举杯痛饮、尽情欢乐的时候了。"

人类的本性的确是很奇怪的。这些杀人不眨眼的人，他们三番五次毫无人性地残杀过他人，会用一种冷酷无情的眼神去看待失去至亲的人们悲痛欲绝而无内疚恻隐之心。谁又会想到他们竟会因为优美凄切的音乐而感动落泪呢？麦克莫多有一副优美的男高音歌喉。如果说他以前还未获得会中所有弟兄的友情和善意，那么当他唱过《玛丽，我坐在篱垣上》和《在亚兰河两岸》后，他们便被深深地打动而再也不吝惜自己的友情了。

就在这第一天夜晚，这位新会员成为最受欢迎的一员，这象征着他即将晋升和获得高位。然而，要成为一个受尊敬的自由人会会员，光有友情是不够的，还需要具有另外一些品质，但这个晚上还没过去，麦克莫多已经被认为是这些品质的典范了。酒过数巡，当人们微有醉意的时候，身主又站起来向他们讲话。"弟兄们，"麦金蒂说道，"你们也应该知道，这镇上有一个人是应当受到处罚的。我说的是《先驱报》的詹姆士·斯坦格。难道你们还没看到他又在对我们大放厥词了吗？"这时会员中响起一阵赞同的低语声和诅咒发誓的声音，麦金蒂从背心口袋里拿出一张报纸来读起来。

法律与秩序！

"这标题是斯坦格加上去的。"

煤铁矿区的恐怖统治

自发生第一次暗杀事件，即表明我区存在犯罪组织，至今已有十二载。也是自从这一天开始，此类暴行从未间断。时至今日，已至不可一世之地步，竟使我们蒙受文明世界之耻。吾国当初接纳自欧洲专制政体下逃亡移民之时，何曾预想此等结果？彼等无视当日庇护之恩，自作暴戾，而在自由之星条旗飘扬之下竟存在如此暴虐残忍、目无法纪之行径，顿使我们心中惊恐，犹如置身于最衰朽的东方君主国中者。罪犯人等之名，人所共知。此组织也是公开的。

恐怖谷

我们能对此一忍再忍？

"够了，这种废话我念够了！"麦金蒂把报纸扔到桌上，高声喊道，"这就是斯坦格对我们的报道。现在，你们大家说应该怎么处理他？""干掉他！"十几个人齐声喊道。

"我反对，"那个长着一双浓密的眉毛、脸刮得干干净净的莫里斯兄弟说道，"弟兄们，听我说，我们的手段已经够狠了，若逼得他们出于自卫而联合起来，这将对我们极为不利。詹姆斯·斯坦格是一个在镇上和区里都受人敬重的老人。他发行的报纸在这山谷中非常受欢迎。如果这个人被我们杀了，一定会把事情闹大，很可能会使我们毁灭。"

"他们怎能毁灭我们呢？懦夫！"麦金蒂叫道，"用警察吗？肯定说，一半警察是受雇于我们的，另一半害怕我们。至于法庭和法官，我们以前不是也见识过吗？结果怎么样呢？""法官林奇也许会来审讯这件案子的。"莫里斯兄弟说道。大家听了，都怒喊起来。

"只要我伸出手指，"麦金蒂喊道，"我就可以让他们在这个世界上彻底消失。"然后，他紧皱双眉，提高了声音，"喂，莫里斯兄弟，我早就注意你了。你自己软弱无能，却还要动摇军心。莫里斯兄弟，当你自己的名字也被列入我们的议事日程时，就是你的死期了。我想现在正是时候。"莫里斯立刻面色苍白，瘫坐在椅子上，忍不住浑身战栗，哆哆嗦嗦地举起酒杯，喝了一口，答道："尊敬的身主，假如我有什么说错的话，我向你和会中各位弟兄道歉。你们大家都知道，我是一个忠心的会友，刚才我之所以说了一些不该说的话，也是出于维护分会之心。可是，尊敬的身主，你的裁决是英明准确的，这一点我深信不疑，我保证以后再也不敢冒犯了。"听他说得这样谦卑，身主脸上的怒气立刻消失了。

"很好，莫里斯兄弟。我也不想对你加以教训。可是，只要我是领导，我们分会就要说到做到。现在，弟兄们，"他看了看周围的弟兄，接着说道，"我还要强调一下，不要弄死他，否则我们就会招来更多的麻烦。万一这些新闻记者串通起来，国内每一家报刊就都会向警察和军队呼吁了。给他一次相当严厉的警告就够了。鲍德温兄弟，你来安排好吗？""当然可以！"这个年轻

人热烈地应道。"你打算带多少人去?""六个足够,用两个人守门。高尔,你去;曼塞尔,还有你;斯坎伦,还有你;还有威拉比兄弟二人。"

"我建议让这位新来的弟兄一块去。"麦金蒂说道。特德·鲍德温望着麦克莫多,从他的眼神可以看出,他根本没有尽释前嫌。"行,如果他愿意,可以,"鲍德温傲慢无礼地说道,"够了。我们越快越好。"这醉醺醺的七个人有的吵嚷着,喊叫着,有的哼着小调离了席。酒吧间里还挤满了许多欢叫笑闹的弟兄。这一小伙奉命执行任务的人走在街上,为了不引人注意,他们分开行进。这天晚上,天气异常寒冷,星光灿烂,弯月高悬。他们走到一座大楼前停下来,在院子里会合。明亮的玻璃窗户中间印着金色大字"维尔米萨先驱报社",从里面传来印刷机的声音。

"你在这里,"鲍德温对麦克莫多说道,"阿瑟·威拉比和你一起负责守住大门,保证我们的退路畅通,其余的人跟我来。弟兄们,不要怕,因为我们有许多证人,可以证明我们此时是在工会的酒吧间里呢。"

这时已将近午夜时分,寂静的街上只有一两个返家的醉汉。这些人穿过大街,闯进报社大门,跑上对面的楼梯。麦克莫多和另一人留在楼下。呼救声从楼上的房间里传来,接着是纷乱的脚步声、椅子翻倒声。过了一会儿,一个鬓发灰白的人跑到楼梯平台上来。可没跑几步,就被抓住,他的眼镜"叮"当一声落在麦克莫多脚边。"呼"的一声过后,接着是一阵呻吟声。这人狼狈地趴在地上,承受着好几根棍棒不断打在身上的痛楚。他翻滚抽搐着,瘦长的四肢因疼痛而颤动不已。别人都停手了,可是鲍德温凶残的脸依然狞笑着,用棍棒向老人头上乱打,老人的白发已被血全部浸红了,但他仍徒劳地用双手护着头。鲍德温还在找被害人双手护不着的地方乱打。这时麦克莫多跑上楼来,推开了他。

"你会打死他的,"麦克莫多说道,"住手!"鲍德温惊讶地望着他。"该死的!"鲍德温喊道,"你这个新入会的家伙竟敢阻止我?靠边站!"他举起了棍棒,可是麦克莫多从裤子后兜中抽出手枪对准了他。"你自己靠边站!"麦克莫多高喊道,"你敢碰我一下,我就立刻开枪。身主不是有命令要留活口吗?你却要杀死他!"

"他说得对。"其中有一个人说道。"哎呀,你们快点吧!"楼下的那个

恐怖谷

喊道,"各家窗户里都亮了灯,用不了五分钟,全镇的人都要来追捕你们了。"

这时街上果然传来喊叫声,几个排字印刷工人聚集到楼下的大厅里,正准备行动。这些人便丢下这个编辑,蹿下楼去,沿街而逃。跑进工会大厅以后,一些人去低声向首领报告,事情进行得十分顺利。另一些人,包括麦克莫多,奔到街上,从偏僻的小路各自回家去了。

福尔摩斯探案全集

恐怖谷

第二天早晨，麦克莫多一睡醒，就忆起了入会的情形。由于宿醉，他的头有些胀痛，臂膀烙处也肿胀起来，隐隐作痛。他既已有特殊的收入来源，就不按时去上班了，所以早餐吃得晚，上午便留在家中给朋友写了一封长信。后来，他又翻阅了一下《每日先驱报》，读到专栏中有这样一段报道：

先驱报社暴徒行凶——主编受重伤

这一段报道十分简单，事实上麦克莫多自己比记者知道得更清楚。报道的结尾说：

此事现已归警署办理，但却很难奢望此案能得到公正的判决。暴徒中数人已为人知，故有希望予以判处。而行凶之人毋庸讳言属该声名狼藉之社团，彼等已在本区横行多年，本报绝不向恶势力屈服低头。主编斯坦格先生的众多好友当喜闻如下佳音，主编虽惨遭毒打，头部受伤很重，却没有生命危险。

下面报道说，配备温切斯特步枪的煤铁警察队已进驻报社担任守卫工作。麦克莫多放下报纸，点起烟斗，手臂由于灼伤未愈，有些颤动。此时房东太太敲门进来交给他一封便笺，说是一个小孩刚刚送到的。信上没有署名，上面写着：

我有事想要和您谈一谈，但不方便去找您。我在米勒山上的旗杆旁等您。希望您马上就来，我有要事相告。

麦克莫多十分惊奇地把信读了两遍，也猜不出是谁写的信，更不明白这个人有何用意。如果是一个女人，他可以想象将是一件韵事，他对这事一向有经验。可是这显然出自一个受过良好教育的男人之手。麦克莫多踌躇了一会儿，最后决定去看个明白。

恐怖谷

　　米勒山是一座荒凉的公园,位于镇中心,夏季这里游人如织,但冬季却非常荒凉。从山顶上看下去,不但可以看到镇子脏乱的全貌,而且可看到蜿蜒而下的山谷;山谷的两旁是疏疏落落的矿山、工厂和已经被污染的积雪;还可观赏那林木茂密的山坡和白雪覆盖的山顶。沿着树丛中曲折的小径,麦克莫多漫步走到一家门可罗雀的饭馆前,这里在夏季是十分热闹的。旁边有一根光秃秃的旗杆,旗杆下果然有一个人,帽子压得很低,大衣领子竖起来。这个人回过头来,原来是莫里斯兄弟,就是昨晚触犯麦金蒂的那个人。两人相见后,交换了会里的暗语。

　　"我想要和您谈一谈,麦克莫多先生,"老人似乎有些举棋不定地说道,"难得您赏光。""你信上为什么不署名呢?""万事都需小心谨慎,先生。人们无法预料何时会祸从天降,也不知道谁是值得信任的。""当然谁都可以信任会中弟兄。""不,不,不一定,"莫里斯情绪激昂地大声说道,"我们的一切行为,甚至思想,麦金蒂都了如指掌。""喂!"麦克莫多厉声说道,"你知道,我昨晚刚刚宣誓效忠身主。你想让我背叛誓言吗?""如果你这样想,"莫里斯满面愁容地说道,"我只能说,我很抱歉,让你白跑一趟了。没有什么比两个公民不能自由交谈心里话更糟糕的了!"

　　麦克莫多仔细地观察着对方,稍稍解除了一点顾虑,说道:"当然,我说这话是为我自己着想的。你知道,我是一个新人,这里的一切对于我来说都是陌生的。我是没有发言权的,但莫里斯先生,如果你有话要告诉我,我会洗耳恭听的。""然后去报告首领!"莫里斯悲痛地说道。

　　"那你可要冤枉我了,"麦克莫多叫道,"我实话对你说,我不会背叛会党,这是从我本身出发;可是如果我把你的心里话告诉别人,那我就是一个卑鄙小人了。但是,我要警告你,你不会得到我的帮助和同情。""我并不奢望求得帮助或同情,"莫里斯说道,"我对你说这些话,已经把性命交到你手里了。昨晚我几乎认为你是一个最坏的人,不过你毕竟还没有陷得太深,也不像他们那样铁石心肠,这就是我为什么找你谈的原因。""好,你要对我说些什么?"

　　"如果你出卖我,你就会遭到报应!""当然,我说过我绝不出卖你。""那么,我问你,你在芝加哥加入自由人会,立誓要做到忠诚、博爱时,你曾想到过它会让你走上犯罪之路吗?""如果你把它叫做犯罪的话。"麦克莫多答道。"叫做犯罪!"莫里斯喊道,他的声音激动得颤抖起来,"难道你还没看

福尔摩斯探案全集

到事实吗？它不叫犯罪叫什么？！昨天晚上，一个岁数大得可以做你父亲的老人被打得血染白发，这不是犯罪吗？你把它叫做什么呢？""有些人会说这是斗争，"麦克莫多说道，"是两个阶级之间为了生存而进行的斗争，所以每一方必须置对方于死地。""那么，你在芝加哥参加自由人会时，曾想到这样的事吗？""没有，我发誓没有想到过。"

"我在费城入会时，也没有想到过。只知道这是一个朋友们聚会来增进友谊的友好会社。后来当我听别人说起这个地方，我真恨不得从来没听过这个名字。我之所以到这里就是想让自己过得好一些！天啊！这简直是太荒谬了！我妻子和三个孩子跟我一起来了。我在市场开了一家绸布店，颇有盈利。当地很快知道了我是自由人会会员，于是我被迫加入了当地的分会。我的胳膊上烙下了这个耻辱的标记，心里却打上了更加丑恶的烙印。我发现我已掉入了一个泥潭里，越陷越深，并被一个恶棍控制指挥。我怎么办呢？我想把事情做得人道些，可是只要我一说话，他们便像昨晚一样，说我是叛徒。绸布店是我的一切，我不能放弃它而远走他乡。但我很清楚，如果我退出分会，就一定会没命的，到那时我的妻儿该怎么办？噢，朋友，这简直太可怕，太可怕了！"他双手掩面，身体颤抖起来，抽抽噎噎地哭了。麦克莫多耸了耸肩，说道："你的心肠太软了，这样的生活不适合你。"

"我还有基本的良知和信仰，可是他们使我成为他们这伙罪犯中间的一个。如果他们派给我任务，我很明白退缩的后果是什么。也许我是一个胆小鬼，也许我是顾忌我的妻子和孩子们，但无论怎样，我还是去了。我想这件事会永远压在我心里的。

"这是山那边离这儿二十英里的一间房子。他们并不相信我，所以我负责守门，他们进去办事。他们出来时，双手沾满了鲜血。当我们要撤离时，一个小孩哭叫着从房内跑出来。这是一个五岁的孩子，目睹他父亲被人杀害。我吓得几乎昏厥，可是我必须装出勇敢的样子，摆出笑脸来。因为我很清楚，如果我不这样，下次他们就会沾满我的鲜血从我家里出来，我的小弗雷德就要哭叫他的父亲了。

"可是，我已经成为一个谋杀案的从犯，我再也洗不掉我身上的污点了，我将被这个世界永远遗弃，即使在来世也不得超生。我是一个虔诚的天主教徒，可是如今我已经背叛了我的信仰，神父也不会为我祈祷了。这就是我所经受的。现在你已经踏上了这条罪恶之路，请问，你是否想过将来会有怎样

恐怖谷

的结局呢?你准备继续让你的双手沾满鲜血吗?还是我们去设法阻止它呢?""你要怎样做呢?"麦克莫多突然问道,"你不会去告密吧?""但愿不发生这样的事!"莫里斯大声说道,"当然,哪怕只是想一想,恐怕我也就性命难保了。""那好,"麦克莫多说道,"你太胆小了,这种事你看得太严重了。""太严重!等你住久些再瞧。看看这山谷!看看这座被上百个烟囱冒出的浓烟笼罩住的山谷!我告诉你,这伙亡命之徒所制造的阴云比这还要低回、沉重。这是一个恐怖谷,死亡谷。这里的人们终日生活在惊慌不安之中。等着瞧吧,年轻人,早晚你会清楚的。""好,等我知道得多了,我会把想法告诉你的,"麦克莫多漫不经心地说道,"很清楚,这里对你并不合适,你应该尽快变卖产业,离开这里,这对你是有好处的。你对我所说的话,请放心,我不会跟人说。可是,上帝作证,如果我发现你告密,那可就……"

"不,不!"莫里斯令人可怜地叫道。"好,我们就谈到这里吧。我会记住你这些话的,可能我过不了几天就会给你回话的。我可以感到你讲这些话是出于好意,现在我要回家去了。""在你走之前,请再听我说一句话,"莫里斯说道,"一定会有人看见我们在一起谈话的,事后他们保证会来问我们都说了些什么。""啊,这个得想好。""我就说我想把你请到店里当职员。""我说我没有答应,这就是我们谈话的内容。好,再见,莫里斯兄弟。祝你走运。"

这天中午,麦克莫多正坐在起居室壁炉旁吸烟,陷于沉思之中,门被突然撞开,首领麦金蒂高大的身影堵满了门框。打过招呼后,他坐在麦克莫多对面,带着一丝探索的意味盯着他,而麦克莫多毫不畏惧地瞪着他。

"我不轻易出来拜访人,麦克莫多兄弟,"麦金蒂终于说道,"那些来拜访我的人已经够我忙的,可是现在我已经为你破例了。"

"您的到来使这里蓬荜生辉,参议员先生,"麦克莫多亲热地答道,从食品橱里取出一瓶威士忌酒来,"我简直是受宠若惊!""胳膊怎么样?"身主问道。

麦克莫多做了一个鬼脸,答道:"啊,这对我来说是有纪念价值的,我不会忘记的。""对于那些忠心耿耿、协助会务的人来说,这是有价值的。今天早晨在米勒山附近,你和莫里斯兄弟说了些什么?"他问得十分突兀,幸亏麦克莫多早有准备,遂放声大笑道:"莫里斯不知道我有谋生手段。他根本也不会知道,因为他总是把我们这类人想得过于善良。不过他的心肠真是不错,他要请我去做他的绸布店的职员。"

"啊,原来是这事啊!"

"是的,就是这件事。"

"你拒绝他了吗?""当然。我在自己卧室里干四个小时,要比在他那里多十倍还不止。""不错。可是要是我的话,我不会和莫里斯来往过多的。"

"为什么?"

"我想我不能告诉你,但大多数人都清楚这是怎么回事。"

"可是我还不明白,参议员先生,"麦克莫多鲁莽地说,"如果你能真正做到公正的话,你应该能知道。"这个黑大汉怒目瞪着麦克莫多,他那双动物般的毛手猛地抓起酒杯,好像要把它猛掷在麦克莫多头上,后来他却兴高采烈、虚情假意地大笑起来。"毫无疑问,你的确是一个怪人,"麦金蒂说道,"好,如果你打破沙锅问到底我就告诉你。莫里斯没有向你说什么反对本会的话吗?"

"没有。"

"也没说反对我的话吗?"

"没有。"

"啊,那是因为他还不敢相信你。可是我们十分清楚的是,在他心里已经有了背叛之意,所以我们一直监视着他,我想已经快到告诫他的时候了。因为在我们的羊圈里是没有那些下贱绵羊的栖身之地的。如果你同一个不忠心的人结交,你势必也是一名背叛者。你明白了吗?"

"我并不喜欢这个人,所以我不打算与他结交。"麦克莫多回答道,"至于说我不忠心,也就是你说的,若换成了别人,他就不会再有机会第二次对我说这种话了。""好,别说了,"麦金蒂把酒一饮而尽,说道,"你应当明白,我之所以来劝告你,一切都是为了你好。""我很想知道你到底是如何知道我和莫里斯谈过话的。"麦金蒂笑了一笑。

"在这个镇子里没有什么我不知道的事,"麦金蒂说,"你应该明白任何事都不会逃过我的耳目的。好,时间不早了,我还要说……"就在这时发生了一件非常意外的事情。随着一声猛烈的撞击声,门被撞开了,闯进来三名警察对他们怒目而视。麦克莫多跳起来想拔出手枪,但他不得不放弃了,因为他发现两支温切斯特步枪已经对准了他的头。一个握着六响左轮手枪、身着警服的人走进屋内。这人正是以前在芝加哥待过,现在铁矿保安队任队长的马文。他摇着头,冷笑着望着麦克莫多。"芝加哥的麦克莫多先生,现在你

恐怖谷

被捕了。"马文说道,"你是不会逍遥法外的,戴上帽子,跟我们走!"

"我认为你会因此而付出代价,马文队长。"麦金蒂说道,"我十分感兴趣,你凭什么可以这样擅闯民宅,骚扰一个忠诚守法的人!"

"这与你无关,参议员先生,"警察队长说道,"我们只是依法来逮捕麦克莫多。作为参议员,你应该做的是帮助我们,而不是从中作梗。""他是我的朋友,我可以为他的行为担保。"麦金蒂说道。"无论从哪方面看,麦金蒂先生,近几天里,你最好安分些以求自保,"警察队长答道,"麦克莫多来这里以前就是个无赖,但他仍不知收敛。警士,把枪对准他,我来缴他的械。""这是我的手枪,"麦克莫多冷冷地说道,"马文队长,相信如果你我单独较量,你想捉住我恐怕没那么容易。""你们的拘票呢!"麦金蒂说道,"天哪!什么时候维尔米萨竟变成了俄国,像你这样的人竟能领导警察局!这是资本家的非法手段,这种事恐怕以后会发生得更多。""随便你怎么想,参议员先生,而我们也要按照我们的原则办事。""我犯了什么罪?"麦克莫多问道。

"你参与了在先驱报社殴打主笔斯坦格的案子。别人没告你杀人罪,这并不是因为你无杀人之心。""啊,假如你们只是为了这件事,"麦金蒂微笑着说道,"那你们可以住手了。我们有几个人可以证明这个人当晚在酒馆里和我打牌一直到半夜。""那是你的事,这些你都留着明天到法庭上去说吧。走吧,麦克莫多,如果你不想我的枪弹射穿你的胸膛,你就老老实实跟我走。麦金蒂先生,你站远一些,我警告你,在我执行任务的时候,是最讨厌有人从中阻止的。"马文队长神色坚决,以至麦克莫多和他的首领不得不接受这个事实。在分手之际,麦金蒂趁机低声问麦克莫多:"那东西怎样……"他伸出大拇指,暗示着铸币机。

"没问题。"麦克莫多低语说,他已经把它放在地板下安全的隐秘处所。"我祝你一切顺利,"首领和麦克莫多握手告别,说道,"我要去请赖利律师,并且会亲自出庭作证。相信我,他们不会把你怎样的。""我并不想打这个赌。你们看好罪犯,如果他想要什么花招,就不要留情,尽管开枪。我必须先搜查一下这屋子。"马文队长搜查了一番,但并没有发现藏匿铸币机的秘密地方。他走下楼来,和一行人把麦克莫多押送到总署去。天色已经昏黑,强烈的暴风雪使街上人迹稀少,只有零星的几个闲人跟在他们后面,壮着胆子大声咒骂被捕者。

"处死这个该死的死酷党人!"他们高声喊道,"处死他!"在麦克莫多被

推进警署时,他们不停地咒骂他。经过主管的警官简短的审问之后,麦克莫多被投入普通牢房。他发现鲍德温和前一天晚上的其他三个罪犯也于这天下午被捕后关进了这里,一起等候明天上法庭。自由人会的势力竟也能到达监牢里。天晚以后,一个狱卒为他们铺稻草,而稻草中竟藏着两瓶威士忌酒,几个酒杯和一副纸牌。他们就饮酒赌博,狂欢了一夜,对明天的事一点都不担心。

第二天法庭的判决证明他们根本就不会惹出麻烦。这位地方法官根本就不能依据证词来定他们的罪。一方面,排字工人和印刷工人不得不承认灯光暗淡,他们自己也非常混乱慌张,根本就不能清楚地指出谁是行凶者。经过麦金蒂安排好的聪明的律师一番盘问以后,这些证人的证词更加含糊不清了。被害人证明说,他是在毫无准备的情况下受到袭击的,除了记得第一个动手打他的人有一撮小胡子以外,什么也说不清。但他确定那些人是死酷党人,由于他经常公开发表评论,已多次受到他们的威胁。除了他们,社会上没有别人会恨他的。

同时有六个公民,其中包括市政官参议员麦金蒂,出席作证案发时被告都在工会打扑克,罪行发生一个多小时后才离开。自然,法官向被捕的人表示了歉意,同时含蓄地训斥了警察多管闲事,便释放了被告。

这时法庭内一些旁听者热烈鼓掌赞同这一裁决,里面有许多熟悉的面孔,那些都是会里的弟兄。可是另一些人看着被告一行人从被告席上走出来时,坐在那里怒目圆睁,目光忧郁;其中一个小个子黑胡须面容坚毅果敢的人,在那些获释的罪犯从他面前走过时,喊出了他本人和所有人的共同心声。"该死的凶手!"他喊道,"迟早我们会收拾你们的!"

恐怖谷

最黑暗的时刻

自从被捕和无罪释放以后，杰克·麦克莫多在那一伙人中确立了很高的威信和地位。一个人在入会的当夜就干了一些事，并在法官面前受审，在这个社团是没有前例的。人们对他十分敬佩，认为他是一个好酒友，玩起来兴致高涨，性格高傲使他绝不甘心受人侮辱，即使是权大如天的身主，他也绝不妥协退让。除此之外，他还给同伙留下这样一个印象：在全分会，没有一个人能像他那样具有谋划阴谋诡计的天赋，也没有人能像他那样彻底地付诸实施。"他一定是一个手脚利落的家伙。"那些老家伙们议论道，他们等待着麦克莫多大显身手的时候。

在麦金蒂看来，麦克莫多是一个最有才干且最具有攻击力的人。他就像自己手下一条凶残嗜血的狼犬，小事只需一些劣狗，但总有一天要放开这条猛犬去给人以致命的一击。少数会员，其中包括鲍德温，对这个外来人升得很快深感不满，甚至怀恨在心，可是他们并不直接对抗他，麦克莫多与人决斗就像吃饭一样方便。不过，麦克莫多在会党中的风光使他在另一个更为重要的方面受到了沉重打击，那就是伊蒂的父亲彻底与他断交，并不许他上门。伊蒂深深爱着麦克莫多，但在她善良的心中也深知不应和一个杀人成性的暴徒结婚。

一天夜晚，伊蒂满怀心事，辗转不能成眠。早晨，她决心去看望麦克莫多，她想或许这是最后一次和他见面了，她应尽自己的全力把他从泥沼中挽救出来，不让他深陷其中而无法自拔。因为麦克莫多经常求她到他家中去，她便向麦克莫多家走来，径直奔向他的起居室。麦克莫多正坐在桌前，背对着门口，聚精会神地读一封信，丝毫没有感到有人在门口。年方十九的伊蒂，玩心大起。她轻轻把门推开，见麦克莫多丝毫没有察觉，便蹑手蹑脚地悄悄走向前去，无声无息地把手放到他肩上。

伊蒂本想吓一吓麦克莫多，她无疑办到了，但万万没有料到的是，她自己受到的惊吓并不亚于他。麦克莫多像老虎一般反身一跃而起，把右手卡在

伊蒂咽喉上。与此同时，左手迅速把他面前放的信揉成一团，满脸凶相地站在那里。但等他看清来人后，脸上凶恶嗜血的表情被惊喜交加所代替，伊蒂却已被她从未遇到的事吓得不能动弹了。"是你呀！"麦克莫多擦去额上的冷汗，说道，"没有想到是你来，亲爱的，我差点伤害了你。来吧，亲爱的，"麦克莫多伸出双手说道，"对不起。"伊蒂突然从麦克莫多的表情上看出，他是因犯罪而害怕，这使她惊魂未定。她那女性的本能告诉自己，麦克莫多决不是因为她刚才轻轻的一拍才吓成这样的，他是因为自己犯下的罪行而恐惧！"出了什么事？杰克，"伊蒂高声说道，"为什么会这么害怕？噢，杰克，假如你问心无愧的话，那你决不会这样看着我！""不错，你无声无息地走进来，而我正在考虑别的事……"

"不，不，决不仅是这样，杰克，"伊蒂突然产生了怀疑，"你那封信写的是什么？让我看看。""啊，伊蒂，我不能。"伊蒂更加怀疑了。

"是写给另一个女人的，"她叫嚷道，"我知道了！你为什么不让我看？那是给你妻子写的信吧？你是一个外乡人，根本没有人了解你的过去，我怎么能确定你还没有结婚呢？""我没结过婚，伊蒂。我发誓，我可以对耶稣的十字架发誓，你是我唯一深爱的女子。"看着麦克莫多因激动心急而显得苍白的面色，伊蒂只得相信他。

"那么，"伊蒂说道，"那封信你为什么不愿让我看呢？""我告诉你说，我亲爱的，"麦克莫多说道，"我曾发誓不给别人看这封信，正如我不会违背对你所发的誓言一样。我要对接受我誓言的人守信用。会里的事务对任何人都要保守秘密，刚才我之所以害怕，只因为我以为那是一只侦探的手，难道连这你都不明白吗？"伊蒂觉得他说的都是真话。麦克莫多温柔地亲吻她，来驱散她的惊恐和怀疑。

"那么，坐在我身旁。这是你选择的贫穷的情人能给你的最好的东西了——王后的宝座。我想，总有一天我会让你得到幸福的。现在你感觉好一点了吗？""当我听说你是一名罪犯时，我不知道哪天法庭会因杀人罪而审你，我的精神怎么会好呢？昨天，当我听到有一个房客称呼你'麦克莫多这个死酷党人'时，简直像一把刀子扎到我心里一样啊！"

"随他们去说，不用在意。""可是他们说的是实话。""好，亲爱的，事情不像你想得那么糟。我们只不过是一些用自己的手段去争取应得权利的穷

恐怖谷

人罢了。"伊蒂双臂搂住他的颈项。"离开它吧！杰克，为了我，为了上帝，远离它吧！今天我就是为了这个才来到这儿的。噢，杰克，如果你能与它脱离关系，我愿意跪在你面前！"

麦克莫多把伊蒂抱在胸前，抚慰她道："我亲爱的，你知道这样做意味着什么吗？意味着让我背弃誓言，背叛我的朋友！我能这样做吗？如果你能明白我所做的，你会收回你的要求的。再说，即使我想这样做，我又怎能做得到呢？你不想一想，死酷党能让一个了解它底细的人轻易离开吗？""我想到这点了，杰克。我已计划好了。父亲积攒了一些钱，这里那些人的横行无忌使我们生活在恐怖之中，父亲对这里早已厌倦了，他已准备离开。我们一起逃到费城或纽约，到了那里就不用怕他们了。"麦克莫多笑了笑，说道："这个会党的手下遍布全国，你以为它不能追到费城或纽约去吗？""那么，我们去西方，英国或德国都可以，爸爸就是那里人。只要离开这'恐怖谷'，到什么地方都行。"

麦克莫多想到了老莫里斯兄弟。"真的，我已经第二次听人这样称呼这座山谷了，"麦克莫多说道，"看来阴霾确实笼罩着你们。""它使我们的生活惨淡无光。特德·鲍德温不会原谅我们的。假如他不怕你，你想我们的运气会怎么样？如果你看到他那如饥似渴的眼光就会明白了。"

"我向上帝发誓！如果我再碰到他这样，一定要好好教训教训他。不过，小姑娘，我不能离开这里，我不能。我需要你的信任与支持。只要你能让我自己想办法，我们会有好的出路的。""干这样的事是不体面的。""好，好，这只是你的看法。请答应我再给我半年时间，就半年，我便可以问心无愧地离开这里。"姑娘高兴得笑了。"六个月！"她大声说道，"这是你的诺言吗？""对，或许七个月或八个月。可是不会超过一年的，我们就可以远离这个恐怖谷了。"

这虽然仅仅是一个诺言，但对伊蒂来说却无比重要。这希望的曙光将一切阴霾驱散而尽，她轻松愉快地回到父亲家中。自从杰克·麦克莫多闯入她的生活以来，她还一直没有过这种心情。

也许有人以为它的党徒对死酷党的一切行为都会一清二楚，可实际上这个组织比一般简单的分会要广泛、复杂得多。即便是身主麦金蒂对许多事也一无所知。因为有一个称为县代表的官员，住在偏远的霍布森领地，他统治

着不同的分会,使用的手段专横跋扈而又难以想象。这个狡诈的人麦克莫多只见过一次,他头发发灰,行动诡秘,活像一只耗子,总是满怀恶意地斜着眼睛看人。这个人名叫伊万斯·波特。那些维尔米萨的大头目在他面前,就如同非凡的丹敦在凶险的罗伯斯庇尔面前一样感到软弱无力。一天,与麦克莫多住在一起的伙伴斯坎伦收到麦金蒂的一封便笺,附有伊万斯·波特写来的信,信上通知说,将派两名得力人员——劳勒和安德鲁斯到邻区行事,至于对象是谁,不方便相告。希望身主可以为他们安排适当的住处。麦金蒂写道,工会是不保险的,因此,他让麦克莫多和斯坎伦接待这两人住在他们的公寓中。

当天夜晚,这两个人来了,每个人带着一个手提包。劳勒年龄较大,看起来精明稳重,不善交谈,身着一件旧大衣,戴一顶软毡帽,灰白胡子乱蓬蓬的,看起来更像是一个巡回传教士。他的伙伴安德鲁斯是一个半大的孩子,面容坦率,性格开朗,举止轻快活泼,好像是出来度假的,抓紧每一分钟去尽情快乐。两个人都不饮酒,各方面都符合地地道道党徒的要求。他们无疑是这个杀人组织中最犀利的武器。劳勒已有十四次经验了,即使是安德鲁斯也已成功地完成了三次任务。

麦克莫多发现,他们对于自己过去的"丰功伟绩"似乎颇为得意,一讲起来就滔滔不绝,一副骄傲的神情,但对此次执行的任务却闭口不谈。"他们之所以派我们来,是因为我们都不喝酒,"劳勒解释说,"他们相信我们不会酒后失言。这是县代表的指示,我们必须服从。请不要见怪。""当然,我们都是一样的。"斯坎伦说道,这时四人坐下共进晚餐。"这是实话,我们可以自由自在地谈论过去的任何一件案子。可是,对于未成功的事情,我们不能透露一丝风声。"

"这里有六七个人,都应该受到惩罚,"麦克莫多咒骂道,"我猜,你们的目标是不是铁山的杰克·诺克斯?确实应该教训他一下了。""不,不是他。""要不然是赫尔曼·施特劳斯?""不,也不是他。""好,假如你们不肯说,我们也不勉强,虽然我很想知道。"劳勒摇头微笑,看来他是坚决不会开口的。他们的沉默勾起了斯坎伦和麦克莫多的好奇心,他们决定参加他们所说的"游戏"。所以,第二天天还未亮,麦克莫多听到他们轻手轻脚地下了楼,就把斯坎伦叫醒,匆忙穿上衣服。他们借助灯光,通过大开的

恐怖谷

房门,看到那两个人已经走到街上,麦克莫多和斯坎伦于是小心翼翼地尾随踏雪而行。

他们的寓所靠近镇边,那两个人很快走到镇外边十字路口。有三人早在那里等候,劳勒和安德鲁斯与他们交谈了几句,便一同走了。可以想象,需要动用这么多人,一定是比较重大的事情。有几条小径通往各个矿场,这些人走上一条通往克劳山去的小路。那里是一个精明能干且极具胆量的人主管的一个矿场,由于这个英国经理乔塞亚·邓恩精力旺盛、不惧邪恶,所以他从不向死酷党妥协,使这里长期以来保持着严明的纪律和井然的秩序。

天色已经大亮,工人们三五成群,陆陆续续地沿着已被踩黑的小路走去。麦克莫多和斯坎伦混在人群中漫步走去,与他们尾随的人保持着一定的距离。一股浓烟升起来,伴随着一阵汽笛刺耳的尖叫声。这是开工信号,十分钟以后,罐笼就会降下去,一天的劳动就开始了。

他们来到矿井边空旷的地方,那里正有百名矿工正等着上工,寒冷的天气使他们不停地跺脚,向手上哈气。这几个陌生人在机房附近站住了。斯坎伦和麦克莫多登上一堆煤渣,从此处可以望到全景。他们看到矿务技师,一位叫做孟西斯的大胡子苏格兰人,从机房走出来,吹响哨子,指挥罐笼降下去。这时,一个身材颀长、面容诚恳、打扮十分体面的年轻人向矿井走去。在他走过来时,突然看到机房旁那伙默不作声、站着不动的人,这伙人把帽子压得很低,竖起大衣领子遮着脸。一瞬间,他仿佛看到死神在向他招手,但他全然不顾危险,为了维护矿场的安全,一心要去驱逐这几个不速之客。

"你们是谁?"他一面向前走,一面问道,"你们在这里干什么?"谁也没有回答他,少年安德鲁斯突然走上前去,一枪击中他的肚子。这突如其来的状况使一群等待上工的矿工一下子回不过神来,只是手足无措地站在那里,眼睁睁地看着发生的一切。这个经理双手捂住肚子,弯下身子,摇摇晃晃地走向一旁。这时,另一个凶手又向他开了一枪,于是他倒在一堆渣块间等待死亡。那个苏格兰人孟西斯见了,大吼一声,徒劳地想挥动铁扳手与凶手搏斗,可是两声枪响后,他满脸是血地倒在凶手脚旁死去了。

枪声惊醒了众人,人群轰然向前拥去,但两名凶手连发数枪,将人群打

散,甚至有些工人直接逃回家中去了。只有少数有胆量的善心人重新聚在一起,又返回矿山来,但凶手早已在清晨薄雾的掩护下消失得无影无踪。虽然目击者有上百名,但没有丝毫证据。斯坎伦和麦克莫多转回家去。斯坎伦心情沮丧,因为在他第一次经历杀人场面后,才明白并不像别人告诉他的那样只是一种"游戏"。在他们往镇里赶时,被害经理的妻子可怕的哭叫声一直萦绕在他们耳边。麦克莫多受到极大震动,一言不发,不过看到懦弱的同伴,他并不在意。

"真的,这简直就是一场战争,"麦克莫多重复说道,"我们和他们之间不是战争是什么呢?在任何地方,只要能回击就向他们回击。"这天晚上,工会大楼中分会办公室里大肆狂欢,因为这次刺杀的成功,使该会党可以为所欲为地勒索已被吓坏的公司;同时还庆祝分会本身这些年来取得的胜利。

县代表派五名心狠手黑的人到维尔米萨来执行任务时,曾要求维尔米萨秘密选派三个人去杀害斯特克罗亚尔市的威廉·黑尔斯作为报答。黑尔斯是吉尔默敦地区的一个无人不知、受人尊敬的矿产主。从任何方面看,他都称得上是一位模范的雇主,所以他深信自己并无一个仇人。但是,由于他讲求效率,他曾经辞退了一些聚众闹事、不务正业的雇员,而他们恰巧是死酷党的会员。然而他并没有向死亡屈服,最终的结果是他在一个自由文明的国家里被人杀害了。他们杀人回来以后,特德·鲍德温摊开四肢,半躺在身主旁边的荣誉席上,他是出去执行任务这一组人的头目。他的面孔绯红、双眼呆滞、布满血丝,说明他彻夜未眠并饮酒过量。头一天他和两个同伙在山中过了一夜。虽然他们看起来疲惫不堪,但从未有人像他们那样受到如此热烈的欢迎。

伴随着疯狂的吼叫声和狂笑声,他们将自己的杰作得意地向自己的同伴讲述。他们在陡峭的山顶上隐藏起来,守候他们的牺牲品傍晚回家。他们知道,这个人会在这里放慢速度。因为天气寒冷,被害者穿着毛皮衣服,以至没来得及掏出手枪。他们把他拽下马来,朝他连开数枪。他那高声的求饶无疑大大刺激了死酷党徒兴奋的神经。"让我们再听听他怎样惨叫。"这些匪徒们叫喊着。

他们并不认识这个人,只是寻求一种杀人的乐趣,同时也为向那个地区的同伴证明自己是可以信赖的。

恐怖谷

但有一个意外事件。当他们把手中枪里的子弹都倾泻到这个僵卧的尸体上时，一对夫妻正驱车经过这里。有人提议把这两个人一起干掉，可是这两个人与这矿山一点关系也没有，于是他们厉声威胁这对夫妻赶紧走开，并要死守秘密，否则就会没命。因此，那血肉模糊的尸体就被丢在那里作为一种警告，而那三名杰出的复仇者则在暮色的掩护下消逝在荒山僻壤之中。他们干得极为利落，安全而稳妥，同党们的赞扬喝彩声不绝于耳。

死酷党人欢庆胜利的日子，就是全谷笼罩阴霾的时刻。正如一个英勇无敌的将军在欢庆胜利的同时，会想到应该乘胜追击，给予敌人毁灭性的打击一样，此时麦金蒂凶残阴毒的双眼正为他所筹划的新的刺杀计划而射出险恶的阴光。就在这天晚上，狂欢后的党徒们走散以后，麦金蒂暗示麦克莫多跟他走进第一次见面的内室。

"喂，我的伙计，"麦金蒂说道，"终于有你表现的机会了，你要大显身手了。""我深感骄傲。"麦克莫多答道。"你可以带曼德斯和赖利一起去，我已经吩咐过他们了。切斯特·威尔科克斯是我们最大的眼中钉。如果你能干掉他，你就会赢得此地每一分会的感谢。""我会尽全力的。他是什么人？在哪里我可以找到他？"麦金蒂吐掉雪茄，从笔记本上撕下一张纸，画了一个草图。"他是戴克钢铁公司的总领班，意志极为刚强，是战时多次受伤的一个老海军陆战队上士，头发灰白。我们以前的两次行动均以失败告终，而且搭进了吉姆·卡纳威的性命。现在就看你的了。正像你在图上看到的，他家孤零零地处在戴克钢铁公司十字路口，不会有人听到声音。他在白天戒备心极高，连问也不问就开枪，枪法既快又准。家里一共有六个人——有他的妻子和三个孩子，一个工人。你可以在夜里行动，而且要不留活口。最好是把炸药放在门口，然后点燃导火线……"

"这个人干了什么？""我跟你说过他枪杀了吉姆·卡纳威。""他为何要枪杀吉姆呢？""这和你有什么关系？卡纳威只是在夜晚走近了他的房子，他就开枪打死了卡纳威。好，就谈到这儿吧。现在你应该去准备一下这件事了。"

"那个妇女和小孩也一起解决吗？""是的，斩草当然要除根。""这样对待那些十分无辜的人，似乎有点难以下手。""这话多么愚蠢！你变卦了吗？""慢着，参议员先生，别急！我什么时候有过违背身主命令的表现呢？是非均

有你来定夺。"

"那么,你去完成它?"

"当然了。"

"什么时候?"

"啊,你最好给我一两个晚上的时间。我要先探查地形,再决定计划,然后……"

"太好了,"麦金蒂和他握手,说道,"这事儿就看你的了。我们等着你的好消息,要为你好好庆祝,通过这一次,我要让他们全部臣服于我们。"面对这突如其来的任务,麦克莫多不由得陷入了深深的思索中。切斯特·威尔科克斯居住在孤零零的房屋,在距此地约有五英里的山谷里。就在这天夜晚,麦克莫多独自一人去为暗杀活动做准备。等他回来时,天色已经大亮。第二天他去看他的两个助手曼德斯和赖利,这两个鲁莽轻率的年轻人所表现出来的异常兴奋就如同去参加大型围猎一样。第三个晚上,他们在镇外见面,三个人都带了武器,其中一人带了一袋采石场用的炸药。他们大约半夜两点钟来到这所孤独的房子前。这晚月黑风高,极易下手。他们十分小心地防范着猎犬,手中的枪都打开了保险。可是除了风吹树摇外,没有丝毫动静。

麦克莫多站在这所孤零零的房屋门外静听了一阵,里面一点儿声音也没有,他把挖了一个小洞的炸药包放在门边,点燃导火索,与同伴们迅速躲到远处的安全地带,趴在沟里观看。响彻黑夜的炸药爆炸声和房屋轰然倒塌的声音,说明他们已经完成了任务。创造社团历史上最干净成功的记录。然而,一切却只是竹篮打水!原来切斯特·威尔科克斯听到许多人被害的消息,料到自己也会有危险,就在前一天把家搬到比较安全而又无人知晓的地方去了。那里还有一队警察防守。炸药只毁掉了一所空房子,而那位刚强的老上士依然严格地管理着钢厂的矿工。

"放心吧,"麦克莫多说道,"他逃不了多久。不管等多久,我都会解决他。"会员们都对他表示感激和信任,暂时不提这件事了。

几星期以后,威尔科克斯被杀的消息在报上登了出来。众所周知,麦克莫多完成了他未完成的任务。这就是恐怖的自由人会,这就是为所欲为的死酷党人。他们对这一地区的恐怖的统治,使人们长期处在担惊受怕之中。现

恐怖谷

在读者已经了解了这些人和他们的做法,难道还要再记述下去吗?

人们可以从历史的记载中清楚地看到,他们还枪杀了警察亨特和伊万斯,因为他们竟斗胆逮捕两个死酷党徒——维尔米萨分会策划了这两件暴行,那两名孤立无援且手无寸铁的人遭到了残忍的杀戮。读者还可以读到,拉贝太太被枪杀,仅仅是因为她丈夫遭到死酷党人毒打的时候,她紧抱着丈夫不放;老詹金斯被害,不久他弟弟也遭此厄运;詹姆斯·默多克被弄得肢体残废;斯塔普霍斯全家被炸;斯坦德鲁斯被谋杀。一件一件的惨案为严寒的深冬增添了浓重的恐怖色彩。

春天来了,万物复苏,大自然挣脱了长时间的束缚恢复了勃勃生机;可是生活在恐怖谷中的人们依旧被笼罩在挥之不去的阴霾下。他们的生活从未像一八七五年初夏那样黑暗而令人绝望。

危 机

恐怖统治愈演愈烈。麦克莫多已经被委任为会中的执事,极有希望继承麦金蒂做身主,现在他的同伙都要征求他的意见,凡事都需要他的指点和协助,否则就会一事无成。可是,他在自由人会中的名气愈大,镇上的平民就愈仇视他,这一点在他走在维尔米萨街上时感觉尤为明显。他们不顾恐怖的威胁,决心联合起来共同反抗压迫他们的人。广告传说,先驱报社有秘密集会,并向守法的平民分发武器,但麦金蒂和他手下的人对此却根本不在乎。因为他们人多势众,配备精良,一手遮天,而对方却无权无势就如一盘散沙。结果肯定像过去一样,雷声大雨点儿小,最终只能是不了了之。这就是麦金蒂、麦克莫多和那些勇敢分子们的想法。

通常党徒们在星期六晚上聚会。五月里,一个星期六的晚上,麦克莫多正要去赴会,被称为懦夫的莫里斯兄弟前来拜访。莫里斯那因憔悴而愈发瘦长的慈祥的面孔上愁云密布。

"我可以和你谈谈吗?麦克莫多先生。"

"当然可以。"

"我从未忘记,那次与你敞开心扉的谈话,甚至首领亲自来问你这件事,你都没有透露。"

"这是我对你信任我的回报,但这并不等于我同意你说过的话。""这我是知道的,但我只敢毫无保留地向你袒露心声。现在我有一个秘密,"他把手放在胸前,说道,"它使我心急如焚。为求解脱,我真希望告诉每一个人,但结果必定会有人被杀害。可要是我不说就会导致我们的灭亡。愿上帝救我,我简直不知如何是好了!"

麦克莫多恳切地望着他,见他因恐惧而浑身发抖。麦克莫多倒了一杯威士忌酒给他。"这对你会有效的,"麦克莫多说道,"请告诉我吧。"

莫里斯把酒喝了,苍白的面容恢复了红润。"其实只要一句话就够了。"他说道,"已经有侦探在追查我们了。"

麦克莫多像看怪物一样望着他。"什么?伙计,你疯了!"麦克莫多说道,

恐怖谷

"这里的警察和侦探已经多得像苍蝇一样无孔不入了。他们对我们能有什么损害呢？""不，不，不是本地人。正像你说的，本地的侦探根本不会把我们怎样。可是你听说过平克顿的侦探吗？""听说过几个人。""好，我告诉你，他们追查你时，你千万不要大意。它不同于平常的散漫的政府机构，它是一个充满智慧的大企业的智囊，他们要不惜任何代价查个水落石出。假如一个平克顿的侦探要过问这件事，那我们就全完了。""我们一定不能让他活在世上。""啊，你马上想到的就是这个！我已经向你说过了，这一在会上提出就会引出谋杀案。""当然了，杀人算什么？这是再普通不过的事了。""的确是这样。可是如果这个人被杀死了，那我的罪孽又加重了一层。可是如果他活在世上，又会使我们自己陷入极度危险之中。上帝啊，我怎么办呢？"莫里斯的身体不断抖动，犹豫不决。他的话使麦克莫多深受感动。显然，他对莫里斯关于危机的看法是持赞同态度的。麦克莫多抚着莫里斯的肩膀，亲热地摇摇他。

"喂，伙计，"麦克莫多激动异常，几乎喊叫似的大声说道，"你坐在这儿一味懦弱地哭丧是毫无用处的。我们应该分析一下情况。这个人是谁？他在什么地方？你如何听说到他的？为什么来找我？"

"我来找你，因为只有你能指教我。我曾告诉过你，在来这里以前，我在西部开过一家商店。那里我有一些好朋友，有一个朋友是在电报局工作的。这是昨天收到的他给我的信，这一页写得十分清楚，你自己看吧。"

于是麦克莫多读起来：

> 你们那里的死酷党人现在如何？我在报上看到许多有关他们的报道，希望你能尽快告诉我你的近况。听说，有五家有限公司和两处铁路局十分认真地在处理这件事。你们必须相信，他们既然决定插手就会进行到底的。平克顿侦探公司正奉命进行调查，其中的佼佼者伯尔第·爱德华正在行动，这回正义可以得到伸张了。

"还有这封。"

> 当然，我所说的都是我平常在工作中了解到的，所以不能再进一步说明白了。他们使用的密码我根本看不懂。

麦克莫多捏着这封信，忧郁地静坐了很久，他仿佛看到他面前出现了一个万丈深渊，冉冉升起的迷雾使他不明方向。

"还有谁知道这件事吗?"麦克莫多问道。

"我没有告诉别人。"

"那给你写信的这个人会告诉别人吗?"

"啊,我敢说他还认识几个人。"

"是会员吗?"

"很可能。"

"我之所以这么问,是想他或许可以把那个侦探描述一下,那么我们就可以着手追寻他的行踪了。""啊,这倒可以。可是我想他并不认识爱德华,这个消息也是他借助工作之便才了解到的。他怎么能认识这个平克顿的侦探呢?"

麦克莫多猛然跳起来。

"天哪!"他喊道,"我一定要抓住他。我太愚蠢了,竟然连这件事都忽略了!但我们的运气还不算太坏!在他还没对我们有何不利之前,我们必须先解决他。喂,莫里斯,你愿意把这件事交给我去办吗?""当然了,只是不要把我牵扯进去。""这件事你完全可以放心地交给我来办。我一人做事一人当,甚至不会提到你的名字。从现在起,这封信是写给我的。怎样,满意吧?""这样是再好不过的了。"

"那么,就谈到这里,你不要对任何人说起。现在我要到分会去,这个侦探很快就会知道我们的厉害了。""你们会杀死这个人吗?""莫里斯,这件事你知道得越少对你越好。你不要再多问了,顺其自然吧。现在你最好去睡大觉,我来处理它。"

莫里斯走时,忧郁地摇了摇头,叹道:"我觉得我的双手沾满了他的鲜血。"

"不管怎样,自卫不能算是谋杀,"麦克莫多狞笑道,"我们和他不是鱼死就是网破。如果他长期潜伏在这里,他一定会毁了我们的。呃,莫里斯兄弟,我们得选你做身主啊,因为你救了我们整个分会的兄弟。"然而,可以看出来的是他并不像表面上那么轻松。可能他问心有愧;可能由于平克顿组织威名显赫;可能知道那些大公司要清除死酷党人的决心。不管他出于何种考虑,他的行动说明他是从最坏处做准备的。在他离家以前,他销毁了所有可能使他受到牵连的证据。然后他才满意地出了口气,似乎觉得安全了。可是他并不认为危险完全消除了,因为他在去往分会的途中,他在老塞夫特家逗留了

恐怖谷

一会儿。塞夫特早已禁止麦克莫多到他家去。可是麦克莫多轻轻敲了敲窗户，伊蒂便出来迎接他。她看到了她那深情款款的情人，但伊蒂从他严肃的脸上读懂了他的心事。

"你一定出了什么事！"伊蒂高声喊道，"噢，杰克，你一定遇到了麻烦。"

"不错，亲爱的，不过还不是很糟糕。在事情没有恶化以前，我们应该搬家，这是很明智的。"

"搬家？""有一次我答应你，终有一天我会带你离开这里的。我想这一天已经来到了。刚刚我得到一个坏消息，麻烦就要找上门来了。""是警察吗？""对，是一个平克顿的侦探。不过，亲爱的，你不用了解得太清楚，也不必担心我有危险。这件事与我关系太大了，但我很快就会摆脱它的。你说过，你会和我一起离开这里的。"

"啊，杰克，这会使你得救的。""我是一个诚实的人，伊蒂，我是不忍心伤害你一丝一毫的。你就像坐在云中宝座上的女王，我虽仰望你的娇颜，却绝不会让你滑下一寸。你相信我吗？"伊蒂默默无语地把手放在麦克莫多的手掌中。"好，那么，请你听我说，并照我说的去做。这无疑是我们唯一的生路。我确定，就要发生大事了。我们每一个都要严加防备。不管怎样，我是其中一员，如果离开这里，你要和我日夜不离。"

"我可以随后就去，杰克。""不，不，你要和我一起行动。如果我离开这个山谷，我就永远不能再回来。为了躲避警察的耳目，我们不能有任何联系，可我又怎能忍心弃你于不顾呢？你一定要和我一起走。我认识一个很好的女人，你暂时住在她那里，等风声一过，我们就结婚。你肯走吗？"

"好的，杰克，我跟你走。"

"谢谢你这样信任我，上帝会保佑你的！如果我对不起你，我就是不可饶恕的魔鬼。现在，伊蒂，请听好，只要你收到我的便笺，你要马上赶到车站候车室，在那里等我去找你。"

"好的，不论白天晚上，我一定去，杰克。"麦克莫多做好了这一准备工作后，心情稍微舒畅了些，于是他向分会走去。那里已经了聚集了很多人。他回答了暗号，通过了戒备森严的外围警戒和内部警卫。他一走进去，便受到热烈的欢迎。房屋内挤满了人，在烟雾中他看到了麦金蒂那一头又长又密的乱发，鲍德温凶残而不友好的表情，书记哈拉威那鹫鹰一样的脸孔，以及

十几个分会中的领导人物。他们全部在场,这使麦克莫多十分高兴,这样他们可以商议一下他得来的消息。

"看到你太高兴了,兄弟!"身主麦金蒂高声喊道,"这里正有一件事需要有一个所罗门作出公正的裁决呢。""是兰德和伊根,"麦克莫多坐下来,邻座的人向他解释说,"他们两个去枪杀斯蒂列斯镇的克雷布老人,两个人都说是自己开枪击中的,请你来裁决一下分会的赏金应给谁?"麦克莫多从座位上站起来,举起双手。显然,他脸上严肃的表情使所有人大吃一惊,屋内马上出现死一般的寂静,等待他说话。"身主,"麦克莫多严肃地说道,"我有要事相告!""既然麦克莫多兄弟有要事,"麦金蒂说道,"按照会中规定,自然应该优先讨论。现在,请说吧,兄弟。"

麦克莫多掏出衣袋里的信来。"可敬的身主和各位弟兄,"麦克莫多说道,"今天,我带来一个十分不好的消息。不过我们事先知道并有所准备,总比让人打个猝不及防要好得多。我得到通知说,国内那些最有钱有势的组织联合起来准备消灭我们,有一个叫伯尔第·爱德华的平克顿的侦探已潜入这里,搜集拘捕我们的证据,要把我们在座的所有人都送上绞刑架。这就是我所说的紧急事,请大家讨论。"室中顿时鸦雀无声,最后还是身主麦金蒂打破了沉默。

"麦克莫多兄弟,你有证据吗?"麦金蒂问道。

"我收到了一封信,上面写得十分清楚,"麦克莫多说道。他高声把这一段话读了一遍,又说,"我要守信用,不能把详细内容读出来,更不能把信交给你。但我敢向你们保证,除此以外,别的与本会就无关了。我是以最快的速度来向大家报告这件事的。"

"大家请听我说,"一个年纪较大的会员说道,"我听说过伯尔第·爱德华这个人,他是平克顿私家侦探公司里一个最有名气的侦探。""谁见过他?""是的,"麦克莫多说道,"我见过他。"

室内顿时出现一阵不可思议的诧异声。"我相信他跑不出我们的手心,"麦克莫多笑容满面,继续说道,"假如我们能运用智慧尽快地出手,这件事不会有威胁。如果你们信任我,并给予我帮助,我们就更不用担心了。""可是,我们怕什么呢?他怎么能知道我们的事呢?""参议员先生,如果大家都像你那样忠诚,那当然不会有问题。可是面对金钱的诱惑,难道你认为我们会里不会有意志薄弱的兄弟被收买吗?他一定会探清我们的底细——甚至已经搞

恐怖谷

清了我们的秘密,只有一种办法是万无一失的。""就是不能让他活着离开这里!"鲍德温说道。麦克莫多点点头。

"你说得好,鲍德温兄弟,"麦克莫多说道,"虽然通常我们很难达成共识,可今晚我们的想法却出奇的一致。""那么,他在哪里呢?我们在什么地方能找到他?""可敬的身主,"麦克莫多激动地说道,"这件事关系到我们的生死存亡,所以我建议不要在会上公开讨论。我并不是不信任在座的哪位弟兄,可是只要让那个侦探探到一丝风声,我们就不可能抓到他了。我要求分会选择一些最可靠的人。如果大家不反对的话,我提议,参议员先生,你自己算一个,还有鲍德温兄弟,再找五个人。我就可以毫无顾忌地说出我的打算,并由大家来讨论一下。"

麦克莫多的建议立刻被采纳了。这些人除了麦金蒂和鲍德温,还有面如鹫鹰的书记哈拉威、老虎科马克、凶残的中年杀人凶手司库卡特和不顾生死的亡命徒威拉比两兄弟。大家从未像现在这样紧张慎重过,许多人第一次在横行已久的地方感到了法律对他们的威胁。他们从不认为他们对他人的残害会有遭到报应的一天,现在让他们吃惊的是这种报应似乎来得太紧迫了。所以党徒们例常的欢宴,这次却不得不早早收场了。党徒们离开了,只有他们的头领们留下议事。

"麦克莫多,现在你说吧。"只剩他们孤零零的七个人时,麦金蒂说道。"我刚才说过我认识伯尔第·爱德华。"麦克莫多解释说,"你们完全可以想到,在这里他用的是假名。他是一个勇敢的人,不是一个蠢货。他化名史蒂夫·威尔逊,住在霍布森领地。"

"你怎么知道的呢?""因为我和他讲过话。如果不是这封信,我根本就不会再想起这件事。可是,现在我深信这就是那个人了。星期三我去霍布森领地办事,曾在车上遇到他。他说他是一个记者,那时我相信了他的话。他说他要为纽约一家报纸写稿,想了解死酷党人的全部情况,以及所谓的'暴行'。他向我问了各种各样的问题,打算弄到一些情况。当然,他什么也没有得到。他说:'如果我能得到有助于我工作的材料,我愿出重金酬谢。'我尽量说了一些他爱听的话,他便付给我一张二十元纸币做酬金。他还说:'如果你能向我提供我需要的一切情况,那我可以付你十倍酬金。'"

"那么,你告诉了他些什么?"

"当然都是一些虚构的材料。"

"你怎么知道他在说谎呢？"

"很凑巧的是，我们都在霍布森领地下车。当我进邮电局时，他刚刚离开。'喂，'在他走出去后，报务员说道，'这种电文，我真应该加倍收费。'我说：'我想你们应当加倍收的。'我们一致认为他填写的电报单像中文那么难懂。这个职员又说：'他每天都来发一份电报。'我说：'对，他报道的特别新闻，一定是怕别人知道。'那时候我们就是那么想的。可是现在我绝不会这么想了。"

"天哪！我相信你的话是真的，"麦金蒂说道，"可是你认为我们应该怎么办呢？""马上干掉他！"有一个党徒提议说。

"哎，不错，愈早愈好。""如果我能知道他在哪里，我就立刻去了，"麦克莫多说道，"我只知道他在霍布森领地，具体住哪儿我就不知道了。不过，我倒有一个计划。""什么计划？""明早我就到霍布森领地去，我去向报务员打听这个人的住处，他一定知道。然后，我把自己的身份告诉他，提出如果他肯出高价，我会把一切都告诉他。他一定会同意。我跟他说材料在我家里，但白天人多眼杂，不太方便。他自然知道这是一种起码的常识。我让他夜晚十点钟到我家看那些材料，那时我们一定可以抓住他了。"

"这样行吗？"

"其余的事，就由你们自己去筹划。寡妇麦克娜玛拉家地处偏僻，她绝对可靠而且聋得像一根木桩。寓所中只有我和斯坎伦两个房客。假如他同意来的话，我会通知你们九点钟到我那里去。如果他进屋后还能活着出去的话，嗯，那他后半辈子就可以大吹他的运气了。""看来，平克顿侦探公司要遭受巨大损失了。要不，就是我搞错了。"麦金蒂说道，"就谈到这里吧，麦克莫多。明天九点钟我们去你那儿。你只要把他弄进屋来，其他的事就交给我们办吧。"

恐怖谷

诱捕妙计

麦克莫多寄居的地方确实是一幢孤零零的房子，正适于他们实施策划的那种犯罪活动。寓所位于镇子的边缘，又远离大路。若是平常，凶手们只需把要杀的人叫出来，把子弹都送给他就完事了。可是这次，他们要拷问这个侦探究竟知道他们多少秘密，并送出了多少情报。

也许他们动手太晚了，对方已把情报送走了。如果是这样的话，他们至少还可以向送情报的人复仇。不过，看来这个侦探并没有弄到什么有价值的情报，否则，他怎么把麦克莫多的胡言乱语当成宝贝呢！但是，所有这一切，他们要让他亲口招供。一旦把他抓住，他们会想法让他开口的，对于这类事，他们向来很有经验。

这天早晨，麦克莫多到霍布森领地后，警察似乎格外注意他。正当麦克莫多在车站等候时，那个自称在芝加哥就和他是老相识的马文队长，竟然同他打起招呼来。麦克莫多自然不愿搭理他，转身便走。这天中午，麦克莫多完成任务返回之后，到工会去见麦金蒂。

"他就要来了。"麦克莫多说道。"太好了！"麦金蒂说道。这位巨人只穿着衬衫，背心下露出的表链闪闪发光，尤其是钻石别针晃得人几乎睁不开眼。既开设酒馆，又玩弄政治，使得这位首领权钱双丰收。然而，头一天晚上，监狱和绞刑架似乎在他眼前不断闪动。"你估计他对我们的事知道得多不多？"麦金蒂焦虑地问道。麦克莫多阴郁地摇了摇头，说道："他已经来了至少有六个星期了，不过我想他还没有调查到我们这儿。凭借他雄厚的铁路资金，如果在我们中间活动了这么长时间，他早已有所收获，而且已把情报传递出去了。""我们分会里不会有叛徒的，"麦金蒂高声喊道，"每个人都像钢铁一样坚定可靠。但是，天哪！只有那个可恶的莫里斯。他的情况怎么样？唯一会出卖我们的人就是他。应该让两个弟兄去探探他的底，看看有没有什么不对劲的地方。"

"啊，那样做倒也无妨。"麦克莫多答道，"不过，我不否认，我喜欢莫里斯，并且不愿看他受到伤害。他曾对我说过分会的事，尽管他的看法与你我

无关,但他绝不会去告密。不过,我并不想干涉你们之间的事。""我一定要结果这个老家伙!"麦金蒂恶狠狠地道,"我已经注意他一年了。""好,你对这些知道得非常清楚,"麦克莫多答道,"但你必须等到明天再去处理。现在平克顿这件事才是首先应该解决的,又何必在这个节骨眼儿上去惊动警察呢?""说得对,"麦金蒂说道,"我们可以在把伯尔第·爱德华的心挖出以前,弄明白他的消息来源。他会不会看穿我们设的圈套呢?"麦克莫多笑容满面。"我认为我抓住了他的弱点,"麦克莫多说道,"他为了得到我们的材料,会心甘情愿地跟我到任何地方。我已经拿到他的钱了。"麦克莫多咧嘴笑了,取出一沓钞票给大家看,"他答应得到我的所有文件后,还要给更多的钱。"

"什么文件?""啊,当然什么都没有。我告诉他全体会员的登记表和章程都在我这里,他指望带着我们全部的秘密离开这里。"

"果然不错。"麦金蒂咧嘴笑道,"他不怀疑你为什么没把这些文件带去给他看吗?""我告诉他我已受到你们的怀疑,根本不能将东西带在身上出门,况且马文队长这天又在车站和我说过话,怎么可以呢!""对,我听说了。"麦金蒂说道,"我认为你可以担当这一重任。我们杀掉他以后,就把他的尸体扔到一个旧矿井里。不过,你今天到过霍布森领地,看来无论如何也无法瞒住那里的人了。"

麦克莫多耸了耸肩,说道:"只要我们干得漂亮,他们就找不出这件杀人案的证据来。天黑以后,我会安排好,不会让任何人看到他来过我这里的。现在,参议员先生,我把我的计划对你讲一下,并且请你转告另外那几位。你们早点过来。他十点钟就到,敲三下门,我就去开门,然后我在他身后把门关上。那时抓他就是探囊取物了。""这倒简单容易。""是的,但下一步就一定要慎重考虑了。他是一个很难对付的家伙,并且武器精良。他即使来,也会十分戒备的。他本打算和我一个人单独会谈,可是当我把他带进去让他看见里面坐着七个人时,他一定会开枪。我们的一些人就会受伤。"

"对。"

"而且枪声很容易招来附近镇上所有该死的警察。"

"没错。"

"我一定能安排得很好。你们大家都坐在那间大屋子里,我会把他领到门旁的会客室里,让他等在那里。我假装去取材料,借机告诉你们事情的进展,然后我会拿几张假材料给他。趁他读的时候,我会跳起紧紧抓住他的双手,

恐怖谷

防止他开枪。当你们听到我的喊声,就以最快的速度跑过来,因为他也很强壮,我一定尽力坚持到你们到来。"

"太棒了,"麦金蒂说道,"分会会铭记你的汗马功劳的,我一定提名让你做我的继位人。""参议员先生,说实话,我不过是一个新入会的弟兄。"麦克莫多说道,可是他脸上的神色已清楚地表明,这番话让他很得意。麦克莫多回到家中,为晚上这场殊死搏斗做着周密的准备。麦克莫多首先把他那支威森牌左轮擦干净,上好油,装足子弹,然后仔细检查袭击这位侦探的那间房间。这间厅房很宽阔,中间放着一条长桌,旁边有一个大炉子。两旁的窗户只挂着浅色的窗帘,并没有窗板,麦克莫多认真地查看了一番。最后,麦克莫多又与他的同伙斯坎伦商议。斯坎伦虽是一个死酷党人,但他并不具有死酷党人凶残的特点。他性格极为懦弱,对同伙的所作所为不敢有丝毫异议,有时他也被迫参加一些血腥的暗杀勾当,私下里却异常惊恐厌恶。麦克莫多简要地把即将发生的事对他说了。

"迈克·斯坎伦,假如我是你的话,今晚我就离开这儿,省得麻烦。这里在清晨以前,一定会有流血事件发生。""真的,麦克,"斯坎伦答道,"我并不愿意这样,可是我没有勇气。在我看到离这里很远的那家煤矿的经理邓恩遇害时,我几乎忍受不住了。你和麦金蒂那样的胆量,我没有。如果会里不加害我,我会按你说的去做,你们就自己先处理晚上的事吧!"

麦金蒂等人如约赶来。虽然他们有体面的外表,华丽齐整的服装,但是略加观察就可以从他们紧闭的嘴角和凶残的目光中看出,他们非常想擒获伯尔第·爱德华。他们没有一个人的双手不沾满别人的鲜血,他们杀人时铁石心肠,如同屠夫屠宰绵羊一般。令人生畏的身主麦金蒂不论从外貌和罪恶看,都是首要人物。书记哈拉威是一个柴棒似的人,手狠心黑,长着皮包骨的长脖子,骨瘦如柴的四肢神经痉挛,很关心分会的资金来源,却不顾来源是否合法。司库卡特是一个中年人,残酷无情,阴沉,皮肤像羊皮纸一般黄。他很有组织才能,几乎每一次犯罪活动的细节安排都出自此人的罪恶头脑。威拉比两兄弟是实干家,年轻、个儿大、体壮、手脚灵活,态度果决。老虎科马克粗眉大眼,凶狠残暴,他的秉性会使同伙也畏惧几分。就是这些人,准备这夜在麦克莫多的寓所杀害平克顿侦探。麦克莫多在桌上摆了些威士忌酒,他们便狼吞虎咽起来。鲍德温和科马克已经半醉,醉后更加暴露出他们的凶狠残暴。这几晚天气依然异常寒冷,因此屋中还生着火,于是科马克用火烤手。

恐怖谷

"这就妥当了。"科马克咬牙切齿地说道。"喂,"鲍德温体会着科马克话中的含义说道。"如果我们把他捆起来,就会逼他说出真相。""别怕,我们一定能从他口中得知真相的。"麦克莫多说道,他生就铁石心肠,尽管此次事情至关重大,且重任都落到他身上,他依然能保持冷静缜密,因此大家都十分敬佩他。"你来对付他,"身主麦金蒂赞许他说,"你出其不意地扼住他的喉咙。只可惜窗户上没有窗板。"麦克莫多走过去,拉紧所有的窗帘,说道:"不会出什么意外。时间快到了。""他会不会预感到有危险而改变主意不来了呢?"哈拉威说道。

"他一定会来,"麦克莫多答道,"他跟你们一样着急,只不过他是为了'材料'。你们听!"他们都像蜡人一样屏住呼吸,有几个人把酒杯送到唇边,这时也停了下来。三声更重的敲门声传了进来。

"别出声,"麦克莫多举手示警,这些人欣喜若狂,暗暗握住手枪。"为了各位的生命安全和事情顺利进行,一点声音都不要出!"麦克莫多低声说道,从室内走出去,小心翼翼地关上门。

这些凶手屏息凝气地静候着,在心里默数着这位伙伴走向过道的脚步声,听到他打开大门,好像说了几句客套话,然后是一阵陌生的脚步声和一个生人的说话声,接着是关门和用钥匙锁门的声音。他们的猎物已经完全陷入陷阱。老虎科马克不由得发出一阵得意的狞笑,于是首领麦金蒂急忙用他的大手掩住科马克的嘴。

"别出声,蠢货!"麦金蒂低声骂道,"小心搞砸计划!"邻室中传来没完没了、模糊不清的低语声,令人难以忍耐。后来门打开了,麦克莫多走了进来,示意他们不要出声。

麦克莫多走到桌子一头,打量了他们一番。他的面容起了令人捉摸不定的变化,这时从他的果决的神情来看,他好似是一个着手办大事的家伙。他俨然成了一个领袖。这些人急切地望着他,可是麦克莫多不发一言,仍然打量着他面前的每一个人。"喂!"麦金蒂忍不住大声喊道,"他来了吗?伯尔第·爱德华在这里吗?""是的,"麦克莫多不慌不忙地答道,"伯尔第·爱德华在这儿。我就是!"

话音既落,室中顿时鸦雀无声,只听到火炉上水壶的沸腾声。七个人面色惨白,惊慌失措,目光呆滞地望着他。接着,窗玻璃响起了破裂声,许多闪闪发亮的来复枪筒从窗口伸进来,窗帘也全被撕碎了。这时首领麦金蒂像一头受

福尔摩斯探案全集

了伤的熊,咆哮了一声,想夺门而逃。可是,一支手枪正在那里对准了他,持枪的是煤矿警察队长马文,两只蓝色的大眼睛正灼灼地望着他。麦金蒂只好退后,倒在他的座位上。"参议员先生,你在那里才安全,"那个曾被叫做麦克莫多的人说道,"还有你,鲍德温,如果你不把手离开手枪,那就用不着刽子手了。把手拿出来,不然,我只能……放在那里,行了。四十名全副武装的人已经包围了这里,你们没有机会了。马文,缴下他们的枪!"在这么多来复枪的威胁下,根本没有反抗的可能。这些人全被缴了械,他们惊慌而又有些木然地仍旧围桌而坐。

"在我们分手之前,我想告诉你们,"这位给他们设下圈套的人说道,"我想我们不会再见面了,除非你们将来在法庭证人席上看到我。你们想一想近来的事吧!我是谁你们已知道了。你们终于可以看看我的名片了。我就是平克顿的伯尔第·爱德华。被选派来破获你们这一匪帮。对于我来说,这无疑是艰难而危险的,包括我最亲近的人在内都不知道我冒险做的事。只有这里的马文队长和我的几个助手知道这件事。感谢上帝,今晚我成功地完成了这个任务!"

这七个面色苍白的人不可置信地瞪着他。他们眼中显露出抑制不住的敌意,爱德华看出他们这种威胁的神情,说道:"也许你们认为还有翻身及报复我的机会,但你们知道吗?你们的手已被斩断了,今晚除你们之外,还有六十八人已被捕入狱。我要告诉你们,我接受这件案子时,还认为这只是无稽之谈。但我应当弄清楚。当我知道这与自由人会有关系时,我便到芝加哥入了会。但我发现这是个行善的团体,我更确定这只是以讹传讹了。

"但我还是继续查访。自从我来到这里后,我发现我过去简直是错得离谱。于是我便停留下来观察。在芝加哥我从未杀过人,我也根本不会制造假币。我给你们的都是真币,这是我用钱用得最恰当的一次。为了迎合你们的口味,我骗你们说我是负罪潜逃到这里来的,这一切都如我想象的那样管用。

"我就这样加入了你们那恶魔一般的分会。你们商议事情时,我尽力参加。只要能抓住你们,我不在乎人们说我像你们一样坏。可是事实如何?你们毒打斯坦格老人那晚我参加了。因为没有时间,我来不及事先警告他。可是,鲍德温,我阻止了你杀死他。为了在你们中间保持地位,我曾给过你们一些建议,那可确保我能知道一些我可以预防的事情。我未能拯救邓恩和孟西斯,因为我事先全不知情,然而我会看到杀害他们的凶手被处绞刑的。我

恐怖谷

事先警告了切斯特·威尔科克斯，所以，在我炸他居住的寓所时，他已和家人一起躲起来了。也有许多犯罪活动我没能制止，但是只要你们好好回想一下，为什么有些事你们始终不能得逞，你们就可以知道这正是我做的了。"

"你这个死不足惜的奸细！"麦金蒂咬牙切齿地咒骂道。"喂，杰克·麦金蒂，如果这样对我你能舒服些的话，那随便吧！你们这些人是上帝和地方居民的死敌。需要有一个人到受你们控制的那些可怜的人中间去了解情况。要达到这个目的，只有一种方法，于是我就采用了这种方法。你们称呼我是内奸，可是会有成千上万的人叫我救命恩人的，是我把他们从地狱里救出来。三个月内，我在当地调查全部情况，掌握每一个人的罪恶和每一件秘密。如果不是我的秘密泄露了出去，那我动手还得再等一些时候呢。因为镇里已经接到了一封信，它会使你们警觉的。所以我只好行动，而且迅速行动。

"没别的了。但我要告诉你们，即使在我弥留之际，我想到我在这山谷做的这件事，我也会安然死去。现在，马文，我不耽搁你了。把他们押走吧。"

有几句话还得让读者们知道。斯坎伦被派去给伊蒂·塞夫特小姐送去一封蜡封的信笺。他在得到这项使命时，眨眨眼，心领神会地笑了。次日一大早，一位美丽的女子和一个遮盖了面孔的人，乘坐铁路公司派的特别快车，迅速离开了这危险的地方。这是伊蒂和她的情人在这恐怖谷中最后的踪迹了。十天以后，在芝加哥，由老雅各布·塞夫特主婚，他们结了婚。

这些死酷党人后来被押解到远处去接受审判。他们的党徒无法去威胁那里的执法人员，他们花钱如流水一般地去搭救（这些钱都是从全镇敲诈、勒索、抢劫而来的），结果依然是枉费心机。控词周密明确，铁证如山。因为写这份证词的人对他们的生活组织和一切犯罪活动了如指掌，即使他们的律师诡计百出，也不能帮他们逃脱死神之手。过了这么多年，死酷党终于从世界上消失了。从此，山谷永远驱散了乌云。

麦金蒂在绞架上结束了他罪恶的一生，只能在临刑前发出徒然的悲嚎；其余八名首犯也被处死；另有五十多名党徒被判以不同程度的刑罚。至此，伯尔第·爱德华大功告成。

然而，爱德华深知危险并没有过去，这一伙人中几个凶狠残暴的人，包括鲍德温、威拉比兄弟都逃脱了绞刑。他们只被监禁了十年，终于获得释放，而爱德华极其了解这些人，仇敌出狱的这一天就是自己再度陷入危险的时候。这些党徒断然会为他们的同党报仇雪恨，不杀死他就决不罢休！有两次他们

福尔摩斯探案全集

差点得手,毫无疑问,第三次会接踵而至。爱德华被迫离开芝加哥。他更名换姓从芝加哥迁到加利福尼亚。伊蒂·爱德华撒手人寰使他的生活失去了光彩,在又一次险遭毒手后,他便再次更名道格拉斯在一个人烟稀少的峡谷里和朋友巴克合伙经营矿业,积蓄了一大笔财富。最后,他发觉那些恶魔又阴魂不散地缠了上来。他意识到必须迁出美国。后来杰克·道格拉斯重娶了一位高贵的女子,过了五年苏塞克斯郡的绅士生活。至于以后发生的事,读者们从前面都已经了解到了。

恐怖谷

尾 声

　　警署审理后，杰克·道格拉斯案转到上一级法庭。地方法庭认为自卫杀人无罪，宣布释放。

　　"不惜任何代价，一定要让他离开英国，"福尔摩斯给爱德华妻子的信中写道，"这里危机四伏，远超他所遇到过的和所能想到的。英国这里，没你丈夫的立身之地。"两个月过去了，这件案子渐渐地被遗忘了。可是，一天早晨，我们的信箱里发现一封让人费解的信。信上寥寥几字："天哪，福尔摩斯先生，天哪！"既无地址，又无署名。这些字让我感到奇怪好笑，却使福尔摩斯表情异常严肃。"这肯定是坏事情，华生！"福尔摩斯说道，坐在那里，双眉紧锁。

　　夜已经很深了，女房东哈德森太太进来通报说，有一位绅士有要事求见福尔摩斯。跟在通报人之后，塞西尔·巴克面色阴郁，精神萎靡不振地走了进来，他是我们在伯尔斯通庄园认识的。

　　"有个可怕的消息，福尔摩斯先生。"巴克说道。

　　"我也很担忧呢。"福尔摩斯说道。

　　"你没有接到电报吗？"

　　"我收到一封信。"

　　"可怜的道格拉斯。别人告诉我，他的真名应是爱德华，可是对我来说，他永远是贝尼托峡谷的杰克·道格拉斯。三个星期前，他和妻子一起乘巴尔米拉号轮船去南非了。"

　　"不错。""昨夜这艘船驶抵开普敦。今天上午我收到道格拉斯夫人的电报。

　　　　杰克于圣赫勒纳岛附近大风中不幸落海遇难。我们都十分意外。
　　　　　　　　　　　　　　　　　　　　　　　　艾维·道格拉斯

　　"哎呀！是这样！"福尔摩斯若有所思地说道，"嗯，这肯定是有人在幕后

指使安排的。"

"你是说，这并不是一次意外吗？"

"世上不会有这么巧合的事。"

"他是被人谋杀的吗？"

"当然了！"

"我也这么想。这些万恶的死酷党人，该死的复仇主义罪犯……"

"不，不，我的好先生，"福尔摩斯说道，"这不是他们干的。这不是一个使用截短了的猎枪和拙笨的六响左轮的案件。这是我们的老对手，莫里亚蒂的手法。这次犯罪活动直接听命于伦敦，而不是美国。""可是他的动机是什么呢？""因为他是一个不甘心失败的人，他所做的一切都一定要达到目的，这就是他与众不同的地方。这样一个有才智的人和一个庞大组织动手消灭一个人，就如同捻死一只蚂蚁一样容易。"

"这个人和这件事有何关系？""我只能告诉你，我们所以知道这些，是莫里亚蒂的一个助手走漏了消息。这些美国人是经过深思熟虑的。同其他外国罪犯一样，他们要在英国'做事'，自然就会和这个犯罪巨头联合了。从那时起，他们要害的人的命运就注定了。最初莫里亚蒂派他的手下去寻找要谋杀的人，然后指示别人怎样去处理。但是，鲍德温暗杀失败后，他就亲自动手了。我说的没错吧？那时我就在伯尔斯通庄园向贵友警告过，未来的危险比过去要严重得多，你知道的。"

巴克生气地握紧拳头敲打着自己的头部，说道："你的意思是我们只能听任摆布吗？难道没人能打倒这个魔王吗？""不，我不这样认为，"福尔摩斯说道，他的双眼似乎穿透了未来，"我不认为他是不能打败的。可是你必须给我时间——必须给我时间！"

一时之内，大家都默不出声。而福尔摩斯那双深邃而有预见的眼睛，颇有拨云见日之势。